高邮古诗三百首注译

高邮市诗词学会·编著

UNITY PRESS 团结出版社

图书在版编目（CIP）数据

高邮古诗三百首注译 / 高邮市诗词学会编著 . -- 北京 : 团结出版社 , 2024.1
ISBN 978-7-5234-0709-7

Ⅰ . ①高… Ⅱ . ①高… Ⅲ . ①古典诗歌—诗集—中国 Ⅳ . ① I222

中国国家版本馆 CIP 数据核字 (2023) 第 239918 号

出　　版：团结出版社
（北京市东城区东皇城根南街 84 号　邮编：100006）
电　　话：（010）65228880　65244790
网　　址：http://www.tjpress.com
E-mail：65244790@163.com
经　　销：全国新华书店
印　　刷：四川科德彩色数码科技有限公司
装　　订：四川科德彩色数码科技有限公司

开　　本：145mm × 210mm　32 开
印　　张：11.75
字　　数：292 千
版　　次：2024 年 1 月第 1 版
印　　次：2024 年 1 月第 1 次印刷

书　　号：978-7-5234-0709-7
定　　价：89.00 元

《高邮古诗三百首注译》编纂委员会及编辑部

总顾问： 张　利　田醒民

编纂委员会

主　任： 徐永宝

副主任： 许　辉　张贵龙　钱富强　张拥军　孙禹文
林恩茂　仇家春

委　员： 姚　慧　葛　勇　晏　忠　周　军　姜方东
陈　岑

编辑部

主　　编： 张拥军

执行主编： 蒋成忠

副 主 编： 李同义　谢良喜　黄海涛　王　静　谢子健
潘步云　王文大　杨彩春　胡文明　盛莲纯

编　　委： 徐晓君　周　同　詹东周　王之义　高国华
严长明　杨国华　徐晓思　黄国禹　戴顺明
谢生林　王　平　曹德存　张国庆

组　　稿： 李同义

高邮好雅，自古而然；号为诗乡，名非虚设。自北宋而到民国，诗章绵延；从芸阁而至里闾，诗星璀璨。域内有孙莘老、秦少游等乡贤歌吟不息；郡外有王介甫、苏子瞻诸名士唱和未休。故文游台文光射斗；而甓社湖豪气干云，尔来千秋矣！其辈辈相传，绵绵不断，文脉之渊源流淌至今而不衰者，岂徒然哉。昔者陈唐卿号为淮南夫子，王西楼誉为明曲之冠；张世文称为词谱鼻祖，王怀祖赞为训诂大师，洵为盂城添彩增辉矣。今适值“风云际会千年少，天地恩私四海均”之升平圣代，为光大前贤之佳唱，弘扬先杰之锦章，在高邮市政协的领导下，高邮市诗词学会诸诗友选取高邮相关之古诗，辑成《高邮古诗三百首注译》一书，诗多录于王鹤《古代诗词咏高邮》中作者作品。聚十二子成注译组，各负其责蒙劳，各司其职承担；自不解而苦研始解，从不知而勤学为知；易四稿而仔细琢磨，历二载而反复推敲。推举学会副会长蒋公成忠执笔编纂。然始为选诗不易而挂一漏百，叹注释难免舛差；终因学力不逮而丢三落四，恐诠译未消瑕疵。唯盼高人圣手多予雅正，勿吝箴言。本书若能俾读者诸君及后来俊彦有所获益，则不枉诸参与注译者披灯伏案之劳矣！

徐永宝

2023 年 8 月

目　录

王文大注译

王静注译

李同义注译

陈造简介

汪广洋简介

桑正国简介

陈原友简介

杨彩春注译

胡文明注译

黄海涛注译

李贡简介

李石君简介

殷峄简介

盛莲纯注译

蒋成忠注译

谢良喜注译

谢子健注译

潘步云注译

王文大注译

◎孙膢简介

孙膢（1876—1929），字肖青，高邮人，曾任国民政府审计院幕宾。生逢乱世，郁不得志，发为吟咏，沉郁峻峭，有《小瘦红闇诗存》传世，国民党元老于右任作序。

浴佛日[①]感事

天上祇园[②]自清净，人间战垒剧纷纭[③]。
愿将浴佛盘中水，借与苍生洗乱氛。

【注释】

①浴佛日：汉传佛教中，农历四月初八佛诞日为浴佛日，亦称浴佛节。届时各大寺院都要用香汤沐浴佛像，并举行隆重的浴佛法会。

②祇园：地神的家园。此处借指佛国。祇，原指地神。

③人间战垒剧纷纭：此句指军阀混战。剧，厉害，剧烈。

【译文】

天上的佛国是多么清静和纯洁，而人间由于列强入侵、军阀混战，到处是纷乱的战争壁垒。多么希望把盘中沐浴佛像的香汤，借给天下苍生，洗去这不堪入目的乱象。

【简析】

这是一首哀时伤事之作。天上祇园与人间战垒两相对比，反差强烈，夺人眼目。尤以后两句突出反映了诗人悲悯天下苍生的情怀。

酒后题壁

短烛照凄凉，长歌郁[①]慨慷[②]。
江山双泪眼，身世几愁肠。
诗骨穷逾傲，名[③]心淡转狂。
得闲聊[④]纵[⑤]饮，醉里看沧桑。

【注释】

①郁：忧郁，愁闷。

②慨慷：情绪激昂。

③名：功名。

④聊：姑且。

⑤纵：放任，无所顾忌。

【译文】

长时间独自慢饮，蜡烛只剩下短短的一截，映照出一片凄凉景象，长歌不息，满腔的忧郁逐渐变得慷慨激昂。面对风雨飘摇的江山，禁不住双眼流泪，而自己身世卑微，无力改变时局，唯有愁肠百转。不过，诗人的骨气逾穷逾傲，追求功名的愿望越淡而心态变得越加放荡轻狂。有了空闲姑且纵情痛饮，醉眼蒙眬中且看这世事如何变化。

【简析】

借酒浇愁，然此愁却是乱世之愁、社稷之愁，境界自然就高大宏远。中两联肝胆毕露，对仗工稳，气韵不凡，尤为耐读。

秋江晚泊

向[①]晚孤舟泊野烟[②]，苇花尽处水连天。
江山无限苍凉意，都在秋风夕照边。

【注释】

①向：临，近。

②野烟：暮霭，傍晚时荒野的雾气。

【译文】

傍晚，小船孤独地停靠在江边，四野暮霭如烟，近处苇花萧瑟，远处江水连天。秋风夕照里，破碎的江山透露出无尽的苍凉。

【简析】

向晚、孤舟、野烟、苇花、秋风、夕照，勾勒出无限苍凉的意象，其实都是诗人心境的写照，情感的宣泄。且诗人的心境、情感都与江山有关，意境悠远。

岁暮感怀

一年又到将残日，客里淹迟[①]今首回。
天予余生宜可隐，人当乱世不能才[②]。
朔风凛冽[③]缠兵气，大地荒凉剩劫灰[④]。
苦为哀时增百感，那堪饯岁[⑤]更衔杯。

【注释】

①淹迟：淹留、迟缓，此处指因羁绊而迟滞。《楚辞》：“时缤纷其变易兮，又何可以淹留？”

②才：指才能，此处作动词，即施展才能。

③凛冽：寒冷。

④劫灰：灾难后残留的灰烬。

⑤饯岁：设酒食辞岁。

【译文】

又到了一年将要结束的时候，因杂务羁绊而迟滞的游子今天第一次回到故乡。上天给予的生命剩下的部分适宜归隐，人逢乱世是无法施展才能的。寒冷的北风裹挟着战争的杀气，荒凉的原野只剩下灾难后残留的灰烬。虽是辞旧迎新的时候，可是时事堪哀，内心痛苦，百感交集，哪里有心情举杯偷欢啊！

【简析】

辞旧迎新，原本是欢庆快乐的时候，然而，乱世缠兵气，大地剩劫灰，直教人不忍举杯。诗人感伤国事的悲愤之情跃然纸上。

检阅丹徒韩耆伯[①]遗诗泫然有作

耆伯才为天下奇，百无聊赖[②]强吟诗。
乾坤[③]多事英雄死，满地霜花溅血时。

【注释】

①韩耆伯：名衍，生平不详。作者诗友。

②百无聊赖：表示非常空虚失落。聊赖，依赖。

③乾坤：八卦中指天地，此处指国家。

【译文】

故友韩耆伯是天下奇才，只是英雄无用武之地，精神没有寄托才勉强吟诗消遣。国家正多灾多难，不幸的是他和无数的志士仁人一样，已倒在血泊中，染红了满地霜花。

【简析】

诗人偶在书箧中捡得故友遗作，由故友的去世，联想到无数的志士仁人为了救国救民，一个个倒在血泊中。“乾坤多事英雄死”，直如辛弃疾“英雄无觅”的感慨，撼人心扉。

冬夜闻雷

寒雨潇潇[①]风满庭，夜深孤坐一灯青。
笑犹带泪甚于哭，梦不成欢而况醒。
浊世已知无日月，荒天聊[②]复有雷霆。
侧身怅望心如醉，海水东西战血腥。

【注释】

①潇潇：风雨声，此处指小雨声。

②聊：姑且，随意。

【译文】

寒冬的夜晚，雨潇潇，风满庭，一片凄清，我枯坐着，面对一盏青灯。偶然一声苦笑竟带出了泪花，可这比痛哭一场还要难受啊，睡梦中也没有欢乐，何况梦醒之时。举世混浊，暗无日月，昏聩的老天也不循节令，竟在这寒冬之夜发出阵阵雷霆。惆怅地侧身张望，心中如喝醉了一般，恍惚中，仿佛海水从东到西都弥漫着战争的血腥。

【简析】

1904—1905 年，日俄为争夺在华利益，悍然在旅顺燃起战火，辽东横遭兵燹。时诗人年近而立，目睹惨状，刻骨铭心，深感国家风雨飘摇，任由列强蹂躏。诗人或坐或卧，或梦或醒，或哭或笑，或怅或望，怎一个痛字了得！黎庶之苦，家国之难，对诗人心灵的刺激无以复加。

元旦

吾生今四十，仍与俗[①]缘亲。
往事几痕梦，流光万劫尘[②]。
酒肠都蕴泪，客鬓自摇春。
纵阅人间事，应嫌[③]我太真。

【注释】

①俗：庸俗，鄙俗，趣味低下。此处为作者自谦。

②劫尘：灾难后残留的灰烬。

③嫌：厌恶，讨厌，不满意。

【译文】

我今年已 40 岁了，但仍很浅薄、很低俗。许多往事如梦，只留下几道残痕，但国家多难，到处是无情岁月留下的无尽劫灰。借酒浇愁，酒肠却蕴满了泪水，客居在外，鬓角毛发犹自如春色摇落，日渐枯萎。尽管我见识了人间太多的事情，却不会老于世故，人们应讨厌我太直率、太真诚了吧。

【简析】

孔子说四十不惑，然而诗人自觉仍少不更事，不会趋炎附势，不会阿谀奉承，不会粉饰太平。人间万劫，国事堪忧，只一个愁字萦怀。

夜阑酒醒百感交集赋此自遣

高楼月落夜啼乌[①]，愁绝羁栖旧酒徒。
萧瑟[②]江关留命在，仓皇烽火逼春枯。
看天已分危机近，阅世微怜正气孤。
行且未能居亦苦，醉乡聊复见真吾。

【注释】

①乌：乌鸦。

②萧瑟：冷落寂寞，没有生气。

【译文】

深夜酒醒，高楼月落，传来乌鸦的啼叫，羁旅在外的老酒鬼忧愁到了极点。天地冷落寂寞，毫无生气，我犹一命尚存，漫天烽火，却逼得春色仓皇枯竭。形势已经分明，国家的危机正在逼近，只可惜人间正气太孤单了。身受拘束，不能有所作为，然而无所作为更为苦恼，姑且在醉乡中追寻自由，再现真正的自我吧。

【简析】

烽火连天，危机四伏，故国沉沦的痛惜，无法改变现状的哀伤，弥漫于字里行间，只能借酒遣愁。愁绝酒徒，一个绝字可谓笔力千钧。

秋夜苦热偶书

一客倏然[①]醉，劳生得暂休。
微风初入夜，疏雨不成秋。
灯影知邻寺，钟声过小楼。
纳凉贪坐久，清味满茶瓯[②]。

【注释】

①倏然：忽然。

②瓯：盅，杯状器皿。

【译文】

诗人忽然醉倒了，劳碌辛苦的生涯得到片刻的休息。秋日苦热，到了半夜才来了一点微风，稀稀落落的小雨也无济于事，换不来天高气爽的秋日。邻近的寺院灯影绰约，悠扬的钟声飘过小楼。因为纳凉，我久久贪坐着，杯里的茶水散发着阵阵清冽。

【简析】

此诗章法得体，对仗尤工。看似文字轻松，神意萧然。但秋夜苦热，以醉酒来求片刻休息，别有深意，读者可以细细揣摩。

归计

万方多难客心孤，长愧今吾即故吾。
说梦何从辨蕉鹿[①]，思乡岂止恋莼鲈[②]？
余生历劫天犹醉，垂老为儒世所迂。
为道者[③]番[④]归计决，楝花风里到珠湖[⑤]。

【注释】

①蕉鹿：指梦幻。《列子·周穆王》载：郑人有薪于野者遇骇鹿，御而击毙，藏诸隍中，覆之以蕉，俄尔忘其所藏。

②莼鲈：喻思乡。《晋书·张翰传》载：张翰在洛为官，因见秋风起而思吴中莼羹鲈脍，遂弃官命驾而归。

③为道者：为今之计。道，道路、思路，引申为办法、主意。

④番：更换、改变。

⑤珠湖：高邮湖的别称，此处代指高邮。

【译文】

兵连祸接，时局多艰，客居他乡，心尤孤苦，总是为自己没有长进，仍然像以前一样感到羞愧。曾经的志向已如蕉鹿一样成为梦幻，思乡哪里仅仅是怀念莼鲈的美味？余生虽存，却历尽劫难，苍天仍醉生梦死，不予怜悯，垂垂老矣还坚持儒家的衣钵，被世人斥之为迂腐。为今之计只有拿定回归的主意，趁楝花在春风中开放的季节回到家乡高邮。

【简析】

乱世多难，诗人郁郁而不得志，然归计既决，却不幸于1929年岁首卒于都门，不亦悲乎。此诗沉郁悠远，用典妥帖，对仗高雅，情感充沛。

◎程渫简介

程渫，号少瀣，别署黄山白叟，郢中过客，原籍安徽休宁，定居高邮三垛镇逾三世。与同好结玄灵诗社，影响遍及大江南北。1915年建屋名“雪庐”，作《雪庐感赋》，邀同好唱和，一时和者如云，有《雪庐唱和集》存世。

雪庐感赋

冷暖甘辛已备尝，结庐①三阜②惯疏狂。
门迎绿水源流远，家结黄山气脉长。
世味尽从寒里得，冰心③时向热中藏。
敢云清白承先志，寄寓④他乡别故乡。

【注释】

①结庐：构筑房屋。

②三阜：三垛别称。

③冰心：冰一样的心，此处喻清廉正直。

④寄寓：寄居，客居。

【译文】

尝尽了人世冷暖甘苦，终于在三垛安家建屋，因为已习惯了在这里放浪轻狂。新建的房屋，门迎向源远流长的大河，家联结着故乡黄山悠长的气脉。人世的滋味全靠从冷漠中体会，高尚纯洁的心因不合世俗，只能时时热藏于胸中。虽然离别了故乡寄居在他乡，但敢说继承了祖先的志向，没有玷污程门的清白。

【简析】

感叹人生，寄慨身世，抒发了继承先志、不改冰心的情怀，运笔自然，语言隽永，起承转合，章法得体。

◎卞永璋简介

卞永璋（1862—1924），字叔平，号少卿。早年加入同盟会，不久参加南社，自号“国犹居士”，寓“为国吼不平”，乡人称犹先生，与柳亚子、高吹万、邵力子等诗词唱和。木铎乡里，桃李满邑，与同好结玄灵诗社。

独酌

当窗红衬一枝梅，卷起湘帘①对酒杯。

四壁清光寒似水，一庭空气净无埃。

撑天玉树纷然立，坠地琼花扫不开。
未识何人能待[2]坐，此中定许[3]育英才。

【注释】

①湘帘：缀有湘绣的窗帘。

②待：逗留，停留。

③许：认可，能够。

【译文】

卷起缀有湘绣的窗帘，无聊地独酌，惊喜地发现红梅绽放，如画般映衬在窗前。清冷的雪光照射着居所的四壁，寒气如水，庭院的空气特别洁净，没有尘埃。雪中的树一棵棵如玉般撑天而立，纷纷扬扬的雪像洁白的琼花落地，下个不停，不能扫开。不知有谁能在这样的环境中静心安坐，我一定能把他培育成才能出众的人。

【简析】

起笔别开生面，中两联写景如画，对仗工稳，结句寓意深远，相信经过如梅花一样艰苦环境的磨炼，一定能英才辈出，对未来充满希望。

和程溎《雪庐诗》

高洁依然似孟尝[1]，避人避世本非狂。
偶留鸿雪[2]家山远，小隐蜗庐岁月长。
不向热中求富贵，每从淡处话行藏[3]。
劝君莫把归欤[4]赋，丰乐[5]何妨老是乡。

【注释】

①孟尝：东汉官吏，会稽上虞（今浙江绍兴上虞）人，曾任

合浦太守，为民兴利除弊，以廉洁奉公著称，但因志趣高洁，长期不得升迁，后隐居躬耕田垄。

②鸿雪：雪泥鸿爪的缩写，指雪地里留下的鸿雁的爪印。苏轼：“人生到处知何似？应是飞鸿踏雪泥。”

③行：指有所为。藏：指有所不为。出自《论语》：“用之则行，舍之则藏。”

④欤：文言助词，表示感叹。赋，古典文学中的一种文体，与诗、词、歌并列，此处作动词，指念诗或作诗。

⑤丰乐：三垛旧名。

【译文】

先生依然像孟尝那样高尚雅洁，避世隐居本来就不是轻狂。因为偶尔像大雁在雪地上留下踪迹远离了故乡，来到三垛隐居在这狭小的房子里漫度时光。先生不趋炎附势、追求富贵，只在日常平淡的地方选择有所为、有所不为。我劝先生不要吟归去诗，不妨终老于丰乐乡。

【简析】

这虽是一首唱和之作，称颂友人品行高洁，然语言恳切，刻画生动。结句尤情深义重。用典无痕，对仗尤工。

◎俞琪简介

俞琪（1882—1943），字玉其、毓奇，高邮三垛镇人。光绪三十年（1904年）秀才，继于府考独拔头筹。次年科举废，仕途断，遂投身革命，加入同盟会，不久又加入南社，与柳亚子、何香凝、傅熊湘、高吹万等诗词唱和，书简交往。何香凝曾作梅花图相赠，题款“傲骨寒虽久，清名尚可闻”。居家期间与同好结玄灵诗社。

题柳亚子社长《分湖旧隐图》[1]（四首）

一

自赋归来久息游，好山好水溯[2]从头。
况曾生长于斯者，回首乡居肯恝[3]不[4]？

【注释】

①《分湖旧隐图》：1917年，南社因文化主张分歧发生内讧，进而发展到少数人对柳亚子的人身攻击，柳亚子心灰意冷而离职。回乡后作《分湖旧隐图》，示归隐之意。

②溯：逆水而行，追求源头。

③恝：音jia，上声，淡然，无所谓，不当回事。

④不：音mou，平声，用在肯定句末构成问句。

【译文】

先生自从离职归乡后，大概一直还没有游历，我劝先生趁此机会，把故乡的好山好水追根求源地从头游览一遍。何况先生曾经生长在这个地方，回望居住过的故乡能够无动于衷吗？

【简析】

题画之作，却独窥画中意境、画者内心，对画者离职回乡表示充分理解，给予心灵的抚慰。

二

梨里[1]侨居[2]十七年，遐思聊藉画图传。
湖山毕竟故乡好，难怪诗人[3]怨播迁[4]。

【注释】

①梨里：吴江区黎里镇。

②侨居：寄居在外乡。柳亚子老家今吴江区汾湖大胜村，12岁随母迁居黎里，故谓侨居。

③诗人：指柳亚子。

④播迁：易地而居。播，抛撒。

【译文】

先生侨居黎里已历经十七年的漫长岁月，对老家汾湖的悠远思念只能凭借画图来表达。毕竟故乡的湖山是那么美好，难怪先生抱怨迁徙他乡了。

【简析】

此首承前首之意，肯定柳亚子的思乡之情，充满对柳亚子遭受的不公正待遇的理解和同情。

三

鲰生[①]家亦住湖滨，甓社[②]当年尽俯秦[③]。
淮海[④]至今名尚盛，主盟风雅[⑤]更何人？

【注释】

①鲰生：作者谦称。鲰，小鱼。生，泛指读书人。

②甓社：指高邮湖，代指高邮。

③秦：指秦观。

④淮海：秦观的号。

⑤风雅：《诗经》中有《国风》《大雅》《小雅》等内容，后以风雅泛指诗文方面的事。

【译文】

我家也住在甓社湖边，当年高邮人都俯身于秦观。秦观的名声至今还那样隆盛，诗坛盟主除了像秦观那样的人，还能有谁呢？

【简析】

此首一改前两首意境，由“鲰生家亦住湖滨”而议及秦淮海，暗喻柳亚子即当今秦淮海，声名隆盛，应当出来主盟风雅。实际是对柳亚子的离职逃避做法委婉地提出批评，鼓励他东山再起，重出江湖。

四

近来名士过江多，愿傍[①]龙门[②]筑个窝。
湖水虽分原一派，此生幸得遇频伽[③]。

【注释】

①傍：靠，临近。

②龙门：龙的出入通道，此处代指名人居所。

③频伽：迦陵频伽的简称，佛教中的一种鸟，生于极乐净土，叫声清脆悦耳，谓好音鸟。此处指柳亚子。

【译文】

近来很多名人雅士渡江南去，希望能靠近先生的住所筑室而居。甓社湖和汾湖虽是分处两地的湖泊，但它们却是同一个流派，先生慷慨高歌就像频伽鸟清脆悦耳的鸣唱，我这一生很幸运，能够遇到先生。

【简析】

通篇没有直接写友人的品行、才艺，而通过间接的描写，完成了对友人的赞美和鼓励，感情真挚，友谊笃深。

丙辰秋[1]南社雅集海上未赴

——赋长句寄呈亚子

华榱荫坐尽名流[2]，谁主谁宾互唱酬。
宿列南天人意畅[3]，风生北地我心忧[4]。
不如一醉永沦迹[5]，未到十年敢出头[6]。
翘企龙门何日及，识荆愿遂胜封侯[7]。

【注释】

①丙辰秋：指1916年9月24日，南社第15次雅集于上海。

②榱：旧指椽子，此处代指房屋、厅堂。

③宿：天上某些星体的组合，此处指参加南社雅集的人。

④自注，时辫帅张勋任长江巡阅使，驻徐州，正蠢蠢欲动，开会筹划成立北洋七省同盟，企图复辟帝制。

⑤1915年中秋节，柳亚子、顾无咎等人结酒社，顾自号神州酒帝，天天狂歌痛饮。当时资产阶级革命已经全军溃散，柳亚子等看不到出路，情绪极端苦闷消沉。本句即指此事。

⑥自注，前函亚子有句“刮目难期三日后，出头不惜十年迟”云云。

⑦李白《与韩荆州书》：“生不用封万户侯，但愿一识韩荆州。”此处化用。韩荆州，即韩朝宗，时任荆州大都府长史，谦恭下士，识拔人才，“有周公之风，躬吐握之事，使海内豪俊，奔走而归之”。后谓结识贤者为识荆。

【译文】

华美的厅堂庇护下，全是名流雅士欢聚在一起，大家不分宾主互相唱酬。诸位犹如星宿排列于南天令人心情舒畅，但辫帅张勋蠢蠢欲动于徐州，刮起一股复辟帝制的妖风又令人忧心忡忡。

革命连遭溃败，情绪苦闷消沉，恨不能一醉不醒，连痕迹都永远沦没，但挫折是暂时的，不会等到十年，革命一定能从头再来。我翘首遥望着先生的居所，不知何日才能到达，与先生重逢，实现“识荆”的愿望将胜过被授予高官厚爵。

【简析】

这首七律表达了作者对南社雅集海上的欣喜和对时局的担忧，但对革命的前途充满信心，对柳亚子无限向往，进而显示自己追随革命的决心一如既往、毫不动摇。全篇运笔自如，内涵丰富，情感充沛，无一虚字。

◎姜景伯简介

姜景伯，字仰山，高邮三垛镇人，南社社员，三垛玄灵诗社成员。

宵①柝②

寂寞深宵候，凄凉击柝声。
寒霜诗兴败，别馆③旅魂惊。
今夕知何夕，无情却有情。
东方犹未白，报晓又鸡鸣。

【注释】

①宵：夜晚。

②柝：打更的梆子，亦指梆子的声音。

③别馆：旅馆，客栈。

【译文】

清静孤独的深夜，传来悲苦冷落的梆子声。寒冷的夜霜败坏了写诗的兴致，梆子声更使投宿于客栈中的游子心中一惊。不知今晚是什么日子，梆子声是那样冷酷无情，但它能提醒游子，因此它也是有情的。一夜无眠，东方未亮，又传来报晓的鸡鸣。

【简析】

深宵、柝声、寒霜、别馆，诸多意象，其实都是诗人寂寞凄凉的心境，“败”和“惊”两动词尤为出色，旅人况味，跃然纸上。

暮砧①

捣衣声不断，天外夕阳残。
乱砧秋心碎，深闺月影寒。
愁肠惊欲破，好梦续尤难。
惹得关山客，凄凉泪暗弹。

【注释】

①砧：砧板，捶、砸或切东西时垫在下面的器物，此处指捣衣石。

【译文】

傍晚，天边的夕阳慢慢下山，耳边不断传来捶洗衣服的声音。秋天本是寂寥的季节，杂乱的捣衣声更令人心碎。想必月亮照进幽深的闺房，也是一片寒意。少妇忧愁的心受到一点惊恐仿佛就要破裂，美好的梦要延续下去就更困难了。想到此，天涯旅人无限凄凉，不由得掩面偷偷落泪。

【简析】

悲秋之作屡见不鲜，然此篇别出心裁，从旅人的角度，眼前的残阳和捣衣声，联想到居家望归的少妇的心思，两相牵挂，尤为感人。

◎韩道明简介

韩道明（1900—1966），字恕存，号欣斋、荻庐主人，祖籍句容，徙居高邮三垛镇，工诗词，擅书画，南社社员，自称高吹万弟子。三垛玄灵诗社成员。

和程滐《雪庐诗》

先生诗味淡中尝，老尚[①]豪[②]吟不觉狂。
笑傲蓬庐余雪冷，优游[③]帘幕[④]引年长。
耐寒松柏深山见，待雨蛟龙大泽藏。
群仰寓公敦[⑤]俗化，未妨丰乐[⑥]号程乡。

【注释】

①尚：尊崇，注重。

②豪：爽快无拘束，气魄大。

③优游：悠闲游乐。

④帘幕：旧时官署中佐助、参谋人员工作的地方，设于帘幕之中。此处借指文人雅士。

⑤敦：敦厚，厚道。此处作动词，敦促。

⑥丰乐：三垛旧称。

【译文】

先生的诗能在平淡中品尝到滋味，品尝到深意，年老仍崇尚豪放的诗风，一点也感觉不到狂妄。微笑着傲视茅屋残余的冷雪，悠闲游乐于文人雅士中，致使岁月更加悠长。先生如长于深山的耐寒松柏，如藏于大泽的待雨蛟龙。大家都仰慕先生以敦厚的品行教化乡里，从而形成新的习俗，不妨将丰乐乡号称程乡。

【简析】

对友人的赞颂溢于言表，中两联尤见功力。

◎龚六英简介

龚六英，字醉霞，高邮三垛人，1913 年毕业于政法大学法律专科，律师，南社社员。三垛玄灵诗社成员。

和程滐《雪庐诗》

辛苦诗书味久尝，雪庐小筑兴弥①狂。
袁安隐卧②春秋老，朱子③高歌岁月长。
白屋净无尘俗染，青山剩有画图藏④。
门前垂钓扁舟系，好景由来让水乡。

【注释】

①弥：更加。

②袁安隐卧：袁安卧雪见《后汉书·袁安传》，喻读书人甘愿困守寒门而不乞求于人的气节。

③朱子：指朱柏庐，明昆山人，少有志于仕途，然明亡后拒

不为官，康熙多次征召均不应，居乡授徒，研究学问。

④青山剩有画图藏：此句化用宋梅尧臣“青山崔巍藏古基”。

【译文】

先生刻苦攻读诗书，久久品尝其中的滋味，新建了雪庐小屋，兴致更加狂放。先生像袁安卧雪，甘愿困守寒门而不乞求于人的气节，将与春秋同老，像朱子高歌，安于清贫而拒不为官的操守，将与岁月共长。洁净而无尘俗沾染的房屋虽然简陋，却像崔巍的青山一样藏有许多典籍。门前系着垂钓的扁舟，可以随时垂钓，亦可尽情享用因上天偏宠而赐予水乡的美好风景。

【简析】

诗人以袁安、朱子比拟友人，感情至诚，用典自然，中两联对仗高妙。

◎龚六茎简介

龚六茎，字瑞芝，高邮三垛人，六英弟，1913 年毕业于江宁府中学，南社社员。三垛玄灵诗社成员。

和程滐《雪庐诗》

鼎①中一脔②味初尝，接诵新诗喜欲狂。
愧我庸愚无一可，羡公才艺有兼长。
家贫留得清名在，世乱翻③教利器④藏。
风月满天凭自取，宅心⑤安处即家乡。

【注释】

①鼎：旧时烹煮食物的器具，此处指锅。

②脔：切成小块的肉。

③翻：使正反状态翻转、改变。

④利器：锋利的武器、工具，此处指杰出的才能。

⑤宅心：内存之心。宅，居、存。

【译文】

收到先生的新诗诵读后，真是欣喜若狂。惭愧的是我平庸愚拙一无是处，只羡慕先生才艺各方面兼有所长。先生家境贫穷，却留有清白的名声，世事混乱，反使先生杰出的才能无用武之地，只好隐匿起来。好在清风明月满天都是，全凭先生随意享用，自己内心感到安稳的地方就是家乡。

【简析】

全诗语言平实，描摹得体，乱世归隐、随遇而安的劝勉尤见真情。

题《雪庐唱和集》

销[1]寒唯饮酒，遣闷独摊书。
天地都如寄，黄山谁故庐？

【注释】

①销：消融、化解。

【译文】

化解寒冷只有喝酒，排遣愁闷唯独开卷读书。人不过是寄寓于天地间的过客，匆匆而过，一瞬而已，从这个角度看，何必拘泥于黄山是谁的故乡呢？

【简析】

“天地都如寄”，恍如李白的“天地者万物之逆旅，光阴者百代之过客”，颇多禅机，参透了人生。

◎曹凤笙简介

曹凤笙（1886—1949），高邮界首人，一生热心于乡村教育和地方公益事业。早年加入同盟会，后入南社，1936 年 5 月，柳亚子筹建新南社社馆，曾捐献百元大洋。

偕吴友季晚眺

烟云深处[①]偶徘徊，不傍山隈[②]傍水隈。
清磬[③]一声天外落，绿杨影里钓舟回。

【注释】

①烟云深处：指远离尘嚣之处，深山远水之间。

②隈：弯曲之处。

③磬：和尚做佛事时敲击的法器，铜铸钵状物。

【译文】

傍晚，偶尔偕同朋友到野外闲逛，这里没有山，我们顺着弯曲的河流来回不停地走。忽然一声清脆的击磬声从天外传来，斜阳夕照中，渔舟穿过绿杨阴影纷纷回归。

【简析】

寥寥数语，轻描淡写，却抓住几个典型意象，使傍晚的水乡风光跃然纸上，余味无穷，非高手而不能。

◎曹凤仪简介

曹凤仪（1862—1932），高邮界首人，廪贡生，一生践行教育救国，设帐课徒，1918年被选为江苏省议会议员。南社社员，1936年5月，柳亚子筹建新南社社馆，曾汇200大洋。

题亚子《分湖旧隐图》（四首）

一

来秀桥连胜秀桥[①]，烟波隐约隔迢遥。
不知何处分吴越，独立苍茫问晚潮。

【注释】

①来秀桥，胜秀桥：柳亚子故乡分湖镇的两座桥。

【译文】

来秀桥连着胜秀桥，烟波缥缈中仿佛相距很远。不知道吴越两地从什么地方分界，我孤独地站立在天地苍茫中问晚来的江潮。

【简析】

题画诗贵在从画意中体会画作者的心境。独立苍茫问晚潮，岂是因为吴越难分？实在是因为南社的前途、革命的前途一片迷茫啊。

二

松陵界北魏塘南，中有湖泊一镜嵌。
帆影斜阳门外过，柳家旧宅尽人谙[①]。

【注释】

①谙：知道、熟悉。

【译文】

在松陵以北、魏塘以南，当中镶嵌着一个如镜子一样的湖泊——分湖，斜阳牵着无数的帆影从门前经过，人们都知道这是柳家的老屋。

【简析】

风光如画，静动相宜，旨在突出柳宅的名气，突出人杰地灵，以表达对柳亚子的景仰。

三

抛却幽居十七年，雪泥鸿爪记前缘。
传神幸有机云[1]笔，争[2]似王维绘辋川[3]。

【注释】

①机云：指西晋著名学者陆机、陆云兄弟。

②争：怎么。

③辋川：唐王维置别业处。王维曾作单幅壁画《辋川图》，有极高的声誉。

【译文】

暂且抛却离开故乡、幽居在外十七年所遭遇的种种烦恼和苦闷，不妨回忆美好的少年时期在故乡留下的点滴痕迹。幸运的是先生的笔如同陆机、陆云一样传神，所作《分湖旧隐图》如同王维绘制的《辋川图》。

【简析】

此诗有劝勉、有抚慰、有赞颂，可谓高山流水，患难知音。

四

芳雪疏香①耸碧空，此间楼隐仰高风。
披②图笑我神先往，疑是抽身入画中。

【注释】

①芳雪疏香：指梅花。

②披：打开。

【译文】

梅林耸立于碧空，梅花绽放如雪，散发着淡淡的清香，其中楼阁隐现，人们无不仰慕主人如梅花一样的高风亮节。打开《分湖旧隐图》，不禁开怀而笑，我的灵魂早已进入画中，甚至疑惑肉体也抽身而入，成了画中人了。

【简析】

此诗感情浓烈，比喻恰当，末两句尤为感人。

◎韩汝绅简介

韩汝绅，字缙之，高邮人，廪生，清宣统三年（1911 年）江南高等巡警学堂毕业，1917 年金陵政法学校法律别科毕业，律师，曾任泰兴县（今泰兴市）一等警佐。南社社员、三垛玄灵诗社成员。

和程滐《雪庐诗》

世味酸咸久备尝，细评腐败与轻狂。
黄山秀气流真远，白雪①高歌韵独长。
兴趣多从闲里得，光辉暂向璞②中藏。
丈夫四海为家宅，孰是他乡孰故乡？

【注释】

①白雪：指阳春白雪，春秋时楚国歌曲名，泛指高雅歌曲。

②璞：含玉的石头或没有雕琢的石头。

【译文】

世间酸辣咸苦的滋味全尝尽了，究竟是政治的腐败还是我们书生的轻狂，不妨细细评判。黄山的清秀之气源流永远，高雅的歌曲音韵久长。乱世归隐，清闲中能觅得许多兴趣，才能收敛，就像光辉藏于没有雕琢的玉石之中。大丈夫四海为家，分什么他乡、故乡？

【简析】

此诗语言得体，感情诚挚，尽显对友人品行的赞颂和心灵的抚慰。

王静注译

◎张守中简介

张守中（1506—1578），高邮州人。字叔原，号裕斋。张綖之子，王磐外孙。明嘉靖四十一年（1562 年）进士。有《诗文遗集》《明农录》等。

湖上有感

岸柳依依带远沙，平田尽没水之涯。
茫茫泽国民居少，荡荡湖天岁计[1]赊[2]。
千里有怀忧桂玉[3]，几年无复见桑麻。
微官山海应无补，独对春风咏棣华[4]。

【注释】

①岁计：一年内收入和支出的计算。

②赊（shē）：此处作渺茫讲。

③桂玉：玉粒桂薪，喻昂贵的柴米。

④棣（dì）华，《诗·小雅·常棣》：“常棣之华，鄂不韡韡。凡今之人，莫如兄弟。”后因以“棣华”喻兄弟。

【译文】

春风中依依的岸柳，映带出远处的沙渚，平畴的田地，也大都淹没在湖水之中。茫茫的湖水边，百姓居住的房屋已经很少了，在这浩荡的湖天之中，老百姓一年的收成也变得更加渺茫。四处昂贵的柴米，使人不禁忧心，而家乡也已久无丰收之年了。感叹自己官微言轻，无法移山填海，所作所为于事无补，只能独自对着春风，歌咏怀念自己的兄弟亲人罢了。

【简析】

诗人泛舟湖上，看着茫茫湖水淹没田地，不由忧心百姓生计，然而由于自己官微言轻，也只能自叹无能为力罢了。表达了作者等大部分底层官员有心济世，却又无法施展的复杂心情。

◎陈奂简介

陈奂，高邮州人。陈应武子。生卒年不详。明嘉靖三十七年（1558 年）岁贡，曾任奉化县（今奉化市）训导。

村居感怀

满林秋色一柴扉，疏柳萧萧映夕晖。
独卧江湖人事少，不惊鸥鹭客来稀。
渔歌晚渡风光起，野饷[①]时鲜蟹渐肥。
回首辋川[②]知不远，青山如画白云飞。

【注释】

①野饷（xiǎng）：此处指野味。

②辋（wǎng）川：水名，即辋谷水。诸水汇合如车辋环凑，

故名。在陕西省蓝田县南，源出秦岭北麓，北流至县南入灞水。唐诗人王维曾置别业于此。

【译文】

柴扉外满林秋色，萧萧的疏柳映照在夕晖之中。我独处乡野，鸥鹭不惊，很少有红尘俗客打扰。晚来渡口处，在一派风光之中，总传来渔人的歌声，乡间已到处是野味和时鲜了，连高邮湖的螃蟹也已渐渐地肥美了。回首望去，像王维隐居辋川，闲看青山如画，白云飞渡的日子已不远了。

【简析】

诗中描写了诗人身居乡野，不扰于红尘俗客，一派恬然自适的心境以及对前贤雅士的无比仰慕之情。

◎杨福申简介

杨福申，江苏高邮人，生卒年不详，光绪年间在世。字引卿，号雨溪。福臻弟。兄官京师，福申不出应试，专理家政。兄俸不足用，福申随时供给，毋使缺乏。管出入数十年，毫无所私，待子侄如一体。年五十余卒。有《容安小室诗钞》，附诗余，光绪二十三年（1897 年）铅印本。

渡甓社湖[①]

故里知安在，回头望已非。
一痕浮远树，万顷漾斜晖。
沙阔波初落，帆迟风更微。
轻桡[②]自容与[③]，凫雁避人飞。

【注释】

①甓社湖：即珠湖。

②轻桡（ráo）：小桨。借指小船。

③容与：悠闲自得的样子。

【译文】

家乡在什么地方？回头看去已分辨不清。只看见远处天边浮动着的绿树微痕，万顷波涛也荡漾在落日的余晖之中。波涛初落，现出宽阔的沙渚，风也渐渐小了下来，船行的速度也变得缓慢。诗人坐在小舟上一派悠闲自得，看那凫雁也避开人，在湖面上自在地飞翔。

【简析】

诗人渡湖行远，写“一痕”之所见，融“万顷”之所思，既表达了对家乡的挂念，也引出了作者“轻桡容与”的心境和对“凫雁避人”的向往。

登神居山①

车停山下路，健步上嵯峨②。
古木禅居寂，斜阳怪石皤③。
长湖帆影没，荒陇烧痕多。
忽忆烧丹客④，临风发浩歌。

【注释】

①神居山：位于高邮市的高邮湖西新区送桥镇天山片区（原天山镇）境内，被称为“淮南众山之母”“淮南第一山”。

②嵯峨（cuó é）：形容山势高峻。

③皤（pó）：此处指丰、多。

④烧丹客：相传东晋谢安和南齐亘公先后在此修炼丹药。

【译文】

车子停在山下的路旁，快步登上高峻的神居山。古木深林之中，寺院寂静无声，山道旁许多的怪石，都映照在夕阳的余晖之中。登高远望，长湖中的帆影渐渐隐没，而近处的荒陇中，还留下许多火烧过的痕迹。忽然又想起了曾在神居山修炼丹药，以期长生升仙的谢安和南齐亘公，但此刻也早已随烟云消散，不禁在晚风中发出浩浩高歌。

【简析】

诗人在神居山登高望远，由眼中之景，抒胸中之情，生发出斯迹犹存，斯人已逝的无限感慨。

水车行①[1]

（序）高邮河堤多设闸洞、本籍以灌溉民田。往岁重修头闸，司事者暗省工费，高其底以减水力。逮今春夏之交。涓滴不复下注，农夫穷蹙，聚水车于闸旁，挽河水逆流人闸，数转始达于田，余哀农夫之劳，冀弊政之亟革也。作水车行，庶观风者采焉。

河堤高渐侔城头②，泽国③人怀灭顶忧。分流有时用济旱，灌溉亦足资田畴。爰有头闸设城北，水门苦高流苦塞。大田龟坼④秧针枯⑤，农夫仰天长太息。计穷相约移水车，置闸之侧河之涯。水车百计人千计，水声澎湃人喧哗。踏车相戒勿偷惰，劳悴差逾袖手坐。欲将三十六湖波，卷作银河向空泻。妇子远饷来纷纷，人声鼎沸天应闻。浓云稠叠忽四布，大堤十里斜阳昏。长空忽见

[1] 由潘步云注译。

甘雨坠，初尚廉纤既滂沛。单衣湿透敢怨咨，且卜今秋成乐岁。夜以继日雨未休，潺潺沟浍皆争流。正好分秧及初夏，水车归去载轻舟。吁嗟呼！建闸若先深数尺，不教枉费穷民力。畴将疾苦告当途[6]，弊政奚难一朝革。我闻因民所利利最薄，不费之惠在官府。愿作歌谣备采风，未必将来绝无补。贱士可怜言总轻，刍荛[7]安用鸣不平。新诗吟就属谁和，檐溜[8]淙淙尚作声。

【注释】

①水车行：水车，人力操作汲水灌田的旧式农具。行，古诗和乐府等一种歌咏体裁。如乐府有《长歌行》《短歌行》等；魏晋诗有《燕歌行》《参军行》等。《辞源》解曰："行，行者曲也。"水车行之题是作者依歌行体、借水车以咏物言志。

②侔城头："侔"义与相等、齐同；城头指高邮城。

③泽国：此指里下河兴泰盐阜等湖荡低洼区。

④龟坼：坼者裂也，喻田干裂成龟背纹状缝。

⑤秧针枯：因干旱无水，秧苗不发，瘦细如针。

⑥当途：犹谓当道，泛指秉政当权者。

⑦刍荛：刍饲畜草，荛烧火薪，借喻"草头"百姓。

⑧檐溜：屋沿瓦沟顺溜而下的雨水。

【译文】

运河不浚，河底淤高，河堤也随之渐堆渐高，堤高与盂城城头齐。里下河泽国人民心怀灭顶之忧患。运河水分流有时候可急济旱灾，水资源足以灌溉农田。有个头闸口设置在邮城之北，但出水口太高使水流被塞。导致大片农田干旱龟裂，秧苗枯黄细如缝针，农夫仰天长叹。在无法之下计划只能相约移转水车，放置于河侧水边。移运来水车有百架，踏踩水车的劳动上千人，水流奔腾水声澎湃人声喧哗。踩车人相互告诫切勿偷懒使惰，劳悴不息，不可闲坐袖手旁观。欲要将高邮三十六湖之水，腾卷为银河之水向空中倾泻。妇女儿童从远处纷纷而来送水送饭，人声嘈杂如沸鼎，苍天都应该能听到。忽然间浓云叠起密布苍穹，十里长河大堤斜阳昏暗。天空刹那有甘霖坠落，初时还是小雨，后来大雨滂沛。人们单薄的衣衫被雨水湿透，但没有人敢怨恨叹息。大家预测着今秋将丰收而成乐岁。雨夜以继日地下个不停，所有的大河小沟水流潺潺，奔腾争急。正好是初夏分秧之际，轻舟载着水车归去。让人哀叹啊！如果在先前建闸时能够将出水口深几尺，就不会枉费民力。想把这些民之疾苦诉之当政者，这等害民弊政为甚难以革除。我听说，做利民之事其得利最少，白白地得到好处都是在官府。我采风作此歌谣，未必对将来没有补益，而社会底层人士可怜人微言轻难被重视，草头百姓怎能够鸣不平。新诗吟成了，又有谁来唱和，只有屋檐的雨滴还作淙淙之声。

【简析】

这篇诗章谈来恰有一种读唐杜甫“三吏”之感受。为民而歌，为民而唱。痛斥官府的腐败，慨叹草头百姓人微言轻，不能引起社会重视。

读孙氏①犹存集②[1]

二百年前事，幽光③耿未磨④。
刚方同辈少，忠孝一门多。
冤狱⑤埋如此，全家恨若何。
挑灯读遗集，能不涕滂沱。

[1] 由潘步云注译。

【注释】

①孙氏（1612—1683）：名宗彝，字孝则，号虞桥。高邮甓社湖畔（今为金湖县闵桥镇）人。乃北宋诗人孙觉之后裔。清顺治丁亥进士，历官蓟州分巡道副使，累仕吏部。曾纂修《康熙高邮志》。因他正直敢言，1883年揭露治河官员贪赃官银而遭报复，诬其写反诗而构成冤狱，未得申诉，冤死扬州大狱中。

②犹存集：即孙宗彝所著之《爱日堂诗文集》《禅喜外集》《易宗集注》等。后边词句中“遗集”亦指此。

③幽光：潜隐之光，即耿光，光辉也。喻孙氏之潜德。

④未磨：本义为磨砺，此谓未消磨之光亮。

⑤冤狱：谓孙氏因诗文被诬而遭陷“文字狱”。

【译文】

这已经是二百年前的事了，孙氏诗文集中的辉光仍未磨灭。其刚直方正之气在同辈人中少见，孙氏一门多忠孝之士。文字冤狱埋没忠烈之士如此，他们全家抱恨又能如何呢？我挑灯夜读孙宗彝的遗集，怎么能不涕泪滂沱啊！

【简析】

韩昌黎悼田横云：“自古死者非一，夫子至今有耿光。”所幸者寰中浩气盈盈，宇内幽光耿耿；所信者，只要贪婪辈不绝，就有耿直士长存。

◎张纮简介

张纮，江苏高邮人。约生于明宪宗成化十七年（1481年）前后，卒于明世宗嘉靖二十九年（1550年）前后。亦名元纮，字世卿。张经（世范）弟，张綖（世文）兄。

登盂城

高堞[①]邗沟[②]上，清秋夕照中。
远烟千树碧，落日半湖红。
岁月空歌凤[③]，音书久断鸿。
干戈正多事，何日到江东。

【注释】

①堞（dié）：城墙上齿状的矮墙。

②邗沟：里运河的古称。

③歌凤，《论语·微子》："楚狂接舆歌而过孔子曰：'凤兮凤兮！何德之衰？往者不可谏，来者犹可追。已而，已而！今之从政者殆而！'"后遂以"歌凤"为避世隐居之典。

【译文】

在清冷的秋日，夕阳西下，站在里运河边高高的城楼上望去，远处轻烟中有着碧绿的丛林，落日的余晖更把一大半的湖水都染红了。在这悠悠的岁月之中，空自归隐避世，而远方的亲友也已好久不通音信。如今正是战事连连的日子，那我们什么时候再能够相聚在江东呢？

【简析】

这是一首登高怀人之作。夕阳西下，诗人登上城楼望去，眼前的远树之碧，近水之红，无不浸染着作者对远方亲友的思念之情。此一切景语皆为情语也。而由于时逢战事，音书不通，诗人只能负手长叹罢了。亦令读者不禁喟然。

怀王西楼[①]

一自此翁去后，人心无复风流。
灯火楼中夜话，莺花寺[②]里春游。

【注释】

①王西楼：王磐，字鸿渐，号西楼。高邮人，明散曲大家。
②莺花寺：古寺名，今不存。

【译文】

自从诗翁王西楼逝去以后，人们的心中已无处仰望风流。只能在灯火楼中诸友夜话之时，或在莺花寺里游春兴怀之时，还能联想到当时先生的风采。

【简析】

此为六言诗，读来别有一番意味。首二句表达了人们对王西楼的怀念与仰望，末二句以楼中夜话、寺里春游两个场景作结，更显余味无穷，斯情尽在不言。

◎张逊简介

张逊，江苏高邮人。生卒年不详，张道之弟。明嘉靖十一年（1532 年）进士，官至济南府知府。

游光福寺[①]

路僻偏宜寺，山僧携我行。
穿林寻[②]鸟道[③]，倚槛听泉声。

云鹤去还返，松花开更清。
尘嚣飞不到，天籁与钟鸣。

【注释】

①光福寺：在州治东三垛镇，宋淳熙时僧海云建，明僧松涧、福寿重修。

②寻：沿着，顺着。

③鸟道：只有鸟才能飞越的路，比喻狭窄陡峻的山间小道。

【译文】

路道偏僻幽静的地方，最适宜有座寺院，而此行幸有寺院的僧人与我一道。穿过丛林，沿着崎岖的小路徐行，累了就倚在栏杆上，听听泉水的声音。云间的飞鹤去了又返回，但眼前的松花，却开得更显清幽。在这里不会受到尘嚣俗事的侵扰，只能听到大自然的声音与寺院悠悠的钟鸣。

【简析】

诗题游光福寺，但作者却将大量笔墨，用于描写去寺院途中的风光，结句仅以钟鸣带出寺院。可见诗翁之意不在寺，在乎山水之色。

◎黄绮简介

黄绮，高邮州人。生卒年生平不详。

珠湖

家住珠湖上，生涯拟种田。
《麟经》[①]消暇日，蛙鼓卜丰年。

篱有水黄犊，囊无子母钱[②]。
一犁春雨足，便是养生篇。

【注释】

①《麟经》：为《春秋经》的别称，是中国古代一部编年史兼历史散文集。儒家六经之一。

②子母钱：即青蚨钱。传说青蚨生子必依草叶，大如蚕子。取其子，母即飞来，不以远近。虽潜取其子，母必知处。以母血涂钱八十一文，以子血涂钱八十一文，每市物，或先用母钱，或先用子钱，皆复飞归，轮转无已。传说是能花而复得的神钱。见晋干宝《搜神记》卷十三。唐许浑《赠王山人》诗："君臣药在宁忧病，子母钱成岂患贫。"

【译文】

我家住在珠湖边上，只打算种些田地以度生计。农闲时能读些经书以消时日，农忙时听着蛙鸣之声，就能预示出丰收之年。篱笆下卧着些小水牛、小黄牛，口袋里也就无须那所谓的青蚨钱。在这春日丝雨之中，能够在田里扶犁自乐，那就是最好的养生之道。

【简析】

诗人通过清新质朴的语调，描绘出自己耕读自乐、不慕名利的生活状态，并以此为最好的养生之道。

◎王念孙简介

王念孙（1744—1832），字怀祖，号石臞，江苏高邮人。8岁读毕十三经，旁涉史鉴。高宗南巡通銮，赐举人。乾隆四十年

（1775 年）成进士，选翰林院庶吉士，转工部主事，升郎中，擢陕西道御史，后任山东运河道、永宁河道。仁宗亲政，首劾大学士和坤，疏语援据经义，大契圣心。从戴震受声音文字训诂之学。其于经，熟悉汉学之门户，手编《诗三篇》《九经》《楚辞》之韵，分古音为二十一部。又因晋涵先为《尔雅正义》，乃撰《尔雅疏证》。其书就古音以求古义，引申触类，扩充于《尔雅》《说文》，无所不达。还著有《校正广雅音》《广雅疏证补正》《群经字类》《释大》《方言疏证补》《丁亥诗钞》《雅诂表》《叠韵转语》等。

同任子田①夕步南郭

青天澄暮辉，片月出林莽②。
言期素心③友，揽衣同一往。
憩足④面迴渚，众色寒苍苍。
一水寂无声，菰蒲自生响。
隔浦闻棹歌，清思落双桨。
夜深群象阒⑤，空林散余爽。

【注释】

①任子田：任大椿（1738—1789），清代官吏、学者。字幼植，一字子田，江苏兴化人。

②林莽（mǎng）：茂密的林木和草丛。

③素心：心地纯洁。

④憩（qì）足：驻足休息。

⑤阒（qù）：形容寂静。

【译文】

青天外夕阳的余晖一派澄净，月色也渐渐地透出了丛林。我与心地纯洁的朋友，相约一起携手结伴同行。累了停下脚步，在面对水流环绕的地方休憩，看着眼前的景色都是清寒苍苍。流水寂静无声，可菰蒲却是发出了声响。隔着水岸又听见船上传来了歌声，而双桨落水的声音更引起我无限的遐思。不觉夜色已深，万籁俱寂，空旷的树林中散发出阵阵清爽的气息。

【简析】

此诗描写了作者与好友任大椿，傍晚相约一起去城南时的情景。诗人从“暮辉”“片月”一直写到“夜深”，用质朴的语言描绘出一派空灵清净的境界。用“素心”二字点出好友任大椿的高洁品性，从“揽衣”中点出与其亲近相惜的深情，使之达到情境完美的交融。

天长道中晚晴

连山卷乱云，余霞递明灭①。
落日带疏林，倒景②挂城阙。
碧天莹如镜，四野烟光豁。
净水摇疏星，孤村澹新月。
伊余③惬④所向，足以洗烦渴。
寄语达观者，共此形神洁。

【注释】

①明灭：时隐时现；忽明忽暗。

②倒景：景通影，指倒影。

③伊余：自指，我。

④惬（qiè）：指的是快意，满足。

【译文】

连绵的山头卷过杂乱的浮云，傍晚的霞光也忽明忽暗。落日从稀疏的林边带过，将倒影映挂在城墙。碧空晶莹得如明镜一般，四处的烟光也显得十分豁亮。几颗星星在清净的水波中晃动，一轮新月也安然地照耀着小小的山村。这眼前的景色呀。就是我心中快意满足的向往，在这里足可以洗去一切烦恼忧愁。寄语那些明了通达的人，只有这样才能真正洁净自己的身心。

【简析】

此诗描写了作者，夕阳西下走在天长道中的情景。诗人通过轻盈的笔触，从“余霞”“落日”写到“新月”“疏星”，营造出一片洁净的心灵圣境，并以此寄语时人，共作追求。

晚泊湖口

落日澹湖津，远水平于掌。
云间万树浮，天末孤烟上。
靡靡[①]渚花静，摵摵[②]蒹葭响。
空翠漾我舟，川光夕滉漭[③]。
遇物聊自适，地僻任俯仰[④]。
清风左右来，习习形神爽。
浩歌酌余霞，曲尽延幽赏。
睇[⑤]彼孤雁飞，独掠平芜[⑥]往。

【注释】

①靡（mǐ）靡：指草随风倒伏相依的样子。
②摵（sè）摵：象声词，此处指风吹芦苇的声音。
③滉漭（huàng mǎng）：犹渺茫；不确定。

④俯仰：低头和抬头，指一举一动。

⑤睇（dì）：眼睛斜看。也泛指看。

⑥平芜（wú）：草木丛生的平旷原野。

【译文】

斜阳安然地照耀着湖边渡口，远看那湖面比手掌还要平整。白云之间浮动着远处的丛林，天边一缕孤烟袅袅直上。秋风吹过，沙洲上的芦花静静地相依在一起，而芦苇却发出摵摵的声响。一片空明的翠色在我小舟边荡漾，水面的光线也随着太阳的落下而变得渺茫不清。遇到什么样的境况都能感到自适，即使在这偏僻之地，一举一动也能任其自然。习习清风从左右吹来，使我形神皆爽。在落日余霞中，听着浩歌饮着酒，即使一曲听罢，我还是久久地沉浸其中，回味无穷。突然眼角边飞过一只孤雁，独自掠过，飞向平旷的原野。

【简析】

此诗描写了作者，傍晚泊舟湖口时所见的情景。诗人用细腻的笔触描写了湖上的景色，由远及近，有景有声，清风习习，使人形神皆爽，然结句却笔调一转，以“孤雁独掠”写出了诗人心灵深处的一片孤寂。

春耕诗拟陶

愧无经济术[①]，聊复事耘耕。

春来土脉动[②]，甘雨正时行。

晨兴向南亩，云与烟雾并。

馌妇[③]多喜色，牧竖[④]传歌声。

村店扬青旆[⑤]，四野明丹英[⑥]。

中田何所望，但见桑麻盈。
更有素心人，耦耕[⑦]无俗情。
依依话今古，地与吟怀清。
顾此徜徉[⑧]意，万事秋毫[⑨]轻。

【注释】

①经济术：经时济世的才干。

②土脉动：谓土壤开冻松化，生气勃发，如人身脉动。后以“土脉”泛指土壤。

③馌（yè）妇：往田野送饭的妇女。

④牧竖：牧牛的童子。

⑤青旆（pèi）：指酒旗。

⑥丹英：红色的花朵。

⑦耦（ǒu）耕：二人并耕。后亦泛指农事或务农。

⑧徜徉（cháng yáng）：闲游；安闲自在地步行。

⑨秋毫：鸟兽在秋天新长的细毛，比喻微小的事物。

【译文】

惭愧自己没有经时济世的才干，只能暂且从事些农耕。春天来了，土地开始萌动，甘雨来得也正当其时。早晨刚起来，我就想到田地里去看看，一路上云和烟雾交织在一起。我看见来到田地送饭的妇女，脸上都露着笑容，耳边又传来了牧童的歌声。村边的小酒家飘着酒旗，四处又绽放着明亮的鲜花。再看看田地中有些什么呢？田里长满了桑树和麻。能有一个心地纯洁的人相伴，抛弃世俗之情而勤劳耕作。彼此依依不舍，共话今古，而大地的清纯也拨动着我的诗情。顾念到如此的心意，安闲地走在田地上，此刻心中无论有什么事，都是微不足道的了。

【简析】

此诗是作者效法陶渊明描写田园耕种的作品。诗人从“愧无”的自谦，到“聊复”的无奈，写出了春日农耕，田头村边的所见所闻，并发出了悠闲自得，不慕名利，欲与志同道合的人耕耘田园的心声。

文游台怀古

步出城东门，径造兹台颠。
春光回百草，四顾何芊芊①。
东睇②穷大海，西缅③横长川。
群帆望不极，云雾相摩吞④。
忆昔岷峨客⑤，相逢淮海英⑥。
英奇聚以类，复连王与孙⑦。
谈笑怯鬼神，诗歌动地天。
风流足千古，与台常新鲜。
谁云丘垤⑧小，竟作乔岳⑨观。
今日览遗迹，祠屋蔓荒榛。
冉冉日已晚，浩叹情徒殷。
恨无双飞翼，凌风觌⑩曩贤⑪。

【注释】

①芊芊（qiān）：草木茂盛的样子；苍翠，碧绿。

②睇（dì）：斜着眼看，看，睇望。

③缅：遥远。

④摩吞：摩擦吞并。

⑤岷峨客：岷山峨眉山来的客人，指苏东坡。

⑥淮海英：秦观，字少游，号淮海居士。

⑦王与孙：指王巩与孙觉。

⑧丘垤（dié）：指小山丘、小土堆。此处指文游台。

⑨乔岳：高山。此指泰山。

⑩觌（dí）：见，相见，拜见。

⑪曩（nǎng）贤：意思是前贤。

【译文】

走出高邮城的东门，径直来到文游台的高处。春光已回，四处望去百草丰茂，一片翠绿。向东望去，尽头就是大海的方向，而西面横着的是，流向远处的大运河。群帆驶入天边，消失在云雾迷漫的远方。回想起文豪苏东坡曾来此做客，与才子秦少游相逢。志同道合的英才奇人相聚在了一起，当时还有王巩和孙觉。谈笑间的事连鬼神都怯怕，论起诗歌来连天地都为之动情。这种风流韵事足以千古流传，文游台也将吸引更多的人来探访。谁说这是小土堆，大家在心中早就把他当作泰山一样。今天看这遗留下来的痕迹，祭祀他们的房屋周围，都长满了高大的树木。天色将晚，夕阳已缓缓地落下，可我心中却怀着无限的感叹之情。恨自己没有生出一双翅膀，能够乘风追寻，去拜见这些往日的前贤。

【简析】

此诗是作者春日在文游台登高望远，由眼前之景，而生发的心中之情。诗人回忆起当年四贤相会，风流千古的雅事，不由生发出未逢其时，恨无双翼的感叹，表达了自己对前贤无比崇敬的心情。

◎王敬之简介

王敬之（1778—1856），字仲恪，号宽甫，江苏高邮人。念孙子，引之弟。以贡生赠官户部主事。屏迹里门，以诸生老。勤于寻访遗闻逸事，且精通小学，尤善倚声，故其诗文涵盖面广，根底深厚。有《小言集》二十五卷，自道光十一年（1831 年）至咸丰五年（1855 年）陆续付梓。

甓湖村舍桂花酒坐中作（之一）

手攀无分月中枝，山小留人亦所宜。
处士[1]高风丛菊在，尽期挈榼[2]叩霜篱。

【注释】

①处士：古时候称有德才而隐居不愿做官的人，后亦泛指未做过官的士人。

②挈榼（qiè kē）：用手提着有盖的酒器。

【译文】

月中的桂枝我是无缘攀折了，倒是这小小的山野之地，最是适宜我留下来。看着面前一丛丛的菊花，我不由得想起陶渊明先生高尚的节操，更希望能够提着酒器，叩开这霜染的竹篱，能与先生一样的人物畅饮呀。

【简析】

此诗以无意折桂的心态开篇，再由“丛菊”而引出高士陶渊明，并发出了渴望能与之对饮的心声。表达了作者看淡仕途，隐迹乡里，清静自修的高尚品格。

春流（之一）①

雨点低篷客睡醒，春流残夜静潮声。
知应柳岸鱼罾②外，天影湖光一碧平。

【注释】

①自注，淮流注江利导稍晚，春堤昨才涨落。

②鱼罾（zēng）：渔网。

【译文】

疏疏的雨滴，点点地打在低篷上，我从睡梦中醒来，在这残夜里，春日的潮水已静静退去。想是透过柳岸渔网之外，天边的云影日光，已倒映在如镜的碧湖之中了吧。

【简析】

此诗我们通过作者的自注，知道这不是一般写景的诗。从“客睡醒”中我们能感受到作者的忧心，从“静潮声、一碧平”中能体察到作者对家乡的殷殷关切之情。

望岁①

浩荡群鸥占白波，并湖未准插秧歌。
山家亦厌春阴久，望岁其如下噀②何。

【注释】

①望岁：盼望丰收。

②下噀（xùn）：此处指低洼田。

【译文】

一群浩荡的鸥鸟，占据在白色的波涛之中，湖水已连成了一片，无法播种，耳边也听不到插秧的号歌。即使山野人家，也会厌烦这春日阴雨太久，心里虽然盼望丰收，可面对这样低洼的田地，又能有什么办法呢？

【简析】

此诗诗题《望岁》，即是盼望丰收。诗人隐迹乡里，以农家自居，与百姓同心。诗中表达了诗人对春日阴雨连绵，无法耕种的担忧和无可奈何。

游人（之一）

侵晓①芳园屐印苔，款门②奈是锁迟开。
莫疑老眼非诗客，我为梅花放艇来。

【注释】

①侵晓：天色渐明之时。

②款门：敲门。

【译文】

天色微亮，我的鞋痕印着苍苔，来到了芳园，敲了很久的门，里面的门锁才迟迟地打开。走出一位老者，用迟疑的眼光打量着我，问我是什么人？我赶紧说道："我是一个诗人，为了欣赏这园中的梅花，坐了一宿的船来的。"

【简析】

此诗描写了诗人为欣赏芳园的梅花，连夜乘船，大清早即叩门求见的情景。虽然作者对梅花未着笔墨，却留给了读者无尽的遐想。同时也表达了作者对清逸高洁的向往之情。

新宅海棠一树盈开（之一）

红情[1]一笑胜夭桃[2]，小院东风锁寂寥。
人自无眠花自睡，纱窗剪烛坐残宵。

【注释】

①红情：犹言艳丽的情趣。

②夭桃：艳丽的桃花，常比喻少女容颜美丽。

【译文】

新房子里红艳多情的海棠花，开得如笑靥一般，远胜过那艳丽的桃花，春风吹过小院，我独守着这一份寂寥。花儿已经睡着了，可是人儿却久久不忍睡去，纱窗下剪去残烛，守着花儿呆呆地坐到了天色将明。

【简析】

此诗以“夭桃”为衬，写出了海棠的红艳多情。以“花自睡、人无眠”写出了诗人痴心独守的真情。诗中虽未言明，但诗人当是情有所托。

湖边

霜鸿漫作稻粱谋[1]，卅六湖边涨浊流[2]。
谁继少游重染翰，大珠光里赋黄楼[3]。

【注释】

①稻粱谋：本指禽鸟寻觅食物，多用以比喻人谋求衣食。

②浊流：浑浊的水流。比喻腐朽黑暗的潮流。

③赋黄楼：秦少游曾作《黄楼赋》一文。

【译文】

湖滩边的清霜里，鸿雁正在觅食，而三十六湖边，又涨起了浑浊的流水。想想有谁人可以继续起秦少游的风流文采，像他一样，能够在湖边浩大皎洁的珠光中，写下《黄楼赋》般的文章呢？

【简析】

诗人通过对“稻粱谋”的鄙视，和对“涨浊流”的忧心，引出了“谁继”的愤慨一问。表达了作者志存高洁，不逐时流，以及对前贤的仰望之情。

酬雨窗[1]感咏木芙蓉诗意（之一）

桂枝香[2]曲争传唱，冷艳谁重按谱新。
早信我才非有用，肯抛心力作词人。

【注释】

①雨窗：高邮岁贡生周叙，字雨窗，号楔亭。

②桂枝香：词牌名。

【译文】

你写的《桂枝香》的曲子，大家都在争相传唱，曲子写的是这般的冷艳绝伦，估计按着这谱子，没人能重新再写得出来。早就知道我的才能没多大用处，还是用点心花些力气，向您学习，做一个词人。

【简析】

诗中表达了作者对好友雨窗，所作桂香曲的无比推崇之情，同时也发出了自己百无一用的感慨。以及对能成为一个优秀词人的向往。

雨夜

雨堂[①]秋入鬓添丝，凉听荷喧醒枕时。
却忆打场[②]迟不得，水乡愁思板桥词[③]。

【注释】

①雨堂：指客堂、客厅。

②打场：在场上将收割的稻子、麦子、高粱等脱粒。

③板桥词：兴化郑燮板桥词，最怕是打场天气，秋阴秋雨。

【译文】

秋夜客厅里的人儿，鬓角又添了些白发，枕上醒来，在一阵清凉中，听着夜雨打向荷花的喧闹。此时心中却想到了打场脱粒的时间，真是迟不得呀！水乡人最愁最怕的，就是像板桥词中所写的那样，在正要打场的时候，天气却阴雨绵绵。

【简析】

诗中从“鬓添丝、醒枕时”点出了诗人对水乡农民的关切之情，表达了作者以农人自居，与百姓休戚与共的高尚情操。

水村

水禽相唤隔村烟，放眼推篷雨后天。
篱影菰田平绿外，夕阳遥在罱泥[①]船。

【注释】

①罱（lǎn）泥：捞取河底的淤泥作肥料。

【译文】

隔着村外的炊烟，听到水边的禽鸟相互唤答，推开篷窗，放眼望向雨后的天边。一片平整的绿色之外，有竹篱的影子和种着菰米的田地，夕阳也落在了遥远的罱泥船边。

【简析】

此诗描写了雨后夕阳西下，水村田野一派恬淡安闲的景象，表达了作者对家乡水村的无比热爱之情。

题高邮耆旧诗存初册后寄雨窗（之一）

千秋学海要津梁[①]，余事诗人亦未妨。
留得甓湖明月在，淮南草木见幽光。

【注释】

①津梁：渡口和桥梁，比喻能起引导、过渡作用的事物或方法。

【译文】

在千秋茫茫的学海之中，需要通过学问，来作为自己前进的渡口和桥梁，剩下的时间余事，也不妨写写诗词，做一个诗人。只要留住前人先贤，在珠湖明月中读书奋发的精神，那么淮南的一草一木，都会迸发出幽微的光芒。

【简析】

此诗是诗人寄予好友诗人雨窗，并与之共勉的作品。诗中讲道学问的重要性，同时也指出空余的时间也可以做一个诗人，关心时事，抒发心声。诗人坚信只要以前贤为榜样，虽身如草木，也一定能会发光发热有所作为。本诗最后两句化用了黄庭坚的“甓社湖中有明月，淮南草木借光辉”句。

雨晨寄怀槿花村农

清响盆荷[①]雨，秋怀和梦凉。
凉云暗村路，远梦到书堂[②]。
还望斜阳树，遥连打稻场。
淮南米贵贱，父老要评量。

【注释】

①盆荷：一种小型观赏类的荷花。

②书堂：有学堂、书房的意思。

【译文】

阵雨滴打在盆荷上，发出清脆的响声，在这初秋的早晨醒来，感觉到一丝凉意。天上阴云暗淡，看不清村边的小路，心里却挂念着远处的学堂。还是望着斜阳边的那片树林，远远地连着打稻场。想想淮南现在的米价如何？是贵是贱？该是乡村父老，此刻最是要关心的事吧！

【简析】

此诗前二联描写了初秋晨雨后，诗人从睡梦中醒来，心里即挂念着“村路、学堂”。后二联从“斜阳树、打稻场”，又关心到淮南的米价如何？可谓怜农之情溢于言表。

客梦

道光甲申十一月十二日，淮堰溃决，淮流奔注山阳，宝应，高邮诸邑，余出走扬州旅次。

今宵安枕卧，客梦奈愁忙。
涕泪仍孤艇，风波似故乡。

觉闻霜柝[①]远，起对月庭方。
待晓忍寒坐，望遥书数行。

【注释】

①霜柝（tuò）：霜夜的击柝声。

【译文】

今夜终于可以安枕而眠了，但身处他乡，睡梦里还是有着许多，无奈的忧愁和繁忙。梦中看到许多人，在孤艇之中流着泪水，在那一片风波之中，好像就是自己的家乡。一觉醒来，听着霜夜里传来的击柝声，渐渐地远去，起来对着方庭之中的月色，更加担忧思念家乡的亲人。且忍着夜的寒冷坐等到天明，望着远方，又不由得写下了几行家书。

【简析】

此诗作于诗人避灾扬州之时。诗人虽然暂时可以“安枕卧”了，但却在思乡的睡梦中惊醒，家乡的“涕泪、风波”，令他无法安眠，只有忍着风寒等待天明，月下望着远方的家乡，又不由写下几行家书，聊以慰藉罢了。诗人沉重的笔触，令读者也不由为之潸然。

野泊

露筋祠畔路，风雨滞人归。
野岸寒涛壮，遥村夜火微。
亲朋关短梦，鸥鹭与忘机[①]。
待晓晴湖上，轻帆一叶飞。

【注释】

①忘机：忘掉世俗的机巧之心，淡泊名利，与世无争。

【译文】

露筋祠旁的路上，一场风雨滞留住我归去的行程。荒郊野岸边，又传来寒风裹挟着的滚滚涛声，抬头望去，夜色中远处村庄的灯火，又是那么稀微暗淡。迷迷糊糊中又小睡了一会儿，可梦里都是与亲朋好友相关的情景，还是看那湖上自在飞翔的鸥鹭吧。能使人忘却世俗上的机巧营营。等到天亮，天气晴好了，湖面上的一叶扁舟将扬起轻帆，向着家的方向飞驰而去。

【简析】

诗人湖上归乡途中，遇风雨滞阻而泊岸露筋祠边，听着“寒涛”，看着“夜火”，可心却随着鸥鹭忘却了世俗，连在小憩中，梦到的都是关于亲朋好友的身影，结句更是以“轻、飞”二字表达了诗人归心似箭的急切心情。

晚眺城南楼

身世空牢落[①]，江山自古今。
登临飞鸟上，怅望夕阳沉。
垂柳系春思，远帆悬别心。
天风如解事[②]，吹梦朔云[③]深。

【注释】

①牢落：犹寥落。稀疏零落貌。

②解事：通晓事理。

③朔（shuò）云：北方的云气。

【译文】

感叹自己的身世百般寥落，而江山却自古而今未曾改变。登上城南的楼头，鸟儿在头顶上飞过，独自惆怅地望着天边的夕阳，一点点地落了下去。岸边的垂柳呀！请系住我这春日的愁思，远去的帆影，也正悬着我一颗寄挂别离的心。如果天上的风儿能够通晓事理，请把我的梦，吹向北方云气的深处吧！

【简析】

此诗虽未言明，但应该是一首登高怀远之作。首联诗人以江山的恒久反衬自己的牢落，次联由“怅望”而道出心声，颈联一个“系”字一个“悬”字表达了作者对远方的思念和寄挂。尾联迸发出奇想，希望天上的风，能够把自己的梦，吹向心中所思的北方。让人读罢为之动情。

三垛

至今遗父老，能说岳家军。
故垒[①]迷前代，中原纪旧勋。
去帆张片片，寒叶下纷纷。
何处寻猿鹤[②]，晴烟似阵云[③]。

【注释】

①故垒（lěi）：古代的堡垒；旧堡垒。
②猿鹤：指猿和鹤，借指隐逸之士。
③阵云：浓重厚积形似战阵的云。

【译文】

村里而今健在的老人，都能谈起当年岳家军在三垛的事迹。

旧堡垒到底保存了几代？谜一样谁也说不太清，但中原地带都记录着，岳元帅当年的战绩功勋。而现在望去，只见一片片远去的帆影，还有那寒风中纷纷落下的树叶。什么地方再能寻找到旧日猿鹤一样的人物呢？只有飘过的晴烟，还似当年的战阵一样罢了。

【简析】

诗中指出当年岳家军，在三垛时留下的事迹，虽然还有老者在传颂，但如今却只见“去帆、落叶、晴烟”，而如“猿鹤”一样有才干的人物却无处可寻，表达了作者虽身居乡野，却心系社稷，顾念苍生的一片赤子之情。

早夏村居

花事碧溪尽，残寒过麦天①。
高林数点雨，深巷一声蝉。
行药②去忘倦，枕书还早眠。
因知静者③妙，尘虑④待先捐⑤。

【注释】

①麦天：麦子成熟的季节。

②行药：古代养生者服养生药后散步以散发药性。

③静者：深得清静之道、超然恬静的人。

④尘虑：俗念。

⑤捐：舍弃，抛弃。

【译文】

碧溪边的花开得差不多了，残寒也已过尽，到了麦子成熟的季节。天空飘来数点雨滴，打在高大的树林上，深巷中也偶尔传来了一声蝉鸣。出去走了走，散发了药性，感觉忘却了疲倦，归来枕在书上，还是要早些休息。因为知道只有先把俗念抛尽，做一个深得清静之道的人，才会有更多的奇思妙想。

【简析】

此诗用简净洗练的笔调，勾勒出初夏乡村宁静清新的景象，并由景入理，指出只有先抛却世俗杂念，才能达到参悟静中玄妙的境界。

六月

停罢花边翰墨场，文书驿骑听灾荒。
岁占[①]果验三时害[②]，水气仍生六月凉。
老去年华随玩愒[③]，传来人事太劻勷[④]。
贪天为力群情惯，谁共醲[⑤]愁万斛[⑥]量。

【注释】

①岁占：占卜问年成。

②三时害：自注，夏雨甲子。

③玩愒（kài）：指旷废时日。

④劻勷（kuāng ráng）：急迫不安的样子。

⑤醲（nóng）：古同“浓”。

⑥万斛（hú）：极言容量之多。古代以十斗为一斛，南宋末年改为五斗为一斛。

【译文】

刚停轿来到花丛边的署衙，就听到驿卒骑马送来呈报灾荒的文书。果然应验了年初占卜的夏时甲子日有暴雨之灾的卦象，看湖面上水气升腾，时至六月仍感清凉。感叹我年华已逝，时日大多旷废，而耳边又多传来人情世事，急迫浮躁不堪。个个都想贪天之功为己力所为，这似乎都成了惯例常情，如今还有谁人同我一样，真心为生民百姓深深地忧愁呢？

【简析】

诗中表达了作者听闻灾情后，虽心系民生，但又力薄无能的自叹，和对时人心浮气躁，惯于贪功求名的愤慨。结句又以“釀愁万斛”点出了诗人无尽的悯农之情。

雨窗招集晚香轩

忆自湖边归棹拿①，郭门②虽隔似邻家。
已成狂客更耽酒，时共冷朋来咏花。
章句何从参世法，知交别有在天涯。
晚香轩里消寒③约，煨芋聊期永笑哗④。

【注释】

①拿：同挐，通桡，船桨。

②郭门：外城的门。

③消寒：旧俗入冬后，亲朋相聚，宴饮作乐，谓之“消寒会”。此俗唐代即有，也叫暖冬会。此处指消寒诗社相约举办消寒会，在晚香轩中宴饮斗诗。

④煨芋（wēi yù）：唐衡岳寺有僧，性懒而食残，自号懒残。李泌异之，夜半往见。时懒残拨火煨芋。见泌至，授半芋而曰：“勿多言，领取十年宰相。”后因以“煨芋”为典，多指方外之遇。笑哗，大声哄笑。

【译文】

回想自从上次湖边荡舟而归，我们虽然隔着外城的门，但却像邻居一般。今天席上有的人酒喝多了，自称是天涯狂客，同时也有冷静清醒的人，正作着咏花的诗。该如何从世人的典范中参考篇章句式呢？在座中有远道而来的，能够知心相问的好友可以解答。在这冬日的晚香轩中相约举行消寒诗会，谈起期望能有懒残和尚煨芋分食李泌，并嘱其领取十年宰相的好事，大家都不由得哄然大笑了起来。

【简析】

诗中描写了诗人应好友雨窗之邀，赴晚香轩中参加消寒会的情景。诗人与“狂客、冷朋”为伴，饮酒赋诗。并由“章句”而引出远道而来的友人，结句又以懒残煨芋的典故，表达了自己无意仕途，只愿知交三五，甘居乡野的高尚节操。

夏秋之间淫雨害稼偶归里门①感赋

万灶无烟釜各悬，陆沉②愁叹又经年。
鱼龙窟宅侵城市，箕毕③光芒动水天。
归客已成萍梗迹，流民何处稻粱田。
百端④对此茫茫集，慰问亲朋益惘然⑤。

【注释】

①里门：指称乡里。

②陆沉：陆地沉入海底。

③箕毕（jī bì）：箕与毕为二星宿名，据传箕星主风，毕星主雨。

④百端：各种各样的事。

⑤惘（wǎng）然：失意的样子；心里好像失掉了什么东西的样子。

【译文】

家家户户的灶上已久无炊烟，连锅都各自挂了起来。愁叹这雨一年下到头，很多田地被淹掉了。鱼虾们的窟穴都侵占到了城市里来了，箕毕星的光芒更是撼动得水天相连。我只能乘舟归来，如同萍梗漂泊之迹，那些流离失所的百姓，又能到哪里重新去耕种呢？对于这些种种的事情，我也是茫然无措了，就是想慰问下亲朋好友，可心里却好像失掉什么东西一样，连话都不知道怎么说了。

【简析】

此诗描写了诗人夏秋之季他乡归来，望见家乡淫雨成灾，流民失所时的景象。诗人虽心有所念，而又无能为力，想要安慰几句，一时都茫然无语，透出了诗人深深的自责之情。

打鱼谣

朝打鱼甓湖①头，暮打鱼甓湖头。年年不怕风波恶，今日风波看却愁。网疏水阔得鱼少，扬州市上价空好。官府例是②催鱼租，谁叹渔人生计③小，卖鱼买米无一饱。

【注释】

①甓湖：即甓社湖，珠湖。

②例是：照样是。

③生计：赖以度生的产业或职业，亦指维持生活的办法。

【译文】

早上在珠湖边打鱼，晚上还是在珠湖边打鱼。年年打鱼都不怕风波险恶，可今日看这风波却发了愁。扬州市场上的鱼价再好，但又有什么用，水太大了，网又太稀疏了，只能打到极少的鱼。就是这样，官府的鱼租还是催得很紧，唉！有谁人能怜惜打鱼人谋生的艰辛，他们卖了鱼买米，连一顿饱饭都吃不上。

【简析】

诗人身居渔乡，与渔人为伴，看到渔人不分昼夜地辛苦打鱼，可由于“网疏、水阔”，却打不到什么鱼，扬州市场的鱼价再好也没什么用。可恨的更是官府的渔租还是一文不少，又催得很紧，逼得渔民连一顿饱饭都吃不上。诗人以笔为刃，揭露了当时不顾民生的苛政暴敛，表达了诗人对底层人民的关爱之情。

◎沈周简介

沈周（1427.11.21—1509.8.2），字启南，号石田，晚号白石翁，明代著名画家、书法家、文学家、医学家，长洲（今江苏苏州）人。

盂城倚棹

落日露筋[①]鸦树，平云甓社[②]沤波[③]。

莫怪扁舟小住，故园归路无多[④]。

【注释】

①露筋：地名，又露筋祠。

②甓社：甓社湖。

③沤波：泛着白沫的波浪。

④无多：没有多少。

【译文】

夕阳西下，露筋祠边的老树上，落着几只暮归的乌鸦。天边布满了云彩，甓社湖畔也涌起泛着白沫的波浪。不要怪我停下扁舟，在此小住流连，因为归家的路途也已经不远了。

【简析】

此诗为六言诗，语言凝练精准。前两句写景，后两句抒情，即表达了诗人的思乡之意，也写出了对途中高邮美景的深情眷恋。

◎唐寅简介

唐寅（1470.3.6—1524.1.7），字伯虎，小字子畏，号六如居士，南直隶苏州府吴县（今江苏省苏州市）人，祖籍凉州晋昌郡，明朝著名画家、书法家、诗人。

题自画秦淮海[①]卷

淮海修真[②]遣丽华[③]，他言道是我言差。
金丹不了红颜别，地下相逢两面沙。

【注释】

①秦淮海：秦观，号淮海居士。

②修真：道教谓学道修行为修真。

③丽华：即边朝华，秦观爱妾。

【译文】

秦观以学道修行为名，遣走爱妾边朝华。别人是这么说的，可我却不是这么认为的。道家金丹肯定是炼不成的，与爱妾却成了阴阳两隔。想是地下相逢，应皆是满面尘沙吧。

【简析】

此为唐寅题画诗，道出当年秦观以修真为名遣散朝华，当是另有隐情，现实打击迫使两情相散，不得长久，纵是泉下相逢，也是满面尘沙劳苦，不尽哀然。

张拥军注译

◎孙觉简介

孙觉（1028—1090），名觉，字莘老，江苏高邮人，北宋经学家、文学家、词人。与乔执中、秦观并称高邮“三贤”。是黄庭坚的岳父。22岁中进士，历河南县、合肥县主簿，太平县、吴江县令，任直集贤院同知谏院、升右正言。因论副相邵亢不才，贬为越州通判，入京复右正言。反对熙宁变法，出知广德军，又辗转湖州、苏州、福州、徐州、应天府等地任知州。返京为太常寺少卿，秘书省少监，谏议大夫兼侍讲，给事中，吏部侍郎，御史中丞。授龙图阁直学士，提举醴泉观。

游龙洞

侧径①萦纡②入杳冥③，神镵④鬼凿路岩扃⑤。
天悬乳石婴⑥华盖⑦，壁隐莓苔矗翠屏。
九道寒江云外白，一池阳井雪中青。
还同康乐⑧登临海，可共羊何⑨笔不停。

【注释】

①侧径：狭窄的路。

②萦纡：旋绕弯曲。

③杳冥：幽暗。

④镵（chán）：古代一种铁制的刨土工具。

⑤扃（jiōng）：门户。岩扃，山洞的门。

⑥婴：缠绕。

⑦华盖：帝王或贵族车舆伞盖。

⑧康乐：指谢灵运（385—433），著名山水诗人。东晋名将谢玄之孙。袭封康乐公，又称谢康公、谢康乐。登临海，谢灵运有《登临海峤初发彊中作与从弟惠连可见羊何共和之》诗。

⑨羊何：羊璇之与何长瑜。两人均为南朝宋文学家。当时谢灵运、荀雍、羊璇之、何长瑜等交游甚笃，每为山泽之游，吟诵唱和，其得真趣，时人称谢、荀、羊、何为四友。

【译文】

沿着狭窄弯曲的小路走向幽静的龙洞，沿途是鬼斧神工的奇山，沿岩路进入洞门。洞中多彩的钟乳石悬挂缠绕在穹顶上如同华丽的伞盖，青苔贴在石壁上像直立的绿色屏风，远处几道寒泉像从云中流出的白光，如雪的阳光照在一池青色的井水上。这么美丽的景色，我偕同文友好似当年谢灵运登临海作诗，又似与羊璇之、何长瑜这样的名士吟诗唱和。

【简析】

宋神宗熙宁九年（1076 年）八月的一天，孙觉与秦少游、释道潜（高邮乾明寺僧人）和阎求仁（高邮人，时任安徽乌江县令）一起游乌江龙洞山。诗人与其他三人一边欣赏龙洞山的美景，一边吟诗唱和，这首诗是孙觉先赋，秦少游、释道潜等和韵。诗人先写沿途道路的曲折，山石的巧工，然后写洞中的奇景，最后抒发情感，愿意像谢灵运、羊璇之、何长瑜他们一样体验山水之乐。这首七律对仗工整，突出景致，借典抒情，用典自然。

次韵秦少游

青发[①]从游各白袍[②]，老来邂逅[③]更陶陶[④]。
尺书[⑤]继月[⑥]传双鲤[⑦]，相见何时咏百劳[⑧]。
谏草[⑨]十年聊阁笔，坐棠[⑩]三郡[⑪]不更刀[⑫]。
灵崖[⑬]泺[⑭]水堪行乐，时事纷纷剧[⑮]猬毛[⑯]。

【注释】

①青发：黑发，指少年。

②白袍：未仕者服白袍，指未入仕时。

③邂逅：不期而遇。

④陶陶：快乐。

⑤尺书：书信。

⑥继月：每月连续不断。

⑦双鲤：古人常把书信扎在鱼形的竹木简中，代指书信，寓意传情、相思。

⑧百劳：伯劳鸟。伯劳鸟象征追求美好，有向往和梦想的意象。

⑨谏草：谏书的草稿。

⑩坐棠：《诗经·甘棠》：西周召伯在甘棠树下听讼决狱。此处指办案断狱。

⑪三郡：孙觉曾任湖州、庐州、苏州、福州、亳州、扬州、徐州、南京七州知州。三，概数。郡，郡邑。

⑫不更刀：不更，不更改。刀，刀笔，竹简刻字用刀笔，此借代判词，引申为断狱无讹不改。

⑬灵崖：指陕西灵崖寺。

⑭泺（luò）水：山东济南西南的泺河。

⑮剧：复杂，繁难。

⑯猬毛：刺猬的毛。形容众多。

【译文】

当年我们还都是黑发时，穿着未仕的白袍一起游冶，如今我年老了，你我不期相遇在一起是多么快乐啊！分别后，每月相互写信，表达想念之情，什么时候能够相见，共同吟唱美好。十年的谏官之后，改任太守，已经辗转了多处为地方官，办案断狱从未错判。时事纷繁复杂像刺猬毛一样多，灵崖泺水这些美丽的山水能够让我快乐，暂时忘记事务的烦恼啊。

【简析】

宋神宗熙宁十年（1077 年）冬月的一天，秦观有诗《怀李公择学士》，诗人看到秦观的诗，便步其韵写了这首诗。孙觉是秦观同乡，更是引路人，两人亦师亦友。诗中看出孙秦二人交往时长，书信不断，互露襟怀，感情深厚。诗人希望与好友秦观一起游阅山川，抒发情怀，寻找快乐，以排解繁忙工作的苦闷。这首和诗对仗工整，用词凝练，抒情突出。

寄黄山故人

鬓毛黑漆面如丹，曾待亲舆①作长官。
天禄②雠书③身长大④，江都⑤入梦涕涟澜。
窗中山色经秋瘦，枕底溪声入夜寒。
三十六峰应好在，何年更得上楼看。

【注释】

①亲舆：旧时奉亲乘坐的板舆。典出晋潘岳《闲居赋》：“微雨新晴，六合清朗，太夫人乃御板舆，升轻轩，远览王畿，近周家园。”后以“亲舆”借指居官迎养其亲或致仕奉亲归田。

②天禄：貔貅，又名天禄、辟邪、百解，是中国古代神话传

说中的一种神兽，龙头、马身、麟脚，形似狮子，毛色灰白，会飞。西汉文学家刘向曾经奉命在天禄阁校勘皇家书籍。诗中的天禄，是天禄阁的省称。

③雠书（chóu shū）：亦作“雔书”。意思是校书。

④身长大：非身体长大，声名大很显赫。

⑤江都：古扬州，诗人家乡扬州府高邮。

【译文】

发黑面红年青时曾经将父母当作长官一样奉养。在天禄阁校书声名很显赫，常常梦见家乡扬州而泪流满面。窗外秋天的山色显得萧条，夜里睡觉时听到寒溪水流的声音。黄山的三十六峰应当很美吧，什么时候再登上高楼眺望它的景色啊。

【简析】

这是诗人于元祐三年（1088 年）秋写给黄山故人的一首回忆性的律诗。这个故人是谁，已难以考证。诗人回首往事，在梦中盼望再次回到黄山，与故人一起共叙情谊，共赏美景，表达了对过去时光的留恋和光阴流逝的无奈。

◎郑燮简介

郑燮（1693—1766），名燮，字克柔，号理庵，又号板桥，人称板桥先生，江苏兴化人，清朝学者、书画家、“扬州八怪”代表人物，书法自称“六分半书”。曾官山东范县、潍县知县。

由兴化迂曲至高邮（七首选三）

一

烟蓑雨笠水云居，鞋样船儿蜗[①]样庐。
赏取青钱[②]沽酒得，乱摊荷叶摆鲜鱼。

【注释】

①蜗：蜗牛。

②青钱：铜钱。

【译文】

身披蓑衣，头戴笠帽，在茫茫的烟雨中辛勤劳作，云水相连的水面就是渔民们生活的地方。驾着鞋样的小船，住着蜗牛般的小屋。为了换得铜钱买些酒，凌乱地摊开荷叶，摆满了鲜鱼叫卖。

【简析】

诗人由兴化到高邮一路写了七首绝句，这是第二首。诗句描写渔家人的生活，既写了渔家的艰辛，又写了渔家的闲适。从客观的描述中，我们可以隐隐地感受到诗人对渔家的生活艰苦的同情和隐居闲淡生活的向往。

二

买得鲈鱼[①]四片鳃，莼羹[②]点豉[③]一尊[④]开。
近来张翰[⑤]无心出，不待秋风始却回。

【注释】

①鲈鱼：一种淡水鱼，左右各两片鳃，一真一假，两边计四片鳃。

②莼羹：用莼菜加工的羹汤。

③豉：也称豆豉，俗称豆酱。一种用熟的黄豆或黑豆经发酵后制成的食品。

④尊：即樽或罇，盛酒器。

⑤张翰：字季鹰，江苏苏州人，西晋文学家。

【译文】

从街市上买来鲈鱼，用莼菜做好羹汤，加上豆酱，喝起酒来，多么惬意啊！近来我啊，在秋风还没来时，已学张翰辞官回乡了。

【简析】

这是诗人舟行高邮途中写的第四首绝句。诗句用了张翰“莼鲈之思”的典故。西晋末年，天下将乱，张翰为了避祸，借秋风起思乡的事由，辞官回乡。其实，诗人也于近期效仿张翰辞官回乡。从诗中我们可以感受到诗人厌倦官场的心态。

三

一塘蒲[①]过一塘莲，荇[②]叶菱丝稻满田。
最是江南秋八月，鸡头米[③]赛蚌珠圆。

【注释】

①蒲：香蒲，俗称蒲草，水生植物。

②荇（xìng）：荇菜，水生植物。

③鸡头米：芡实，水生植物。

【译文】

过了长满蒲草的河塘，又过了长着莲藕的水塘，船穿行在荇菜菱丝之中，放眼田里，满是黄灿灿的水稻。江南八月的秋天真是好啊！芡实圆滚滚的大如珍珠。

【简析】

这是郑板桥入邮途中写的第六首诗。诗中描写了里下河水乡秋季的丰收景色，赞美了故乡的富庶物产，诗人热爱故乡的喜悦心情油然而生。

李同义注译

◎陈造简介

陈造（1131—1203），江苏高邮人，字唐卿，人称“淮南夫子”，自号江湖长翁。年二十始知锐意，宋孝宗淳熙二年（1175 年）中进士，官迪功郎，以词赋闻名艺苑。继而调太平州繁昌尉。三年满转升平江（今苏州），撰《芹宫讲古》，阐明经义。死后被赠朝奉大夫。陈造是南宋中期诗人，性格耿直，孤高自守，从小立志为国效命，却一直沉寂于下僚。后虽因仕途不济时而渴望居隐田园。但爱国之心又无一日不忘，所以他一生都徘徊于仕隐之间。陈造诗作数量丰富，《江湖长翁集》收录诗歌十九卷，约两千多首。多为民生之吟，功业之念和思归之作。他诗兼江西诗派与江湖诗味，在南宋诗坛颇有特点。

陈造诗词作品，由其子师文刊刻于世，陆游为之序，书名《江湖长翁集》，已佚。大约四百年后明神宗万历四十六年（1618 年）仁和李之藻获陈造诗集抄本，与秦观集同刊于高邮。现《高邮州志·艺文志》《全宋诗》《全宋词》中有陈造诗词流传。范成大见其诗文谓“使遇欧苏，盛名当不在少游下”。

临泽寺留题[1]

发冢诗书[2]谩[3]一官，旧游重到鬓毛斑。

尘埃[4]可是山灵[5]意，不待文移[6]始厚颜。

【注释】

①作者题下注，“乃予旧读书处”。

②发冢诗书：语本《庄子·外物》“儒以诗礼发冢”，是庄子讲述的一个寓言，意思是讽刺儒家不过是根据诗礼所讲的一套来盗掘坟墓而已。

③谩（mán）：欺骗、蒙蔽，自谦词，实为“获得”。

④尘埃：尘土。

⑤山灵：山神。

⑥文移：南朝孔稚珪的骈体文《北山移文》，该文表彰了真隐士以树立榜样，指出假隐士周颙虚伪本质，描绘其丑恶面目。

【译文】

我靠着一点微不足道的诗书获得了一官半职，旧地重游到以前读书处时已是鬓毛斑白。如今我满面尘埃，应该是神灵的意思吧，不用等到人们写《北山移文》这样的文章才觉得自己厚颜无耻啊！

【简析】

这是陈造鬓发斑白重回临泽（高邮市的一个镇）读书处写的一首诗，是对自己这些年碌碌无为的自我调侃，同时也流露出诗人壮志难酬的失望之怀。

九日[①]登神居[②]留题

行行[③]十刻[④]冒风沙，骤[⑤]喜深堂[⑥]放马挝[⑦]。
旋报阴云漏红日，共追佳节把黄花[⑧]。
多烦沽酒留元亮[⑨]，莫漫移文调孟嘉[⑩]。
未竟[⑪]笑谈人树醉，檐栖[⑫]片月欲翻鸦。

【注释】

①九日：指我国农历九月九日，中国传统节日重阳节。本诗第四句佳节也指重阳节。

②神居：指高邮的神居山。

③行行：慢步行走，徘徊不进的样子。

④刻：古代用漏壶计时，一昼夜共一百刻。十刻约相当于今天 2~4 个小时。

⑤骤：突然。

⑥深堂：屋宇深处的厅堂。

⑦挝：同打，放下打马鞭子。

⑧黄花：菊花。

⑨元亮：指东晋田园诗人陶渊明（365—427）。刘裕篡夺东晋政权后，改名潜，浔阳柴桑（今江西九江市）人。陶渊明与菊花结下了不解之缘。菊是诗人隐士的自喻，是其品格的象征。

⑩孟嘉：陶渊明的外祖父，当时名士，其高贵镇静的生活习惯和态度对陶影响较大。关于孟嘉最有名的故事是“孟嘉落帽”（又叫龙山落帽），故事略，此典多形容才子名士风雅洒脱，才思敏捷，或气度宽宏、风流倜傥、潇洒儒雅。

⑪竟：完毕，从头到尾。

⑫栖：本指鸟停留在树上，后泛指居住或停留。

【译文】

我冒着风沙，悠闲地前行，忽然觉得很高兴，主人允许我纵马直达屋宇深处的厅堂。虽说这天空浓云密布，但云层时而还是透出阳光。诗朋好友一同欣赏菊花，多谢主人买酒邀请像陶渊明一样的客人，请不要随意书写像《北山移文》那样的文章来讥笑我，笑谈还没结束，人和树都醉了，神居山悟空寺飞檐上已悬挂月亮，使巢中鸦雀产生错觉，以为天色已晓，欲振翅翻飞了。

【简析】

这首诗是诗人应友人邀请到神居山赏菊时写的，诗人把当天登游神居山与诗朋好友一起酣醉的过程和心情刻画得淋漓尽致。全诗笔意潇洒，心情闲适，极富感染力。

次韵杨宰[1]游神居

峰顶留云一鹫[2]骞[3]，山腰涵碧老蛟[4]蟠[5]。
鹍鹏[6]翻海十洲[7]近，江汉分流三楚宽。
曾是乘闲上埃[8]霭[9]，小留舒啸倚高寒。
想君缓憩[10]双凫舄[11]，不羡冲霄吴彩鸾[12]。

【注释】

①杨宰：北宋哲宗元祐年间任高邮知军的杨蟠。杨蟠，浙江章安（今临海）人，仁宗庆历六年（1046 年）进士。杨蟠任职高邮约两年半，在邮修成众乐园，作为高邮籍后人的陈造还专门写了两首《众乐园》诗。杨蟠有《章安集》，故陈造读后次韵（即步韵）诗颇多。这首《次韵杨宰游神居》只是其中之一。

②鹫（jiù）：鹰科部分鸟名的统称，属大型猛禽，如秃鹫，兀鹫等。

③骞（qiān）：高举。

④蛟：蛟龙。

⑤蟠（pán）：盘曲，形容曲折环绕。

⑥鹍鹏：古代传说中的神鸟。

⑦十洲：古传说中仙人居住的十个岛，《海内十洲记》："汉武帝既闻西王母说八方巨海中有祖洲、瀛洲、玄洲、炎洲、长洲、元洲、流洲、生洲、凤麟洲、聚窟洲，有此十洲，乃人迹所稀绝处。"

⑧埃：尘埃。

⑨霭（ǎi）：指云气。

⑩憩（qì）：休息。

⑪舄（xì）：指鞋，"双凫舄"为历史典故。汉应劭《风俗通·正失·叶令祠》：王适迁为叶令。乔有神术，每月朔常指台朝。帝怪其来数而不见车骑密令太史候望之，言其临对时，常有双凫从东南飞来，因伏伺见凫，举罗，但得一双舄耳。使尚方识视，四年中所赐尚书官属履也。后因以"双凫舄"喻仙人或地方官的行踪。

⑫吴彩鸾：女道姑，传说中的女仙，载自唐裴铏的《传奇书》。

【译文】

神居山顶的一朵白云多像高举的猛禽鸷鸟，山腰上涵洞碧绿弯曲盘旋像蜿蜒的蛟龙。站在神居山上，面对浩瀚的高邮湖，浮想联翩，想到了鹍鹏翻飞由海流冲击泥沙淤积而成的人迹罕至的神仙居住的地方。想到了自己曾任职湖北房州知事的三楚地区，那儿地势宽阔。曾经乘空闲时来神居山看天空中尘埃上云气堆积，如果小留一段时光，会感到缓慢的北风呼啸而至，冬天这里是寒冷的。我向往杨宰在高邮任职期间休闲的行踪，而不羡传奇精通书法名气很大的传奇女仙吴彩鸾。

【简析】

这是诗人登游神居山的第二首七律，是诗人爱家乡、爱高邮的体现，同时表达了他对前任高邮知军杨蟠的尊敬和喜爱之情。

次韵杨宰[①]食野莲

小尝绀菂[②]掉吟头，甓社湖[③]阴风露秋。
仙实休夸华峰顶，吮[④]霜咽[⑤]蜜亦其流。

【注释】

①杨宰：见《次韵杨宰游神居》。

②绀菂（gàn dì）：赤莲。绀，微带红的黑色。菂，莲子。

③甓社湖：即高邮湖。

④吮（shǔn）：吸，嘬。

⑤咽：有的版本为嚥。这两字通用，使嘴里的食物或别的东西咽到食道里去。

【译文】

稍稍品尝水中的莲子，触动了吟诗的念头。高邮湖又到了秋风吹拂露水凝结的时候了。不要夸耀只有华山峰顶才有仙人的果实，这里的赤莲吮吸风霜吞咽甜蜜亦极同流。

【简析】

这是陈造贴近家乡，贴近生活，写食用野莲的一首绝句，写得自然清新，耐人品读。

题赵秀才壁

日日[1]危亭[2]凭曲栏，几层苍翠拥烟鬟[3]。
连朝策马冲云去，尽是亭中望处山。

【注释】

①日日：每天。

②危亭：此指高亭。

③鬟（huán）：发髻，本诗烟鬟指缥缈的云烟像美人的发髻一般。

【译文】

每天站在高亭上凭栏远眺，远山苍翠、重重叠叠，簇拥着缥缈的云烟像美人的发髻一般，接连几天骑马去追寻云边的美景，其实都是在亭中就可以望见的远山。

【简析】

这首绝句贵在内在感情的流动。对远山美景的喜爱，使诗人日日凭栏观云不够，便冲云而寻，寻的目标仍然是原来日日所见的云山。“寻”是由于爱山之情，“寻”的结果加剧了这种爱山之情。诗人采用这种回环往复的手法，使小诗妙趣横生，语浅意深。这是众多诗家认为是陈造诗中写得较出色的一首七绝。

望夫山[1]

亭亭[2]碧山椒[3]，依约[4]凝黛[5]立。
何年荡子[6]妇，登此望行役[7]。
君行断音信[8]，妾恨无终极。
坚城不磨灭，化作山上石。

烟悲复云惨，仿佛见精魄[9]。
野花徒自好，江月为谁白。
亦知江南与江北，红楼[10]无处无倾国[11]。
妾身为石良[12]不惜，君心为石那可得。

【注释】

①这是陈造的一首古体五言为主的杂言诗。

②亭亭：耸立。

③山椒：山顶。

④依约：隐约。

⑤凝黛：凝眉。

⑥荡子：外出不归的男子。

⑦行役：出门在外（此指外出男子）。

⑧音信：音讯，信息。

⑨精魄：指化石女子的阴灵。

⑩红楼：泛指华丽楼房，多指富贵女子所居。

⑪倾国：形容女子极其美丽。

⑫良：实在。

【译文】

瘦削的望夫石矗立在青山上，隐约又可看到她皱着眉头，满怀伤情。我不禁要问，是哪一朝代的女子，丈夫外出，她登上这山，盼望丈夫回归的身影。石头说：“丈夫出外多年，杳无音信，我心中怨苦，无穷无尽。”我的心啊，永远不会改变，化成了石头，屹立在山顶。烟云缭绕着她，一片悲惨凄清。我仿佛见到她的精魂，在山头上现形。我似乎听见她在感叹：“盛开的野花有谁来欣赏，江上的明月使谁动情？”我知道这江北江南，红楼处处，美女倾国倾城。我化成了石头，没什么后悔，可丈夫啊！你的心可能像石头一样，不改忠贞吗？

【简析】

在中国辽阔的土地上，同名的山很多，最频繁出现的要算“望夫”这个悲剧性的名字。湖北有望夫山，安徽当涂、辽宁兴城、江西德安、浙江萧山、广东清远都有望夫山或望夫石。陈造这首不知写的何处。各地的望夫山都伴随着这样的故事，丈夫出外，妻子想念丈夫，登山眺望，伤心哀绝，化成石头。因此富有同情心的人们便会给山起名“望夫”，并通过吟咏寄托对她的哀婉感叹，陈造这首诗望夫山写得缠绵悱恻，情深意浓，令人诵读再三。

都梁[①]六首（其一）

淮汴[②]朝宗地，孤埤[③]只眼前。
谯楼[④]西日淡，戍鼓[⑤]北风传。
破竹非无计，浇瓜亦自贤。
客愁浑几许？抚剑倚吴天。

【注释】

①都梁：指都梁山，在今江苏盱眙县境内，绵亘甚广。为淮滨险隘。

②汴（biàn）：河南开封的别称。历史上是宋朝建都的地方，称为东京。北宋灭亡后，金国也将开封汴京定为都城，开封成为两国共有的都城。淮，指淮水，汴也是古水名，指河南蒙阴县西南蒙河。

③埤（pí）：城墙上的矮墙、女墙。

④谯楼：城门上的瞭望楼或鼓楼。

⑤戍（shù）鼓：战鼓。

【译文】

淮水连汴水，流过当年群臣朝拜的地方。可是今天看见的只是都梁山上孤零零的矮墙。夕阳在瞭望楼上抹上了一缕淡淡余晖；北风送来了一声声凄清的战鼓，像势如破竹样击败全兵并非不可能，可是由于朝中形势险恶，有贤才的人只能去种瓜，隐居山乡，抚摸手中的宝剑，背倚江南的大好河山，客游的人啊，心渐起伏无限惆怅……

【简析】

陈造40岁左右游都梁山，感慨颇多，以都梁山为题，写五律六首，这是第一首。前四句写望中所见，后四句写心中感怀。全诗重在即景抒情，景观是宏伟博大的，而诗人却满腹惆怅，兴趣索然。这是诗人主观感情的流露。孤埤、谯楼、西日、戍鼓、北风使全诗带有浓郁的感伤。长淮为界，山河非昔，所以诗人感到忧愁。全诗用典精当，选材切事，情味宛在。

都梁六首（其二）

天外纤云尽，山颠望眼遥。
平淮剪绿野，白塔界①晴霄。
客里风光异，吟边物象骄。
功名它日事，回首兴萧条。

【注释】

①界：这在本诗是“分开”之意，高高耸立的白塔插入云端好像晴空的分界。

【译文】

万里晴空，没有一丝云浮荡天地，放眼望去，都梁群峰一直向远方绵延。平缓流淌的淮河流过平原像剪开了绿色的田野，高高耸耸的白塔插入云端，像把碧蓝的天空一分为两半。客游外地，风光确实不一般，禁不住吟诵这边城壮伟的景观，但一想起国家的前途，个人抱负，就只能是黯然回首、兴趣索然。

【简析】

诗人对壮美的边界自然风光的赞叹之情油然而生。他登上都梁山见到平淮绿野、白塔晴霄的开阔壮伟之景，不禁生发出赞叹之情，以及对山河破碎，恢复无望的感伤之情，诗人通过描写宋金边界之景想到了淮水为界，山河分裂，表达了对国家现状的不满之情。诗人于都梁山眺望如此壮美却被金人占领的山河，心中充满了对南宋统治者不思振作、无法收复失地的不满与愤懑之情。表达了诗人无心求取功名的痛苦和无奈。尾联首句“功名它日事”，直接表达了他在国事日非的大前提下，无心谈及个人功名前途的痛苦之情。

田家谣

麦上场，蚕[①]出筐，此时只有田家忙。
半月天晴一夜雨，前日麦地皆青秧。
阴晴随意古难得，妇后夫先各努力。
倏[②]凉骤[③]暖茧易蛾，大妇络丝中妇织。
中妇辍[④]闲事铅华[⑤]，不比大妇能忧家。
饭熟何曾趁时吃，辛苦仅得蚕事毕。
小妇初嫁当少宽，令伴阿姑顽过日。

明年愿得如今年，剩贮[⑥]二麦饶丝绵。
小妇莫辞担上肩，却放大妇当姑前。

【注释】

①蚕：桑蚕、柞蚕等的统称，泛指能吐丝结茧的昆虫。丝可织绸缎。

②倏（shū）：极快地。

③骤（zhòu）：奔跑，急速，突然。

④辍（chuò）：中止，停止。

⑤铅华：亦作铅花，指妇女化妆用的铅粉，这里指梳妆打扮。

⑥贮（zhù）：储存、积存。

【译文】

夏麦上场，春蚕出筐，正是田家大忙的时节。经过了半个月的晴天，昨晚下了一夜雨，麦收后新秧已泛青。天公应人们的需求而随阴随晴，这个自古以来都很难得，夫妻双双在田地里忙碌，这是农家难得的好时光。天气忽冷忽热，蚕茧容易化成飞蛾，大媳妇忙着缠丝，二媳妇忙着织布。二媳妇趁着空闲便梳妆打扮，不像大媳妇担忧家计。饭熟了，大家都忙碌着，只有等到事情忙完才想起来吃饭。小媳妇因为是初嫁，所以做事较为宽松，和婆婆嬉玩度过了一天。但愿明年的年景和今年一样好，能够贮存稻麦和丝绵，小媳妇啊！不要推辞肩上的担子，要让大媳妇有空闲时间多陪陪婆婆才是啊！

【简析】

陈造是南宋较能反映现实以及劳动人民疾苦的一位诗人。这是陈造所写古体乐府叙事诗，描述农桑丰饶之年，一个农家各有分工努力从事紧张劳动欢悦情景，宛如一幅田家劳动生活的风俗画，反映了风调雨顺年景农民一家的辛勤生活，也写出劳动之家纯朴和美的家风，以及获得丰收的喜悦和愿望。诗人的赞美田家之情是以质朴真切而又饶有情趣的，全诗质朴纯美，充满着浓郁的生活情趣。

苦旱六首（选一）

我虽甓社[①]居，有田不濒[②]湖。
漫漫[③]湖水长，奈此田中枯。
携文[④]客边侯[⑤]，劣可输残[⑥]租。
黧[⑦]瘁[⑧]不识饱，愧[⑨]尔[⑩]耕田夫。

【注释】

①甓（pì）社：高邮湖的别称。

②濒：紧靠（水边）；临近，接近。

③漫漫：水过满，向外流。淹没，到处都，遍。

④携文：携着儿子陈师文。文，陈造之子，名师文。

⑤侯：封建五等爵位的第二等，也泛指达贵官人。

⑥残：剩余的，将尽的。

⑦黧（lí）：黑，或色黑而黄。

⑧瘁：过度劳累。

⑨愧：惭愧。

⑩尔：人称代词，你。

【译文】

我的家虽然居住在高邮湖畔，但农田并不紧靠高邮湖边。即使湖水漫漫上涨，但是家乡田仍然久旱无水浇灌，田里一片枯焦。我携儿子师文在客地为官，恶劣干旱的天气可能庄稼失收，收不到剩余的租谷。为了抗旱，农家过度劳累，肤色又黄又黑，而不得温饱，惭愧啊！枉你是耕田的农夫。

【简析】

陈造这首五言古风诗，全诗用韵七虞（首句用邻韵六鱼），标题《苦旱六首》，说明旱情严重，人们苦苦抗旱而“奈此田中枯”，诗人一气写了六首诗。可见诗人多么挂念家乡旱情，同情农民的艰辛跃然诗行。

◎汪广洋简介

汪广洋（？—1379），字朝宗，明朝初年宰相，重臣，江苏高邮人。汉族，元末进士出生，通经能文，尤工诗，善隶书。朱元璋过江召为元帅府令史。置正军都谏司为都谏官，迁江南行省都事，进郎中。立中书省，改右司郎中，寻知骁骑卫事，平章常遇春下赣州，广洋参军事，迁拜江西行省参政。朱元璋称赞其“处理机要，屡献忠谋”，将他比作张良、诸葛亮。明朝建立后，先后担任山东行省、陕西参政，中书省左丞，广东行省参政，右丞相职务。受封忠勤伯、洪武十二年（1379 年）因受胡惟庸毒死刘基案牵连，被朱元璋赐死。

汪广洋著有《凤池吟稿》《淮南汪广洋朝宗先生凤池吟稿》。《明诗综》收诗 31 首。

苏溪亭①

苏溪亭上草漫漫②，谁倚东风十二阑③。
燕子不归春事晚，一汀④烟雨杏花寒。

【注释】

①苏溪亭：在今浙江义乌市。

②漫漫：无边无际。

③十二阑：乐府古典中有阑干十二曲。

④汀（tīng）：水边平地。

【译文】

苏溪亭外野草青青，无边无际。是谁随着东风唱着阑干十二曲呢？春天来得晚了些，燕子还没归来，迷蒙的烟雨笼罩着一片沙洲，杏花在料峭春风中只感凄寒。

【简析】

诗人通过描写苏溪亭秀丽的风景，抒发了诗人无比惬意的心情，小诗遣语清新，意境优美。

画虎

虎为百兽尊[①]，罔[②]敢触其怒。

惟有父子情，一步一回顾。

【注释】

①尊：地位或辈分高，受人敬重，尊崇。

②罔（wǎng）：蒙蔽或没有，无。

【译文】

老虎在百兽中是受尊崇的，没有人敢触其愤怒。世上只有父子情，才能令老虎频频回首。

【简析】

这首小诗语短情长，内涵丰富。鲁迅曾写《答客诮》诗：“无情未必真豪杰，怜子如何不丈夫。知否兴风狂啸者，回眸时看小於菟。”立意似本于此诗，有异曲同工之妙。

江上（五首选三，戊申夏，奉诏回京）[①]

小姑南岸对彭郎[②]，天劈云厓[③]峙两傍。
日暮惊涛没沙尾，江流较比去年强。

棹歌[④]齐发浪声喧，池口东边又换船。
林酒发醅[⑤]偏醉客，鲥鱼[⑥]出网不论钱。

归路贪行不觉多，馆夫[⑦]连日棹江波。
满船争唱湖州[⑧]调，两岸云山侧[⑨]枕[⑩]过。

【注释】

①戊申年为1368年，汪广洋奉诏从南方回京城途中，作《江上》诗五首，因古版中个别字无法辨认，只选其中三首。

②小姑南岸对彭郎：小姑，彭郎，江西彭泽县南岸有澎浪矶，隔江与大、小孤山相望。俚俗之语转“孤”为“姑”，转“澎浪”为“彭郎”，宋苏东坡有诗曰：“舟中贾客莫漫狂，小姑前年嫁彭郎。”

③厓（yá）：通“崖”，山石或高地陡立的侧面，如山崖、悬崖等，也有边际的意思。

④棹（zhào）歌：船上唱的歌。棹，船桨。

⑤醅（pēi）：没过滤的酒。

⑥鲥（shí）鱼：此鱼体侧、背部黑绿色，腹部银白色，眼周围银白色带金光。鳞下脂肪丰富，肉鲜嫩，是名贵的食用鱼。

⑦馆夫：应指驿馆派出的划桨人员。

⑧湖州：历史上的江南古城，建制始于战国，有众多的自然景观和历史人文景观，如莫干山、古梁古镇等。湖州是国家历史文化名城，近代湖商的发源地，湖州现在是浙江省下辖的地级市。

⑨侧：旁边。

⑩枕：枕头。

【译文】

小姑山与彭郎山隔江相对，就像天公劈开山崖般峙立，这里日夜惊涛冲击，淹没了泥沙的痕迹，水势比去年湍急。

坐在船上只听得船歌齐发浪声喧闹，在池口东边又换了船继续北上。这里林林总总的酒类很多，连没过滤的酒醅也偏偏醉倒了客人，这时打鱼的因醉倒了，即使捕到美味名贵的鲥鱼也无法计算价钱。

因为回京，归心似箭，归路贪行，倒也不觉得每天行得多。馆夫连日划桨搏击江波。他们满船争唱湖州地区的小调，两岸青山、天上云彩都侧身枕着江边而过。

【简析】

《江上》五首（选三）是汪广洋奉诏经江西、浙江回京途中所作之诗，小诗如信手拈来，而情味俱佳，反映了诗人当时轻松愉快的心情。

露坐

北斗回杓①近，高城下漏②长。
愧③非疏④附者，抚事⑤即苍茫⑥。

【注释】

①杓（sháo）：通“勺”，勺子。北斗七星形状像勺子，杓，古代专指北斗柄部的三颗星。

②漏：东西从孔或缝中滴下透出或掉出，也有泄露之意。

③愧（kuì）：惭愧。

④疏（shū）：本诗的疏指封建时代臣子向君王陈述事情的文字、条陈，如上疏、奏疏等。

⑤抚事：临事，碰到事情。

⑥苍茫：空阔辽远，没有边际。

【译文】

诗人在高高城墙下露天仰望北斗星，感觉北斗星很近。北斗的勺柄像漏出很长。惭愧我不是向君王上疏的附议者，碰到事情感慨便无边无际。

【简析】

这是一首五言绝句。诗的尾联“愧非疏附者，抚事即苍茫”，抒发了诗人对君主与民生负责的殷殷情怀。

过高邮有感[①]

去乡已隔十六载，访旧惟存四五人。
万事惊心浑是梦，一时触目总伤神。
行过毁宅寻遗址，泣向东风吊故亲。
惆怅甓湖[②]烟水上，野花汀草为谁新？

【注释】

①这是汪广洋奉旨放还，回家乡高邮所写的一首诗，时值张士诚高邮建都败国之后，十余年间犹是残败不堪。

②甓湖：即甓社湖、高邮湖。

【译文】

离开故乡高邮已经十六年了，可叹的是再想访昔日的朋友时，却大多在战乱中流散亡故，现存的仅剩四五人了。战争的惨状使他感到万事惊心触目，极度伤神。过去的村树屋舍，人语牛鸣，亲切情思全部像春梦一般消散飘逝了。触目所见尽是残破的破宅，焦枯的断树，憔悴的乡民，令人黯然伤神。行过被战火烧毁的房子，向着春风泣吊故去的亲人。叹息啊，高邮湖烟水依然，那些野花和堤草不知为了谁而展现新颜。

【简析】

汪广洋离开故乡高邮十六年后，重返高邮，全诗看似平平叙事，但在苍楚的叹息声中，还是感受到诗人的惊悸和伤感，七律沉郁苍茫，读来令人顿生感慨。

过寿州望八公山[①]有感

八公草木晚离离[②]，仿佛成人似设奇。
老气[③]逼云含雾雨，空青拔地镇淮夷[④]。
谢玄[⑤]归奏平戎日，王猛[⑥]徒劳料敌时。
淝水[⑦]不关兴废事，夕阳西下浪声迟。

【注释】

①八公山：该山位于安徽省淮南市，曾是汉代淮南王刘安的主要活动地。博大精深的《淮南子》也是诞生在这里。

②离离：草木茂盛貌。

③老气：本诗指山岚。

④淮夷：淮河南北近海之地。

⑤谢玄：东晋名将，淝水之战时，谢玄以前锋都督率晋军击败苻坚，收复徐、兖、青、豫诸州。

⑥王猛：前秦人，事苻坚为丞相，临终曾嘱苻坚勿图晋，苻坚不听，故有淝水之败。

⑦淝水：指东晋时期的淝水之战。

【译文】

八公山的草木到了傍晚更加显得茂盛，仿佛成年人样给你特殊罕见的奇观，山岚接近云边的雾雨。空阔青翠的树木拔地而起，镇住了淮夷之水。东晋名将谢玄得胜后回奏淝水平戎之事，前秦丞相王猛纵然能料敌千里，奈何苻坚不听，终是徒劳。唉，淝水之战虽并不关系南北统一的兴废大事，我在夕阳西下时仿佛感到当年迟到的风声鹤唳浪声。

【简析】

该诗是诗人游寿州时所作，较为中肯地评价了历史上的淝水之战，对仗工整，寄意深远。

岭南喜得家书

稽首[①]开书札[②]，倾心[③]想面颜。
一官居岭徼[④]，万里别乡关。
最喜慈亲[⑤]健，都忘两鬓斑。
尤闻小儿女，日日望回还。

【注释】

①稽首：古时的一种礼节，跪下、拱手至地，头也至地。

②札：信件。

③倾心：尽心，诚心诚意。

④岭徼（jiǎo）：指五岭以南地区。

⑤慈亲：指父母亲。

【译文】

虔诚地打开亲人寄来的家书，尽心地想着父母亲人的容颜。侥幸地在岭南任一官职，但离家万里，告别乡关。来信中欣喜获知慈亲健康，骤然间忘记了自己已经两鬓斑白。尤其听说家中的小儿女，天天希望着我早日回乡。

【简析】

汪广洋远在千里之外的岭南为官，忽然喜得家书，于是写下了这首诗，充满了思念慈亲及早日回还的心情，语言浅白如话，但诗意却悠长耐品。

得杭州从侄[①]璧书

自我离乡井，于今十六年。
汝[②]亲罹[③]丧乱，诸叔困颠连[④]。
痛哭春江树，将书暮雨前[⑤]。
几时携[⑥]汝辈，归种水西田。

【注释】

①从侄：堂房（亲属），如从兄、从叔、从侄等。

②汝：人称代词，你。

③罹：遭遇，遭受（灾祸或疾病）。

④颠连：困苦；形容连绵不断。

⑤春江、暮雨：唐杜甫《春日忆李白》：“渭北春天树，江东日暮云。”表示对远方友人（亲人）的思念。

⑥携：拉着（手）。

【译文】

自从我背井离乡，远离故里，至今已有十六年了。你的双亲遭遇灾祸动乱不幸遇难，其他诸叔也困苦连绵不断。我悲痛哭泣怀念亲人，想提笔回信却心潮涌动，不知何时才能拉着你们的手，回归故里去种植水西面的田。

【简析】

汪广洋追随朱元璋也曾得以重用，他虽尽心尽力，但在尔虞我诈的官场，也深感危机，萌生了退隐还乡的想法，“几时携汝辈，归种水西田”，在这首写给侄儿的诗中可见端倪。

白发

圣朝①频②见取，报效③近如何。
名厕④清时列，忧深白发多。
江淮⑤移⑥省檄⑦，邹⑧鲁⑨尚弦歌⑩。
自愧⑪才疏⑫浅，那能遂⑬抚摩⑭。

【注释】

①圣朝：封建时代尊称本朝，亦作为皇帝的代称。

②频：屡次，连续。

③报效：为报答对方的恩情而为对方尽力。如报效祖国。

④厕：混杂在里面，如厕身（谦辞）。

⑤江淮：指长江和淮河之间的区域。

⑥移：改变、变动（移风易俗）。

⑦檄（xí）：檄文，古用于晓谕、征召、声讨等的文书。

⑧邹：周朝国名，在今山东邹城一带。

⑨鲁：周朝国名，在今山东曲阜一带，今山东别称。

⑩弦歌：指乐礼教化。

⑪愧：惭愧，羞愧。

⑫疏：空虚，如才大志疏。

⑬遂：成功。

⑭抚摩：用手轻轻按着，并来回移动。

【译文】

圣朝频频接见，并听取我的建议主张，为报答太祖信任恩情我也尽心接近他，但结果又如何呢？我也混杂在某部门在各位从事之列。但内心深处的忧伤深重，使我白发很多。江淮地区改变了一些省区内檄文的风俗，而山东邹鲁一带还在乐礼教化，依琴瑟而歌咏。本人自愧才疏学浅，哪能事事都能揣摩并遂人的心意呢？

【简析】

汪广洋追随朱元璋也曾受到肯定频频被接见，他也曾为明朝初期宰相，汪为报效朝廷也尽力辅佐。但在“伴君如伴虎”的阴影下，汪也感到些许悲凉，借“白发”一诗，写出了自己“自愧才疏浅，那能遂抚摩”的感叹，律诗锻炼精当，情味俱佳。

◎桑正国简介

桑正国，江苏高邮人，生卒年不详。号虚斋。神宗元丰八年（1085 年）进士，与秦观同科。《全宋诗》卷 1150 录诗三首，源于宋桑世昌《回文类聚》卷三，皆为咏高邮之作。

夏日同少游诸友登楼即事

情闲共悦良朋好，溽暑[①]消来过雨时，
萍[②]水远流青点小，柳堤横螟[③]翠丝垂。
轻烟晚透疏[④]林迥[⑤]，嫩卉[⑥]芳迎皎[⑦]月迟。
清思廓然[⑧]欣赏地，瞰[⑨]观遥阁静联诗。

【注释】

①溽（rù）暑：夏天潮湿而闷热的气候。

②萍：浮萍。

③螟（míng）：日落，天黑。

④疏：此诗中疏是分散，使从密变稀。

⑤迥（jiǒng）：远。

⑥卉（huì）：各种草（多指供观察的）的统称。

⑦皎：白而亮。

⑧廓（kuò）然：广阔的样子。

⑨瞰（kàn）：从高处往下看。

【译文】

我和良朋好友闲情共悦一同来登楼，夏天潮湿而闷热的气候，只有经过雨水来时才消除的。河水流向远方浮萍逐渐远去，只有青点那么小，堤岸的柳枝在日落天黑时垂下了翠色丝条。轻烟在彻底晚时从林中逐渐分散，直至远方，嫩草娇花迎接姗姗来迟的月亮。月亮清辉映照大地，广阔而辽远，从高处往下看遥远的阁子，我们静静地互相唱和联诗。

【简析】

这是诗人和秦少游等诸友登楼时的即席吟作，遣语清新流畅，意蕴自然隽永。

◎陈原友简介

陈原友，元明间江苏高邮人。生卒年不详，清《高邮州志·艺文志》录诗一首。

登城晓望

旧城如铁贯新城①，楼阁连云雉堞②平。
州治曾为花下县，民居多杂柳边营。
鲜鱼入馔③银丝细，舌稻流匙④玉粒明。
南望扬州百余里，何人骑鹤更吹笙⑤。

【注释】

①高邮有旧、新两城。旧城即通常所称的高邮城，由知军高凝佑建于宋太祖开宝四年（971 年），周长十里有奇，今尚存东南一角。新城在北门外，南宋咸淳初（1265 年）扬州制置使毕候筑，规模相当于旧城，清代废，土地基尚存，后皆不见。铁，形容坚硬、牢固。贯穿，贯通或连贯。

②雉（zhì）堞：古代在城墙上面修筑的矮而短的墙，守城人可借以掩护自己。

③馔（zhuàn）：饭食，如酒馔、盛馔等。

④匙（chí）：匙子，舀液体或粉末状物体的小勺。

⑤何人骑鹤更吹笙：此处有两个典故：1.“腰缠十万贯，骑鹤下扬州”，出自殷芸《殷芸小说·吴蜀人》一文。2. 唐杜牧《寄扬州韩绰判官》有句“玉人何处教吹箫”。

【译文】

高邮旧城如铁样坚硬牢固一直贯通到新城。眼前楼阁连绵，城墙上的矮墙像和云层一样高。州治所周围是花卉环绕，而众多民居多夹杂在柳树边上营建。此地自古是鱼米之乡，鲜鱼进入人们饭食中，银鱼如细丝，稻米在匙子中颗粒明亮。南望相距百余里的扬州城，有多少腰缠万贯的人骑鹤到繁华富庶的扬州城夜夜笙歌呢？

【简析】

这是诗人在天刚亮时登上高邮城眺望，并写下了这首七律，全诗写景如画，余韵无穷。

◎端木守谦简介

端木守谦或端守谦，江苏高邮人，生卒年不详。字梅和，一字梅庵。康熙五十一年（1712 年）贡生。卒年 71 岁。有《黎山诗抄》一卷，辑入《高邮四家诗抄》。

文游台秋望

登台一望俯①苍茫，秋到偏能瘦②夕阳。
浩劫③不消才子句，乾坤④独纵酒人狂。
村开蟹市多临水，郭⑤背田家半筑场。
西向神居挹⑥爽气，新淳浮动野萍香。

【注释】

①俯：头低下。

②瘦：本诗作薄理解。

③浩劫：大灾难。

④乾坤：象征天地，阴阳等。

⑤郭：古代在城的外围加筑的一道城墙。

⑥扡（yì）：舀（取）或牵引、拉。

【译文】

登上文游台低头看高邮湖一片苍茫，只有秋天才能使西下的夕阳显得瘦薄。即使大的灾难也不抵消才子的佳句，天地间只有我独斟放纵狂饮。秋天村庄又临水开了很多蟹市，不少田家背靠城郭筑起了晒场（晾晒秋收的稻谷）。在文游台上向西可以感受到神山爽气，新秋的凉气浮动看野萍的清香。

【简析】

这是诗人在秋天登上文游台后写的一首律诗，诗里生活气息浓厚，质朴自然，余韵无穷。

◎贾田祖简介

贾田祖（1714—1777），字稻孙，号醴耕，江苏高邮人。翰林院检讨贾兆凤之子，有《稻孙集》传世。

西城晚眺

一片晴云漾[①]柳梢，城西纵目意嘐嘐[②]。
桥支独木通幽墅[③]，路转清溪人远郊。
斜日乍沉人系艇[④]，晚钟微动鸟喧巢。
归途未竟登临兴，古寺门涂带月敲[⑤]。

【注释】

①漾：水面微微动荡或液体太满向外流。

②嘐（xiāo）嘐：指志大而言夸（有时也有形容鸡叫声）。

③墅：别墅，在郊区或风景区建造的供休养用的园林住宅。

④艇：此指比较轻便的船。

⑤古寺门深带月敲：唐贾岛有《题李凝幽居》留下了推敲的佳话。

【译文】

晴空一片云彩微微荡漾在柳梢，我在城西纵目远望意兴旷达。有座独木桥通往幽深的别墅，道路转入清溪直到远郊。刚刚西沉的太阳下有人在轻便的船上，傍晚的钟声催动鸟类微微喧声中归巢。我归途未尽登高尽兴，想到了贾岛“鸟宿池边树，僧敲月下门”的诗句。

【简析】

在一个太阳西斜乍沉之时，诗人在高邮城西晚眺，并写下了这首七律，全诗意趣盎然，令人神驰。

登神居山（一）[①]

纡回[②]荒径暮烟笼，才历坡陁[③]土渐红。
趁集人归春树外，寻山驴踏夕阳中。
僧庐未到钟声引，海峤[④]疑临鼎足同。
好认神居真面目，振衣[⑤]长啸落天风[⑥]。

自注：山形分峙为三。

【注释】

①贾田祖《登神居山》同题有两首七律，编者加（一）（二）以作区别。

②纡（yū）回：意为弯曲、曲折。

③陁（tuó）：盘陁，形容石头不平或形容曲折回旋。

④峤（jiào）：山道或指山尖而高。海峤海边的山岭。

⑤振衣：抖擞衣服。《楚辞·渔父》："新沐者必弹冠，新浴者必振衣。"

⑥落天风：杜甫《客亭》："和窗犹曙色，落木更天风"，写秋天清晨景色。

【简析】

在暮色降临时，我行走在曲折的神居山上，柳絮被轻轻的烟雾笼罩着，刚经历了弯曲的坡道见到神居山的土渐渐泛起红色。在柳树外趁赶集人归去时，寻山的驴行走在夕阳中。人还没到高僧的居处，钟声已经在前面引路，神居山和海外的山岭三足鼎立，约略相同。这样正好认识神居山的真面目，振衣作响迎面有呼啸而来的山风。

【简析】

此诗写神居山暮色之景象，荒径烟笼，坡陁土红。人归驴踏夕阳下，古寺钟声传遍山岭，天风吹拂，使人振兴。诗意清新，诗语平淡。

登神居山（二）

百里平芜[1]此地尊，巉岩[2]乱石耸云根。
濛濛[3]烟树群峰去，隐隐[4]波涛大泽翻。
寂历[5]一僧依古寺，萧条万木拱[6]高原。
亘公[7]仙去无消息，荒井如寻玉女盆[8]。

【注释】

①平芜（wú）：意思是草木丛生的平旷原野。

②巉（chán）岩：指陡而隆起的岩壁。

③濛（méng）濛：形容细雨。

④隐隐：隐约。

⑤寂历：凋零疏落之意。

⑥拱（gǒng）：本诗指环绕。

⑦亘（gèn）公：指齐桓公，春秋五霸之一。

⑧玉女盆：唐贾岛《马戴居华山因寄》：“玉女洗头盆，孤高不可言”，华山中峰有玉女祠，祠前有石臼，称为玉女洗头盆。

【译文】

百里荒杂的平原，此山一尊独秀，高险的岩石耸入云霄。濛濛烟雨中树木随群峰远去，隐约高邮湖的波涛翻舞。凋零疏落的古寺，寺僧依然，萧条的万木环绕着整个高原。齐桓公仙逝没有消息，只有荒井依然，如同寻找华山上的玉女洗头盆。

【简析】

此诗细写进入神居山后，远望濛濛烟树，隐隐波涛，近观僧依古寺，木拱高原。亘公已仙逝，留下荒井，画意诗情并出。

田家

雨过溪田足，村村布谷[①]声。
草肥牛齿滑，土软木犁[②]轻。
红杏枝头落，青萍水面生。
农家好风景，携酒问新耕。

【注释】

①布谷：杜鹃鸟的别名。

②木犁：指耕田的农具。

【译文】

雨后有充足的水流向农田，这时村村上空响起布谷鸟“布谷，布谷”的叫声。草已肥壮，牛吃时牙齿滑动，泥土松软，木犁也很轻快。树上杏花已经开始脱落，而河面上青绿浮萍已经生成。这是一幅农家好风景，我携酒去了解今年春种情况。

【简析】

这是一首朴实描写农家春耕的诗，通俗轻快，朗朗上口。

二沟镇

落照衔①山小艇孤，蛟龙腥卷浪花粗。
惊闻地近萑苻②泽，欲吁③天陈④鸠鹄⑤图⑥。
野草荒烟飞夕鹭⑦，颓⑧墙秃树叫群乌⑨。
不知抚⑩字今谁责，肠转车轮⑪泪眼枯。

自注：二沟镇在州治东三十里，运盐河边，始于宋，后为驿递铺。今为三垛镇的一个社区。

【注释】

①衔（xián）：本诗意思是相连接。

②萑苻（huán fú）：春秋时，郑国泽名，据记载，那里常有盗贼聚集出没。

③吁（yù）：为某种要求而呼喊。

④陈：叙说。

⑤鸠鹄：指久饥枯瘦的人。

⑥图：谋划、谋求。

⑦鹭：嘴直而尖，颈长，飞翔时缩着颈，生活在水边，种类很多，常见的有白鹭、苍鹭等。

⑧颓（tuí）：坍塌。

⑨乌：乌鸦。

⑩抚：安慰、慰问。

⑪肠转车轮：肠子像车轮一样滚动，泛指悲痛。汉佚名《悲歌》后四句是："欲归家无人，欲渡河无船。心思不能言，肠中车轮转。"

【译文】

落日连接远山，河面一艘轻便的船显得非常孤单，龙卷风卷起粗壮的腥风巨浪。又惊闻这里是盗贼聚集的地方，想向上苍呼吁，陈上久饥枯瘦人群的图。夕阳下，在荒烟野草中飞出白鹭，坍塌的墙壁和光秃秃的树上有一群乌鸦在叫唤。在这荒凉萧条的时刻，不知道有谁来安慰或慰问受灾的人，想到这里，我的肠子就像车轮滚动，阵阵绞痛，眼泪都哭枯了。

【简析】

诗人看到一幅龙卷风过后的凄凉萧条的惨景，写下这首低沉的诗，全诗描写细腻，比拟生动，极富感染力。

雨后

一雨澹[①]微暑，溪南沉夕阳。
渐开云滃滃[②]，忽露宇苍苍[③]。
清吹播虫语，虚檐[④]生夜凉。
忘言对残帙[⑤]，自觉道心[⑥]长。

【注释】

①澹（dàn）：安静，这里指澄净。

②渖（shěn）渖：犹言阵阵。杜甫《放船》："江市戎戎暗，山云渖渖寒。"

③苍苍：灰白或深绿色。

④虚檐：凌空的房檐。

⑤帙（zhì）：书画外面包着的布套或装套的线装书。

⑥道心：修道的心。

【译文】

一场雨不在意微微澄净了暑气，小溪南面夕阳正沉沉落下。渐渐地云层阵阵打开了，天宇露出了一片灰白（或深绿色）。晚风吹送田间的虫叫声，夜晚凌空的房檐也生出一丝凉意。对着残存的线装书籍，我都忘记了言语，到了这时候，才觉得修道的心很长远。

【简析】

诗写初秋雨后，暑气渐退，秋景淡淡，傍晚读书修道，方知道心还长。

◎秦觏（gòu）简介

秦觏，字少章，秦观之弟，高邮人，生卒年不详。哲宗元祐六年（1091 年）进士，调仁和主簿。《全宋诗》卷 1270 录诗三首，选录一首以作纪念。

和王直方[①]夜坐

帏幔[②]高深夜漏[③]长，颇从诗酒傲冰霜。
烛花渐暗人初睡，金兽[④]无烟却有香。

【注释】

①王直方：汴州（开封）人，字立之，号归叟，以荫补承奉郎。平生无他嗜好，唯昼夜读书，手自传录。《王直方诗话》："少章初登第，成亲后，和余夜坐诗云云，读者无不笑其贫富之顿异。"

②帏幔（wéi màn）：出自《魏书·皇后传·宣武灵皇后胡氏》，解释为帐幕或车帷。

③漏，古用漏壶滴水，计数刻度来计算时间。

④金兽：古代兽形的铜香炉。

【译文】

在高深的帐幕下，漏壶刻度已经很长，夜渐渐深了，我们饮酒谈诗傲视外面冰霜的世界。点燃的蜡烛已结灯花逐渐变暗了，不少人已经入睡了。香炉里已没有点燃的香了，但空气中还飘动着余香。

【简析】

据《王直方诗话》知，秦觏初登进士，成亲后，经常和开封王直方夜坐谈诗，这是诗人就此所写的一首七绝诗，诗如冲口而出，而意味颇佳。

◎卞庶凝简介

卞庶凝（1835—1906），字午桥，更号伍樵，世居高邮三垛镇，清咸丰九年（1859 年）中经魁（科举乡试中的前五名），著作有《习静轩诗文集》。《三续高邮州志·艺文志》有其诗文。

癸巳九日[①]登三垛镇奎楼怀成梅叔

欲舒老眼一登梯，水满秋塍[②]雾气低。
佳节[③]且欣无雨至，层楼渐觉与云齐。
酒思陶令[④]同来醉，糕学刘郎也罢题[⑤]。
幸有黄花娱暮景，科头[⑥]坐对日沉西。

【注释】

①癸巳九日：此诗作于农历癸巳年（蛇年）即光绪十九年（1893 年）重阳节。

②塍（chéng）：田间的土埂。

③佳节：应指题目的九日，即九月九日重阳节。

④陶令：指晋陶渊明，字元亮，晚年更名潜。因曾任彭泽令，元赵孟頫《见章得一诗因次其韵》中言："无酒难供陶令饮，从人皆笑郦生狂。"

⑤糕学刘郎也罢题：典故刘郎题糕。据说刘禹锡一次作诗时，想选用"糕"字，但察觉经书没有这个字，于是放弃不用了。这里是自谦的意思。

⑥科头：成语科头跣足，说不戴帽子，不穿鞋袜，形容生活贫困或行为散漫不拘束，本诗应是第二个意思。

【译文】

打算一舒老眼，在重阳节登上了三垛奎楼，只看到秋日田间的土埂雾气低沉。幸好重阳佳节没有下雨，在奎楼的几层楼上渐觉与云齐高。饮酒时想约陶潜一同来一醉方休，只恐自己才华浅薄，还是学刘禹锡不要题诗吧。重阳幸有菊花欣赏观娱晚景，我不戴帽子不拘束坐等日落西沉。

【简析】

这是诗人重阳节所写的一首七律，诗题中成梅叔一人已无资料已考，只能说是他的一位叔父吧。全诗意兴萧散，旨趣高迥，颇有隐者情怀。

◎杨万里简介

杨万里（1127.10.29—1206.6.15），吉州吉水（今属江西省）人，字廷秀，号诚斋。高宗绍兴二十四年（1154年）进士。孝宗乾道六年，迁太常博士。南宋文学家，官员，与陆游、尤袤、范成大并称为南宋“中兴四大诗人”。杨万里的诗自成一家，独具风格，形成对后世影响颇大的诚斋体。学江西诗派，后学陈师道、王安石，学晚唐诗。今存诗4200余首。

过高邮

解缆[①]维扬[②]欲[③]夕阳，过舟覆盎[④]已晨光。
夹河渔屋都编荻[⑤]，背日船篷尚满霜。
城外城中四通水，堤南堤北万垂杨。
一州斗大君休笑，国士秦郎此故乡。

【注释】

①缆（lǎn）：拴船用的铁索或多股拧成的粗绳。

②维扬：扬州别称。

③欲（yù）：本诗是将要的意思。

④盎（àng）：古代一种腹大口小的器皿（本诗的意思和秦观“吾乡如覆盂”相似，盂是一种盛液体的敞口器具）。

⑤荻（dí）：多年生草本植物，形像芦苇，地下茎蔓延，叶子宽条状，花紫色，生长在水边。茎是造纸和制人造纤维的原料，也用来编席。

【译文】

从扬州解缆开船到高邮时，已是将要夕阳西下的时候了，经过一夜船行来到四面较高地势较低的高邮时，已是晨光熹微。夹河两边的渔屋都有人编织荻席，背着太阳航行的船篷上还有满满的霜。高邮城外城中四面通水，堤南堤北有上万的垂杨。高邮州看起来不大，被人戏称为只有斗大，但你不要笑话，这里是无双国士秦少游的故乡。

【简析】

杨万里用简洁明快的语言，写景叙事，说出了他经过高邮时对高邮的印象。末句肯定了这里是“国士秦郎”秦少游的故乡，诗前三联写景，笔致闲适养目，结联一抑一扬，不但褒扬了秦少游，更是为高邮作了无可限量的宣传。

◎王安石简介

王安石（1021—1086），抚州临川（今属江西）人。字介甫，晚号半山。中国北宋时期政治家、文学家、思想家、改革家。仁宗庆仁二年（1042 年）进士。授签书淮南判官。历知鄞县，舒州通判。知常州，移提点江东刑狱。嘉裕三年（1058 年），入为度判官，献万言书，主张变法改革，未被采纳。六年，知制诰，以母丧去职。英宗治平四年（1067 年），出知江宁府，寻召为翰林学士。神宗熙宁二年（1069 年），除参知政事，力主变法。次年，拜同中书门下平章事，颁行各项新法。七年，新法迭遭保守派司马光等人攻击，辞相位，八年，复相，九年，再辞，元祐元年，保守派得势，新法皆废，王安石郁然病逝于钟山，终年 66 岁，谥号“文”，故世称王文公。

九日登东山①寄昌叔②

城上啼乌③破寂寥④，思君何处坐岧峣⑤。
应须绿酒酬黄菊，何必红裙弄紫箫。
落木云连秋水渡，乱山烟入夕阳桥。
渊明久负东篱⑥醉，犹分⑦低心事折腰⑧。

【注释】

①东山：即土山，一名东山，在建康（今南京）城东南二十里，周四里，高二十丈，无岩石，故曰土山。

②昌叔：朱昌叔，名明之，字昌叔，江苏高邮人。至和元年（1054 年），王安石由舒训通判被召入京，路过高邮，住驿馆，始识朱昌叔，并以次妹妻昌叔。昌叔（明之）仕至大理少卿。

③啼乌：乌鸦的叫声。

④寂寥：寂静，空旷。

⑤岧峣（tiáo yáo）：高陡貌，远高貌。三国魏曹植《九愁赋》：“践蹊径之危阻，登岧峣之高岑。”

⑥东篱：象征培育菊花的地方。陶渊明《饮涧》："采菊东篱下，悠然见南山。"

⑦分（fèn）：料想的意思。

⑧折腰：弯腰行礼，《晋书》载："渊明不为五斗米折腰。"

【译文】

南京城上乌鸦的叫声打破了这里的空旷寂静，思念远方的你不知身在何处。我坐在这远郊的东山上，今天是重阳佳节应该饮酒赏菊花，不需要美女吹紫箫。秋天了，无边落叶落入秋水渡口，乱山烟霞逐渐随西下的夕阳沉入远方的桥。可叹我枉负陶渊明久负采菊东篱的志趣，却甘愿降低姿态做折腰的事务。

【简析】

这是王安石在中国传统重阳节登南京城外东山所写的七律，寄给高邮籍妹夫朱昌叔的诗，诗语清新淡雅，情景交融，意趣横生，令人读来口角噙香。

◎杨蟠简介

杨蟠，字公济。章安（今浙江临海东南）人，一作钱塘（今浙江杭州）、建安（今属福建）人。生卒年不详。仁宗庆历六年（1046 年）进士。哲宗元祐初继毛渐知高邮军，约两年半，修成众乐园。元祐四年（1089 年）苏轼知杭州，蟠为通判。卒于寿州，诗为欧、苏赞赏，在邮人称"文章太守"。有《章安集》，已佚。本册杨诗抄自《全宋诗》卷 409 和清《高邮州志・艺文志》。

众乐园[①]

昨日折花者，又随蜂蝶来。
思量妨底事[②]，红蕊续还开。

【注释】

①众乐园：一名东园，在军治牙墙东，为高邮军郡圃，面积数百亩。元祐元年（1086 年），诏复高邮军，额赐帑金葺军治兼修众乐园。始于郡守军毛渐，成于郡守杨蟠。园内有堂阁台庵景点十三，为一时之胜。杨蟠作《众乐园记》，清《高邮州志·艺文志》有载。

②底事：什么事。

【译文】

昨日在众乐园赏花折花的人们，今天又伴随着纷纷飞舞的蜜蜂蝴蝶而来。我想，究竟有什么事才能中止人们的雅兴呢，你没看到，昨天的红花又陆续开放了。

【简析】

这首诗是诗人在观赏众乐园时写的一首小诗，诗语清新可诵，意味深长，抒发了作者恬适乐观的情绪。

明珠亭[①]

客醉金台月未生，天风四面响泠泠。
骊龙一觉惊寥泬[②]，老蚌千年拆晦暝[②]。
人盛文章如有待，岁饶丰乐不无灵。
崔仙当日曾为赋[④]，灿料应同照此亭。

【注释】

①明珠亭：北宋高邮军众乐园景点之一。

②寥泬：空虚幽静的意思。

③晦暝：阴沉的意思。

④崔仙当日曾为赋：高邮崔公度曾作《明珠赋》。

【译文】

我醉倒在金台的时候月亮还没有升上来，四面吹来清凉的风。就像深潭的黑龙醒过来，惊讶于空虚幽静的环境，又好像是含着珠光的千年老蚌一下子扫除了阴沉。满腹诗书的人好像在等待着什么，丰足的岁月无处不透着灵气。崔公度以前曾作《珠湖赋》，珠湖灿烂的光芒应该照耀着明珠亭吧。

【简析】

这首诗与前首《众乐园》创作于同一时期，全诗描写生动，用典精当，恰到好处地反映了作者恬然自得的情怀。

◎徐铉简介

徐铉，字鼎臣。南唐广陵（今江苏扬州）人。生于五代时吴天祐十三年（916 年），卒于北宋太宗淳化二年（991 年）。与韩熙载齐名，同弟偕世称“大小徐”。初为吴秘书郎。入南唐官至吏部尚书，归宋为散骑常侍，坐贬卒。有《骑省集》等。本徐诗抄自《全唐诗》卷 752，核于《全五代诗》上册。

九月十一日寄陈郎中[1]

我多吏事君多病，寂绝过从又几旬。
前日龙山烟景好，风前落帽[2]是何人。

【注释】

①此诗属与高邮司门郎中陈彦唱和之作。

②落帽：龙山落帽，指重阳节桓温宴请下属，幕僚孟嘉帽子被风吹落而不觉的故事，详见《世说新语》。（参阅本书第 76 页注释⑩）

【译文】

我当小吏事方烦冗，你却正在养病中，彼此隔绝交往不知不觉又几十天了。前天听说龙山的风景很好，不知道临风落帽又是谁呢？

【简析】

这首诗抒发了不能与友人相聚的惆怅之情。首句分写二人境况，承句更进一层，接着又一转，以美景衬托，最后一句点明主题，无限幽怀见于言外。

邵伯埭下寄高邮陈郎中[1]

故人相别动经年，候馆[2]相逢倍惨然。
顾我饮冰[3]难辍棹，感君扶病为开筵。
河湾水浅翘秋鹭，柳岸风微噪暮蝉。
欲识酒醒魂断处，谢公祠[4]畔客亭前。

【注释】

①高邮陈郎中：即作者的高邮好友陈彦。

②候馆：指驿馆。

③饮冰：谓受命从政，为国忧心。

④谢公祠：邵伯有供奉谢安的谢公祠。

【译文】

好朋友间的相别已经有一年了，突然在驿馆相逢倍觉伤感。回顾我这些年受命从政难以停下舟车，你带病为我接风开筵令人感动。这里的河水清浅，秋天的白鹭正翘首而望，杨柳岸上微风轻吹，傍晚的蝉叫令人不安，想知道今晚酒醒之后离别伤心的地方在哪里，应该是在邵伯谢公祠旁边的客亭前面吧。

【简析】

这首诗是作者和高邮的好友分别之后写的一首七律，诗从相隔一年写到突然聚会，之后又黯然分别，抒发了好朋友间高雅不俗的情怀，全诗意境恍如柳永的《雨霖铃》，读来令人感动不已。

◎陈彦简介

陈彦，南唐广陵高邮（今江苏高邮）人，生卒年不详。南唐时仕司门郎中。本陈诗抄自《全五代诗》上册。

和徐舍人九月十一日见寄[①]

衡门[②]寂寂逢迎少，不见仙郎向五旬。
莫问龙山前日事，菊花开却为闲人。

【注释】

①此诗属与徐铉唱和之作。

②衡门：指简陋的屋舍。

【译文】

我辟居在简陋的房屋，终日少人问津，没见徐舍人已经五十天了。不要问前日龙山有什么风流雅事，菊花只为我这个闲人绽开罢了。

【简析】

这是诗人和韵答复友人之作，详见前面徐铉《和徐舍人九月十一日见寄》一诗，诗中委婉地表达了自己思念友人、与世不合的隐者情愫，和诗运笔流畅，情致高雅。

◎文天祥简介

文天祥(1236.6.6—1283.1.9)，字履善，又字宋瑞，自号文山，浮休道人。汉族，吉州庐陵（今江西吉安县）人，南宋末大臣，文学家。宝祐四年（1256年）进士，官到右丞相兼枢密使。被派往元军的军营中谈判，被扣留。后脱险经高邮嵇庄到泰县塘湾，由南通南归，坚持抗元。祥兴元年（1278年）兵败被张弘范俘虏，在狱中坚持斗争三年多，后在柴市从容就义。著有《过零丁洋》《文山诗集》《指南录》《指南后录》《正气歌》等作品。

至嵇庄

小泊嵇庄月上弦①，庄官②惊问是何船。
今朝哨马湾头③出，又在青山大路边。

嵇庄即事

乃心王室[④]故，日夜奔南征。
蹈险宁[⑤]追悔，怀忠莫见明。
雁声连水远，山色与天平。
枉作[⑥]穷途哭，男儿付死生。

【注释】

①月上弦：上弦月，指上半夜月亮出来时。

②庄官：此指当时嵇庄的庄主兼水寨统制官嵇耸。

③湾头：指扬州湾头。

④王室：指国王（皇帝）家庭或指朝廷。

⑤宁：宁字有多种含义，有表示形容词平安、安定。有表示动词，返回、探望。也有表示副词主观选择或意愿。这里应是作副词用。

⑥枉作：轻易地作出决定或判断，或徒劳地做某事。

【译文】

至嵇庄

我乘的船在月明星稀的上半夜停泊在高邮嵇庄，不料惊动了该庄的庄主嵇耸，他惊问这是何人的船？今天探子哨马从扬州湾头出来，路遇险境，我将把险途视为“青山大路”，也要为国为民。

嵇庄即事

因为我的心忠于朝廷王室的缘故，所以在困难当头敌寇入侵时，我日夜奔波南征北战。不止一次，陷入险境，从不追悔，怀着忠于南宋王朝，但未见到光明。大雁沿水飞往远方。（暗喻自己不管在何地，总要回到远方朝廷），山色与天边连成一体，（是作者借景抒发自己与朝廷连成一体的心愿），徒劳地在穷途困难时哭泣，男儿有泪不轻弹，我为国为民，早将个人生死置之度外。其爱国之情，报国之志溢于言表。

【简析】

文天祥这一首七绝和一首五律，通俗流畅，平白如话，把他从扬州至高邮嵇庄，一路含屈忍辱，饱尝艰辛，几经周折，历尽险阻，和盘托出。其间，也不知有多少次接近死亡，在高邮嵇庄的礼遇，使他得到很大慰藉和鼓舞，坚定了入海南下，抗元复国的信心和决心，高邮嵇庄也在中国历史上留下了光辉的一页。

文天祥在嵇庄盘桓三日后，嵇耸让儿子嵇德润和好友林孔时，将文天祥护送至泰州的泰县塘湾。又经泰州到如皋，再到通州，由通州入海到温州。这年（1275 年）五月，端宗昰在福州继位，文天祥被任命为右丞相，枢密使。

杨彩春注译

◎贾国维简介

贾国维（1671—1743），江苏高邮人，字奠坤，一字千仞，号毅安。康熙三十五年（1696 年）举人，四十五年（1706 年）会试落第，特旨与中式贡士一体殿试，登一甲第三名进士，授翰林院编修。康熙第四次巡经高邮，随帝入都。“内廷供奉，上书房行走”。康熙第五次南巡，他又随帝而行，帝赐宫衣等。后任《康熙字典》纂修官、《佩文韵府》纂修官兼校勘官。著有《太史算》《望尘集》《毅庵诗钞》等。

御试河堤新柳

官堤①杨柳逢时发，半是黄匀半绿遮②。
弱干③未堪春系马，丛条④且喜暮藏鸦。
鱼罾⑤渡口沾微雨，茅屋溪门衬晚霞。
最是鸾旗⑥萦绕处，深林摇曳有人家。

【注释】

①官堤：官道，这里指驿道。

②半是黄匀半绿遮：柳枝间鹅黄与嫩绿互显，呈现出一种半显半隐的状态。

③弱干：柔弱的树干。

④丛条：茂密的枝条。

⑤鱼罾（zēng）：渔网。罾，古代一种用木棍或竹竿做支架的方形渔网。

⑥鸾旗：泛指一般绣有青鸟图案的仪仗旗子。

【译文】

早春时节，运河驿道上的杨柳刚刚萌发之时，杨柳抽出了嫩芽，柳枝间鹅黄与嫩绿互显，呈现出一种半显半隐的状态。杨柳枝干在微风中摇动，显得很柔弱，不能承受重量，叫人不忍心栓上马缰，杨柳丛中还透着早春的寒意，傍晚时分，倦鸦安逸地归栖到温暖的巢穴。渡口的鱼罾被细雨沾湿，傍溪而居的农舍映衬在满天的晚霞中。近看，驿道码头彩旗在微风中往复飘荡，远看，林木在深处晃荡，住在那里的人家半显半掩。

【简析】

清初，康熙皇帝南巡至高邮时，这里浓荫蔽日、郁郁葱葱，一派水乡风景胜地。诗人因柳赋诗，贴切生动，题近旨远，且意境优美，勾勒出一幅早春柳叶萌发时人们宁静生活的画面。这首诗是康熙帝过高邮，在龙舟上指以河堤新柳为题，命贾国维现场所作，可见贾国维才情过人。

◎王引之简介

王引之（1766—1834），江苏高邮人，原名述之，字伯申，号曼卿，是王念孙长子，清代著名学者。嘉庆四年（1799 年）考中一甲第三名进士，授翰林院编修。道光间，官至工部、吏部、礼部尚书，终于工部尚书。谥文简。传父文字训诂学，为扬州学派代表人物之一。曾奉旨勘订《康熙字典》讹误，撰成《字典考证》。著有《经义述闻》《经传释词》，被阮元誉为“一家之学，海内无匹”，被龚自珍称为“古今奇作，不可有二”。后人辑有《王文简公文集》《王伯申文集补编》。

海棠（二首）

一

淡抹胭脂树几株，可人丰韵是明姝①。
晓来试向东风问，春睡连宵②已足无③。

【注释】

①明姝：美女。
②连宵：连夜。
③足无：足否。

【译文】

有几株海棠如同用胭脂着上淡雅的妆饰，使人感到赏心悦目，呈现出美女般优美的姿态。拂晓时向东风询问，春天时节睡了一夜可否睡足。

【简析】

此诗将海棠比作美女，通过设问突出睡美人形象。

二

散花天女妙香饶①，点染红妆作意②娇。
怪底③拾遗④诗不著，倾城艳色本难描。

【注释】

①饶：富足，多。

②作意：更加、加意。

③怪底：指惊怪、惊疑或难怪。

④拾遗：这里指左拾遗杜甫，杜诗原有3000多首，现存1400多首，没有一首写海棠的。

【译文】

像天女散花般散发出很多的奇妙香气，点缀渲染红色的装扮特别可爱娇美。难怪杜甫诗中从未创作过，是因为倾城绝美的花色本来就难以描述。

【简析】

前两句用白描手法写天女散落的花瓣香气浓郁，花色红艳更加可爱娇美。后两句用议论手法突出海棠艳丽绝伦貌压全城。

和朱文正公①诗（二首）

一

山斗②争推自昔年，儒宗③事业日巍然④。
金兰⑤旧契⑥追前哲⑦，针芥⑧新知认宿缘⑨。
班列琼林⑩承厚泽，境依冰署⑪睹群仙。
簪毫⑫侍从惭孤陋⑬，善诱多方导路先⑭。

【注释】

①朱文正公：朱珪（1731—1807），字石君，号南崖，顺天大兴（今北京）人。乾隆十二年（1747年）进士，选庶吉士，散馆授编修，多次主乡试、会试，擢按察使、授侍讲学士，上书房行走。

嘉庆时历任两广总督，吏、兵、户部尚书、太子太保、太子太傅等。卒，帝谥“文正”。

②山斗：泰山、北斗的合称，犹言泰斗，比喻为世人所钦仰的人。

③儒宗：儒者宗师。汉以后亦泛指为读书人所宗仰的学者。

④巍然：高大雄伟的样子。

⑤金兰，《易经·系辞》：“二人同心，其利断金；同心之言，其臭如兰。”指朋友间相处信诚。形容朋友间意气相投，感情深厚。

⑥契：投合。

⑦前哲：先贤，前代贤者。

⑧针芥：针和小草。比喻极细小的东西。磁石能引针，琥珀能收芥，常以情性投合为针芥相投。

⑨宿缘：宿，指往世。佛教谓前生的因缘。

⑩琼林：指“琼林宴”，是为殿试后新科进士举行的宴会。

⑪冰署：即冰鉴署。冰鉴指明镜，喻鉴别事物眼力，冰鉴署，官署也，上林苑监十属署之一。此指广义的官署。

⑫簪毫：插笔于冠。

⑬孤陋：见识浅陋，见闻不广。

⑭导路先：即导先路，最先创辟道路以引领人前赴后继也。语出屈原《离骚》：“乘骐骥以驰骋兮，来吾导夫先路。”此句意为：您朱文正公在多方面善于诱导，引领我在官途前行。

【译文】

过去好多年来大家争相推崇您为学之泰斗，您作为儒者宗师其事业蒸蒸日上，日益兴旺。我如情趣相投的旧交追随大学问的先贤您，情性投合，认识新知，是我前生的缘分。我能够考取进士班列琼林宴，承蒙您深厚的恩泽，依靠着官署目睹了许多具有高超才能的人。而今，我在皇帝身边侍候书写文书，跟您比深感惭愧，觉得自己见识浅陋，这还要感谢您从多方面善于诱导，引领我前行。

【简析】

本首诗颔联和颈联对仗工整，足见诗人作诗的功力，也表达诗人对朱文正公的感激之情。

二

榜逢甲乙①再攀龙，七十年来说旧宗②。
幸遘③师言④知继⑤述⑥，敢忘家范⑦驯⑧虔恭⑨。
廉隅⑩砥砺思前辈，冠佩⑪趋跄⑫等上雍⑬。
樗栎散材⑭承教育，喜分清荫托乔松⑮。

【注释】

①甲乙：先祖王安国雍正二年甲辰会元榜眼，父王念孙乾隆四十年乙未殿试前十进士。再攀龙，我于嘉庆四年又中探花。

②旧宗：世系宗族。

③幸遘：有幸遇到。

④师言：恩师所言。及第后见先生，蒙示以读书敦品为要，所重不在科名，因举祖父居官相勖。

⑤继：继承。

⑥述：遵循、述说。

⑦家范：治家的规范、法度、风范。

⑧驯：古同“训”，教诲。

⑨虔恭：虔诚恭敬。

⑩廉隅：边为廉，角为隅。比喻端方不苟的行为、品性。

⑪冠佩：古代官吏的冠和佩饰。

⑫趋跄：入朝做官，出仕。

⑬上雍：意同辟雍，指天子之大学。

⑭樗栎散材：比喻才能低下、不堪造就的人。樗和栎指两种树名，古人认为这两种树的质地都不好，不能成材。

⑮乔松：高大的松树。

【译文】

祖父于甲辰年考中榜眼，父亲于乙未年考中进士，今我又获取探花，一路七十年叙说我的世系宗族。有幸遇到恩师，您的言语让我知道如何继承发扬，不敢忘记家族的风范教育，你教诲我虔诚恭敬。品行端正不断锤炼，砥砺前行，总是想到前辈，入朝做官总感到才华不够。像我这样如樗栎的散材，尚不堪造就，还要接受教育，很高兴能分得清凉的树荫还要依赖您这样的高大的松树。

【简析】

本首诗善于运用借喻，用樗栎散材比喻自己，用乔松比喻文正公，表达自己谦虚的心态和对恩师的感激之情。

题阮梅叔[①]珠湖垂钓图（四首）

一

此老才华下水船[②]，一蓑一笠钓秋烟。
米家书画[③]夸虹贯[④]，可似[⑤]珠光夜烛天。

【注释】

①阮梅叔（1783—1859）：名亨，号仲嘉，扬州甘泉人。清代文学家，阮元从弟。著有《春草堂丛书》《珠湖草堂诗钞》《珠湖草堂笔记》等。

②下水船：船顺流向下航行。比喻文思敏捷的人。

③米家书画：此以南宋著名书法家、画家米芾书画作比。

④虹贯：一道彩虹横穿于天空，亮丽夺目。引申意为，气势磅礴，气势非同一般。

⑤可似：可，表示强调。似，像，好像。

【译文】

这个老人文思敏捷，他的画中呈现的是，在秋日的烟波中，老叟穿着一袭蓑衣，戴着一顶斗笠独自在珠湖边上垂钓。想象如米芾的书画可谓气势磅礴，就像珠光在夜晚把整个天都照亮了。

【简析】

本首诗多运用比喻，表达了对阮梅叔画作的气势的赞美和喜爱之情。

二

临渊[①]岂为羡鱼来，水阔波平眼界开。
占断[②]湖光三十六，满船明月载诗回。

【注释】

①临渊：临近水边。临，从上向下看，在高处朝向低处。渊，深潭。意思是站在水边，看着深潭里的鱼。

②占断：全部占有，占尽。

【译文】

站在水边，不是仅仅来看看湖里的鱼，而是来这里享受水面宽阔波涛平静的风光，叫人眼界大开。珠湖占有了整个湖面的美好，明亮的月亮升起，洒满整个小船，垂钓人吟诗满意而归。

【简析】

本首诗从议论落笔，接着描写了珠湖的美好风光，最后抒发了渔翁诗兴大发满意而归的心情。

三

日暮船头理钓丝，闲情惟有白鸥知。
惯从[①]秋水菰蒲[②]外，领取中流自在时。

【注释】

①惯从：习惯于从。

②菰蒲：菰和蒲，菰指多年生草本植物，生在浅水里，嫩茎称“茭白”，可做菜蔬。果实称“菰米”“雕胡米”，可煮食；蒲指多年生草本植物，生池沼中，高近两米。根茎长在泥里，可食。叶长而尖，可编席、制扇，夏天开黄色花（亦称“香蒲”）。借指湖泽。

【译文】

日近傍晚在船头整理钓丝，这种闲适的情趣只有白鸥知道。习惯了从近处秋水菰蒲以外，在湖中央自由自在垂钓的时候。

【简析】

本首诗运用拟人手法，将垂钓人的闲情逸趣充分表达出来。眼前是在理丝，心中想的却是搏击中流。

四

我家旧住甓湖滨，卅载京华滞[①]此身。
辜负莼鲈[②]好风景，让君独作钓鱼人。

【注释】

①滞：凝积，不流通，不灵活。此作滞留意。

②莼鲈：紫莼白鲈，即莼菜和鲈鱼。

【译文】

我家原来住在甓社湖的边上，自己却滞留在京华生活了三十年。辜负了莼鲈等美味上市的好风光，让你独自做钓鱼人。

【简析】

本首诗借景抒情，一是夸赞家乡特产的鲜美和春天湖山风光，二是表达了对不能陪伴阮梅叔的深深歉意。

邻初内兄书屋前海棠一株盛开漫拟二首求教并求赐和（二首）

一

和风暖日助精神，笑指檐前一树春。
直到夜深花不睡，伴他秉烛[1]夜游人。

【注释】

①秉烛：持烛。

【译文】

万物在和煦的春风暖日里显得格外精神，笑着指向一株盛开的海棠花，一片春天繁花似锦的景象。直到夜深了海棠花还不睡去，是为了陪伴持烛夜游的人。

【简析】

前两句写景，后两句通过想象突出海棠半夜开花的特性。

二

药阶苔砌①认仙曹②，无限娇红映绣袍③。
定喜诏书今日下，晓来灵鹊一声高。

【注释】

①苔砌：已生苔痕的台阶。

②仙曹：仙人的行列。指唐代尚书省属下各部曹，泛指官署。出自前蜀杜光庭《马尚书本命醮词》：“善功潜著，则名列仙曹。”

③绣袍：指绣有花纹的官服，文官绣禽，武官绣兽。

【译文】

台阶两旁长满了芍药，台阶上布满了苍苔，能辨认你内兄将班列部曹为官。海棠花十分娇艳，娇红色映衬着绣花补服。今日一定会喜迎朝廷诏书，早晨起来通灵的喜鹊一声高叫已经报喜。

【简析】

本首诗借景抒情，借海棠花开和灵鹊报喜来抒发考中喜讯到来的喜悦之情。

◎韦子廉简介

韦子廉（1892—1943），字鹤琴，晚号潜道人，高邮市临泽镇人。民初毕业于南京两江高等师范，历任高邮县立第二小学（临泽小学）校长、县立师范教师、省立崔堡乡师教师、临泽民众教育馆馆长等职，另在浙江省政府、淮阴县政府教育局做作幕，战时返里，设塾课徒，毕生献身教育。幼承箕裘，攻经史，习诗词，尤好书法。其《潜道人节临碑帖十种》一帙，1929 年曾在上海参加全国第一次美术展题，获得好评。有《敝庐初稿》一卷遗世。文坛名家汪曾祺赞先生诗云：“江淮满地一纯儒。”

鹤

群居漠漠①类鸡栖，有客蹁跹②任转移。
糊口不妨常缺粒，洁身端赖③秉仙姿。
林逋遁世④犹称子，苏轼高吟却似师。
待到飞鸣偿素愿，九皋⑤托足⑥又何疑。

【注释】

①漠漠：密布貌；布列貌。

②有客蹁跹：有客是自称。蹁跹，形容旋转舞蹈。

③端赖：依赖、唯有。

④林逋遁世：林逋（967—1028），字君复，人称和靖先生，杭州人。通晓经史百家，性孤高，勿趋荣利。隐居遁迹杭州西湖孤山，喜植梅饲鹤，自谓“以梅为妻，以鹤为子”。

⑤九皋：曲折深远的沼泽。

⑥托足：容身，立脚。

【译文】

很多只鹤群居在一起好像鸡一样栖息，有远客来临时，它们像舞蹈一样地旋转，任其迁移。只求填饱肚子无妨时常缺少粒食，保持自身清白全靠坚守清雅秀逸的姿容。林逋独自在孤山隐居，避开俗世自称鹤为儿子，苏轼高声吟诵鹤却可以称为老师。等到能够飞翔鸣叫时满足向来的愿望，在沼泽之地立足又还有什么可怀疑的？

【简析】

本诗以鹤自喻，颔联颈联对仗工整，将鹤保持良好的姿态原因剖析得非常适切，颈联用典精当。真是不飞则已，一鸣惊人。这里的鹤比喻自己高尚品德和操守。

琴

体制①原来备万端②，熏风③叠奏尽胪欢④。
子期⑤去后知音少⑥，单父⑦堂空学步难。
击缶⑧乌乌延上座，吹竽⑨袅袅劝加餐。
绿窗古调谁能识，纵教尘封⑩莫妄弹。

【注释】

①体制：结构。

②万端：形容方法、头绪、形态等极多而纷繁。

③熏风：和暖的风。

④胪欢：歌呼欢腾，欢欣鼓舞。

⑤子期：钟子期。

⑥知音少：俞伯牙善琴，钟子期善赏，此“知音”一词由来。后钟子期病故，俞伯牙认为世间再无知音，便破琴绝弦，不再弹奏古琴。

⑦单父：即单父县。这里指宓子贱治单父，弹鸣琴，身不下堂而单父治。后遂称州、府、县署为琴堂。

⑧击缶：亦作“击瓴”。“缶”是古代的一种瓦质的打击乐器。古人以缶为乐器，用以打拍子。

⑨吹竽：吹奏竽。竽，管乐器。

⑩尘封：指物品放置过久，覆满灰尘。

【译文】

琴的结构原来头绪极为纷繁复杂，暖风吹来重叠着奏响令人欢欣鼓舞。钟子期逝去以后知音绝少，单父县琴堂空荡荡的，学习宓子贱的方法很是艰难。敲击瓦瓯发出呜呜的声音请上座，吹奏竽笛声音宛转悠扬，劝说大家加餐。在绿色纱窗边弹奏古调谁能懂得，即使古琴覆满灰尘也不要妄乱去弹。

【简析】

本诗借琴抒情，明确表达了知音难觅的忧愁，表明了作者一贯的洁身自好、不甘世俗浮沉之情。

和高君北溟①四十述怀四律原韵（四首）

一

韶华过眼若奔流，往事低徊不忍搜。
岵屺②遥瞻惟饮恨，门墙③回忆尽含愁。
对人差喜④心无隐，律己空余骨未柔。
自是名言关世道，疮痍⑤历历⑥总难瘳⑦。

【注释】

①高君北溟：高北溟，高邮人，国文教师。汪曾祺小说《徙》中描述。生平不详。

②岵屺（hù qǐ）：代指父母。岵，多草木的山。屺，没有草木的山。

③门墙：指师门。

④差喜：差强人意、较为满意的意思，还算可喜的事。

⑤疮痍：创伤，也比喻遭受灾祸后凋敝的景象。

⑥历历：清晰。

⑦瘳（chōu）：恢复。

【译文】

美好的时光迅疾短暂就好像急速流淌的流水，回味过去的事情不忍心去搜寻。遥望父母，余 8 岁父母俱亡，只有抱恨含悲，回忆师门求学不卒尽是忧愁。对待别人还算可喜的心里没有隐瞒虚伪，克制、把握自己白白地留下没有柔软的骨头。自然是名人说的话与世道相牵连，到处清晰地看到遭受灾祸后凋敝的景象，还没有得到恢复。

【简析】

本诗表明其历经苦难仍然洁身自好、胸怀坦诚、不甘世俗浮沉以及忧国愤世之情。

二

独步骚坛自足当，追随愧我亦逢场。
吟哦①岂虑风神②减，讲诵翻嫌岁月忙。
酒后狂歌添绿蚁③，灯前闲话续黄粱④。
湖山浪迹寻常事，宿愿⑤何愁不共偿。

【注释】

①吟哦：有节奏地诵读；或为写作诗词，推敲诗句。

②风神：文采神韵。

③绿蚁：新酿制的酒面泛起的泡沫称为“绿蚁”；后用来代指新出的酒。

④黄粱：黄米饭尚未蒸熟，一场好梦已经做醒。原比喻人生虚幻，后比喻不能实现的梦想。

⑤宿愿：素来的愿望；旧日的心愿。

【译文】

独步于诗坛应该感到满足了，我追随先生学习愧对也不过是应付场合。写作诗词哪里考虑文采神韵是否减少，讲授诵读更加嫌弃过去的日子忙碌无为。喝酒以后疯狂地歌唱又添上新酒，在灯前闲谈继续做美梦，谈人生。在江湖山川漂泊流浪是平常的事情，昔日的愿望何愁不能实现。

【简析】

本诗颈联、颔联对仗工整，全诗起承转合自然得当，表达了不畏艰辛矢志不渝的积极人生态度。

三

涉世偏能与子偕①，命宫②磨蝎③事多乖④。
采薪乞米来湖畔，煮药调糜⑤傍水涯。
堪叹⑥奔波疲似马，剧怜⑦蜷伏⑧瘦如豺⑨。
蜗庐⑩寂寂⑪声闻远，却喜知音把闷排。

【注释】

①偕：偕行，在一起。

②命宫：在中国术数学中出现的专用名词，是人出生时在东方升起的星座，主宰一个人的天赋才能。

③磨蝎：亦作“摩羯”，星宿名。“磨蝎宫”的省称。旧时迷信星象者，谓生平行事常遭挫折者为遭逢磨蝎。

④多乖：不顺利，曲折，坎坷多。

⑤调糜：调粥。

⑥堪叹：指的是某事或某物值得感叹。

⑦剧怜：对某一事物表示强烈地哀怜、叹息。剧，甚，厉害、严重之意。怜，怜惜，哀怜，同情。

⑧蜷伏：屈体伏卧。

⑨瘦如豺：一个人消瘦到极点，已到了皮包骨头的地步。豺，柴也。豺狗，骨瘦如柴，豺体瘦也。

⑩蜗庐：自己的屋舍窄小如蜗壳。

⑪寂寂：孤单，冷落。

【译文】

涉足世事偏偏能够与先生你在一起，我命里注定常遭挫折事情有很多不顺。打柴讨米来到甓社湖边，煮药调粥居住于大淖之旁，感叹的是日夜奔波像马一样疲惫，非常哀怜自己屈体伏卧到了皮包骨头的地步。窄小的房子里很是孤单，感觉外面的消息很远很远，但很高兴有你这位知心朋友每隔数日经常来慰问我，排解我心中的苦闷。

【简析】

本诗前七句铺陈，尽情写出作者生病期间生活困顿，突显高先生躬自慰问的可贵，表达了作者对高先生的敬佩与感激之情。

四

修止[①]修观[②]恃[③]坐趺[④]，试参[⑤]妙谛惜微躯[⑥]。
夙忻[⑦]君技宗[⑧]歧伯[⑨]，漫评公诗肖[⑩]仲瞿[⑪]。
结子生稊[⑫]犹未晚，敲棋酌酒几曾输?
明年予亦逢强仕[⑬]，悠忽[⑭]终惭不丈夫。

【注释】

①修止：当任何境界来的时候，你一直保持不动，这种修法就是修止。

②修观：如果任何境界来的时候，你的心念随着它去，并且看清它的真相，但不被它迷惑，这就是修观。

③恃：依赖、依靠或矜持。

④坐趺：盘腿而坐。趺，两足交叠而坐。

⑤参：探究，领悟。

⑥微躯：微贱的身躯。

⑦忻：凿破阴郁，放飞心情。心情开朗。引申义，欣喜。

⑧宗：尊奉。

⑨歧伯：即岐伯，远古医学家，乾隆间《庆阳县志·人物》载："岐伯，北地人，生而精明，精医术脉理，黄帝以师事之，著《内经》行于世，为医书之祖。"

⑩肖：肖似。

⑪仲瞿：王姓名昙，字仲瞿。清代乾隆举人，浙江嘉兴人。其为诗慷慨悲歌，不可一世。著有《烟霞万古楼诗佚稿》。

⑫生稊：草木再发新芽。

⑬强仕：40岁代称。

⑭悠忽：轻忽，忽略。

【译文】

不论是修观还是修止，全靠的是盘腿而坐，想尝试参透精妙之真谛，可惜自己的身体很微贱。向来见识你的教艺高超很高兴，就像尊奉歧伯一样，随意评价您高公的诗作，就像仲瞿为诗慷慨悲壮。长出种子，再发新芽，现在还不算迟，下棋喝酒何曾输过？明年我也届40岁，不知不觉时光就过来，惭愧自己功名未就。

【简析】

本诗颈联、颔联对仗工整，赞美了高公高超的教学技艺和作诗慷慨悲壮的风格，表达了作者立志向高公学习的决心和功名未就的遗憾。

高邮舟中阻风

世态炎凉变幻多，天公无故起风波。
初疑驰骤千军至，恍若奔腾万马过。
两岸树梢齐俯首，九秋[①]蛩语[②]尽悲歌。
舟行遇尔嗟濡滞[③]，毅力能持奈我何[④]？

【注释】

①九秋：秋天。

②蛩语：蟋蟀鸣叫声。

③濡滞：停留，迟延，迟滞。

④奈我何：你能拿我怎么样？

【译文】

人情世故或热或凉，其变幻有很多难以揣测，老天没有任何原因就刮起风浪。起初疑似疾奔的上千大军到了，又好像是跳跃着奔跑的万只骏马经过。狂风下河边两岸的树梢一齐低下了头，秋天蟋蟀鸣叫尽是哀声歌唱。船行驶时因遇到大风而叹息滞留了，凭借毅力对抗，你能拿我怎么样呢？

【简析】

本诗运用夸张手法尽情抒写舟中阻风的情景，突出作者用毅力对抗困境。借舟中阻风，喻人生坎坷，表达了作者不畏风暴与命运抗争的顽强意志。

敝庐[①]

敝庐何所有？一鹤一琴俱[②]。
鹤具超群志，宁甘守一隅[③]？

琴觅知音少，弹时只自娱。
主人性恬淡，珍同掌上珠。
不必备其物，常若合其符。
或以声势显，或以谗谄谀。
滔滔名利客，谁不愿驰驱。
追惟主人意，视此则有殊。
架上披残籍，壁间杂画图。
日夕事啸傲④，方足供盘纡⑤。
人生贵自得⑥，斯言信不诬。
悠悠⑦意⑧无限，恍若游江湖。

【注释】

①敝庐：破旧的房子，亦作谦辞。

②俱：全，都。

③隅：角落。

④啸傲：放歌长啸，傲然自得；指逍遥自在，不受世俗礼法拘束。

⑤盘纡：回绕曲折。

⑥自得：自觉得意、开心。

⑦悠悠：形容悠闲自在。

⑧意：人或事物流露的情态。

【译文】

我破旧的房子里有什么呢？一只鹤一张琴就是全部家当。鹤具有超出一般人的志向，甘愿坚守在一个角落。琴要寻找的能赏识的人很少，弹奏时只是自娱自乐。琴的主人性情恬静淡泊，珍视琴如同掌上明珠。不一定备有那些丰厚的家赀，经常像符合此物的道德规范。有的人凭声威气势显赫，有的人凭借说他人的坏话巴结奉承别人。很多求取名利的人，哪一个不愿意为此奔走效力呢？回想主人的意趣，看待这件事则有所不同。书架上放着残破的书籍，墙壁间杂乱地排放着图画。早晚只做傲然吟啸之事，方才足以心情回旋盘绕。人生可贵的是自己开心，这句话确信无疑。悠闲自在有无穷的意趣，好像在游历天下。

【简析】

这是一首古风，作者借物言志，全诗通过“主人意”与“名利客”的对比，充分表达了作者淡泊名利、逍遥自在、自得其乐的人生观。

庚午中秋望月

娟娟[1]天上月，圆缺复圆缺。
月或有时圆，偏照人离别。

【注释】

①娟娟：明媚的样子。

【译文】

天上的月亮很明媚，月亮的盈亏接着又是盈亏。月亮也许有时还能够圆满周全，却偏偏照着人离别的场景。

【简析】

本诗用月亮有时能够圆满周全，反衬事与愿违，偏偏照着离别的场景。这里借景抒情，对明月的怨叹中表达了诗人对离人思念的愁苦。

病中口占

故园何日赋[①]归期，美满家庭一叶[②]携。
内子[③]欣然儿女笑，夕阳[④]影里望多时。

【注释】

①赋：给予；授予。

②一叶：指小船。

③内子：妻的通称。称己之妻。

④夕阳：指傍晚的太阳，也指山的西面，另外还用以比喻晚年。

【译文】

故乡啊，什么时候才能给予安排我回家的日期，带着美好圆满一家老小乘着小船。妻子非常愉快儿女们欢笑，这种场景在傍晚的影子里盼望很长时间。

【简析】

本诗作者久病中渴望痊愈回到故乡，通过大胆想象痊愈后全家乘船、妻子儿女高兴的场景，来突出作者回家渴望之迫切和病中抱有乐观的人生情调。

胡文明注译

◎范仲淹简介

范仲淹（989.10.1—1052.6.19），字希文。祖籍邠州，后移居苏州吴县。北宋时期杰出的政治家、文学家。宋夏战争爆发后，康定元年（1040年），与韩琦共任陕西经略安抚招讨副使，采取“屯田久守”的方针，巩固西北边防。对宋夏议和起到促进作用。西北边事稍宁后，宋仁宗召范仲淹回朝，授枢密副使。后拜参知政事，上《答手诏条陈十事》，发起“庆历新政”，推行改革。不久后新政受挫，范仲淹自请出京，历知邠州、邓州、杭州、青州。皇佑四年（1052年），改知颍州，在扶疾上任的途中逝世，年64岁。他倡导的“先天下之忧而忧，后天下之乐而乐”思想和仁人志士节操，对后世产生了影响深远。有《范文正公文集》传世。

舟中

珠彩[①]耀前川，归来一扣舷[②]。
微风不起浪，明月自随船。

【注释】

①珠彩：珍珠的光彩。

②扣舷：手击船边，多用为歌吟的节拍。

【译文】

珍珠的华彩啊，它是那么的耀眼，照亮了前方的河川，我在船舷边打着节拍吟咏着。清风微微，湖面无浪。船行到哪里，水中倒映的月亮就跟随到哪里。

【简析】

月夜行舟，击拍吟咏、风细无浪，月随人行，人与自然的和谐交融。

◎欧阳修简介

欧阳修（1007—1072），字永叔，号醉翁、六一居士，汉族，吉州永丰（今江西省吉安市永丰县）人，北宋政治家、文学家，且在政治上负有盛名。因吉州原属庐陵郡，以“庐陵欧阳修”自居。官至翰林学士、枢密副使、参知政事，谥号文忠，世称欧阳文忠公。后人又将其与韩愈、柳宗元和苏轼合称“千古文章四大家”。与韩愈、柳宗元、苏轼、苏洵、苏辙、王安石、曾巩被世人称为“唐宋散文八大家”。欧阳修是在宋代文学史上最早开创一代文风的文坛领袖。领导了北宋诗文革新运动，继承并发展了韩愈的古文理论。他的散文创作的高度成就与其正确的古文理论相辅相成，从而开创了一代文风。欧阳修在变革文风的同时，也对诗风词风进行了革新。在史学方面，也有较高成就。

晚过水北

寒川消积雪，冻浦[①]渐东[②]流。
日暮人归尽，沙禽[③]上钓舟。

【注释】

①浦：水边。

②东：当为通之误。

③沙禽：沙洲上的鸟儿。

【译文】

初春至，积雪消，河冰融，春水流。暮色将至，渔民都已归家，沙洲上的鸟儿飞到了空寂的渔船上。

【简析】

水面冰消，方能用舟捕鱼，如非日暮，人亦不可尽归，人归尽，鸟儿始上钓舟，是何让鸟儿飞上钓舟，原因自可想见，全诗景物信手拈来，而又未出情理之外，皆实景也。

◎曾巩简介

曾巩（1019—1083），字子固，汉族，建昌军南丰（今江西省南丰县）人，后居临川，北宋散文家、史学家、政治家。出身儒学世家，祖父曾致尧、父亲曾易占皆为北宋名臣。曾巩天资聪慧，记忆力超群，幼时读诗书，脱口能吟诵，年十二即能为文。嘉祐二年（1057 年），进士及第，任太平州司法参军，以明习律令，量刑适当而闻名。熙宁二年（1069 年），任《宋英宗实录》检讨，不久被外放越州通判。熙宁五年（1072 年）后，历任齐州、襄州、洪州、福州、明州、亳州、沧州等知州。元丰四年（1081 年），以史学才能被委任史官修撰，管勾编修院，判太常寺兼礼仪事。元丰五年（1082 年），卒于江宁府（今江苏南京），追谥为“文定”。曾巩为政廉洁奉公，勤于政事，关心民生疾苦。曾巩文学成就突出，其文“古雅、平正、冲和”，位列唐宋八大家，世称“南丰先生”。

高邮逢人约襄阳之游

一川风月高邮夜，玉麈[①]清谈画鹢舟[②]。
未把迂疏[③]笑山简[④]，更须同上习池[⑤]游。

【注释】

①玉麈（zhǔ）：即玉柄麈尾。麈，古书上指鹿一类的动物，其尾可做拂尘。

②鹢（yì）舟：船头画有鹢鸟图像的船，亦泛指船。鹢，古书上说的一种像鹭的水鸟。

③迂疏：迂远疏阔，不切合实际。

④山简（253—312.6.6）：字季伦。河内怀县（今河南武陟西）人。西晋时期名士，司徒山涛第五子。

⑤习池：山简都督荆州时，四方寇乱，天下分崩，王威不振，朝野之人都感到忧虑恐惧。但山简终年生活得十分闲适，山简每次出门嬉游，都到大族习氏的池上陈设酒宴，经常喝醉，称它为“高阳池”。高阳，古乡名，在今河南杞县西南。秦末郦食其即此乡人，对刘邦自称“高阳酒徒”。

【译文】

明月清风的高邮夜啊，正适合我们泛舟清淡。不要笑话山简的不切实际吧，其实我俩应该像他一样，去往习池纵情游乐。

【简析】

起句写景，情由景生，既为故友，性情必一致，故能相谈甚欢，有此一约，也就自然而然了。诗人心性恬淡高远，却又存入世之心，习池一典可见矣。此所谓出世者必先入世，入世者亦必先出世。

◎道潜简介

道潜（1043—1106），北宋诗僧。本姓何，字参寥，赐号妙总大师。於潜（今属浙江杭州市临安区）浮村人，自幼出家。与苏轼诸人交好，苏轼谪居黄州时，他曾专程前去探望。元祐中，住杭州智果禅院。因写诗语涉讥刺，被勒令还俗。后得昭雪，复削发为僧。著有《参寥子诗集》。

东园（其二）

曲渚①回塘孰与②期，杖藜③终日自忘归。
隔林仿佛闻机杼④，应有人家在翠微⑤。

【注释】

①渚：水中的小块陆地。

②孰与：与谁。

③杖藜：拄着以藜木制成的手杖。

④机杼：织机的声音。

⑤翠微：山光水色青翠缥缈。

【译文】

我并没有与谁相约，终日独自一人拄着以藜木制成的手杖流连在曲渚回塘之间，不忍归去。树林的另一边好像传来织机的声音，应该是有人家居住在这一片山光水色之间吧。

【简析】

高僧往往比俗众更能感悟自然，入笔为诗，词句亦更清绝。犹“仿佛”一词，确见虚实之妙。

◎王巩简介

王巩，生卒年均不详，一般认为生于1048年，约1117年（宋徽宗政和年间）去世。字定国，号介庵，自号清虚居士，莘县人，王旦之孙。北宋诗人、画家。巩历官通判扬州，可权知宿州，右朝奉郎，端明殿学士，工部尚书，有画才，长于诗。苏轼守徐州，巩往访之，与客游泗水，登魋山，吹笛饮酒，乘月而归。轼待之于黄楼上，对他道：“李太白死，世无此乐三百年矣！”轼得罪，巩亦谪宾州。后官止宗正寺丞。晚年徙居高邮（今江苏高邮）。王巩著有《甲申杂记》《闻见近录》《随手杂录》，见《四库总目》，故传于世。

欣欣亭①

清湘北郭崇冈②路，松竹年来定几围。
我亦临淮筑新宅，与君万里对柴扉③。

【注释】

①欣欣亭：在全州。

②崇冈：高高的山冈。

③柴扉，用树枝编做的门。

【译文】

犹记得城北郊是清澈的湘江水和高耸入云的山冈，时隔多年，那边的松竹应该粗壮许多了吧。如今我也在临近淮水的地方建造了新的宅子，只是同朋友你的柴扉相隔有万里之遥啊。

【简析】

人皆有友，落难之际，方见真假。虽不知巩友之名，然在其贬谪期间仍与其相交，可见情之真也。“柴扉”一词道出友之贫，足见两者身份之差异，然归后巩仍思之，可见思之切也。天涯路远，遗憾顿生，然天涯路远又岂能阻真情乎？遂付诸笔端矣。

◎贺铸简介

贺铸（1052—1125），字方回，又名贺三愁，人称贺梅子，自号庆湖遗老，北宋词人。汉族，出生于卫州（今河南省卫辉市）。出身贵族，宋太祖贺皇后族孙，所娶亦宗室之女。自称远祖本居山阴，是贺知章后裔，以知章居庆湖（即镜湖），故自号庆湖遗老。贺铸长身耸目，面色铁青，人称贺鬼头，曾任右班殿直，元祐中曾任泗州、太平州通判。晚年退居苏州，杜门校书。不附权贵，喜论天下事。能诗文，尤长于词。其词内容、风格较为丰富多样，兼有豪放、婉约二派之长，长于锤炼语言并善融化前人成句。用韵特严，富有节奏感和音乐美。部分描绘春花秋月之作，意境高旷，语言清丽哀婉，近秦观、晏几道。其爱国忧时之作，悲壮激昂，又近苏轼。南宋爱国词人辛弃疾等对其词均有续作，足见其影响。

高邮舟居对雪

天涯晚岁客无欢，拥鼻①微吟行路难。
三楚②浮程波淼淼③，五陵④归梦雪漫漫⑤。
兔园授简⑥心犹壮，剡曲拏舟⑦兴久阑。
病骨支离⑧仍禁酒，渔蓑重缉待春寒。

【注释】

①拥鼻：是指“拥鼻吟”，指用雅音曼声吟咏。

②三楚：秦汉时把战国时期的楚地分成为三楚，江陵（即南郡）为南楚，吴为东楚，彭城为西楚，合称三楚。

③淼淼：水势广阔无际的样子。

④五陵：五陵原，是以西汉王朝在这里设立的五个陵邑而得名，在长安附近。

⑤漫漫：遍布貌。

⑥兔园授简：见南朝宋谢惠连《雪赋》。兔园，园囿名，也称梁园，在今河南商丘县东，汉梁孝王刘武所筑。授简，给予简札，谓嘱人写作。

⑦剡（shàn）曲拏（ná）舟：见“子猷访戴”。剡曲，剡溪。拏舟，拏同“拿”，撑船。

⑧支离：瘦弱；衰弱。

【译文】

客居异乡，纵是岁末将近，也没有什么事情值得我高兴的，只能借着吟咏《行路难》来抒发自己的心境。承载着我人生旅程的是烟波浩渺的三楚大地，不能实现的仕途梦想，就好像被风雪阻碍的道路。年轻时，我常自比司马相如，纵然身处低谷，仍不失雄心壮志，可惜终究还是没能实现，多年过去，这份热情已经逐渐消退。现在的我年老多病，甚至连酒也不能喝了，春天即将来临，垂钓时应该挺寒冷的，还是把蓑衣拿出来重新编织编织吧。

【简析】

诗人不喜依附权贵，一生终于下僚，而又天生报国之心，故苦闷常伴其左右，本诗亦能闻其心声。病骨支离，雄心犹壮，而前途渺茫，当是诗人晚年的真实写照。

◎萨都剌简介

萨都剌，字天锡，号直斋，本答失蛮氏，生于冀宁代州。有人认为他是蒙古族，但也有人认为他是维吾尔族，还有人说他是回族。其祖思兰不花，父阿鲁赤，以武艺起家，受知于元世祖，后徙居雁门。据文书记载，他诗才旷逸，楷书特工，既能赋诗，又善书法。元泰定四年（1327 年），萨都剌登进士第，曾任应奉翰林文字。因弹劾权贵，于次年被任为镇江录事司达鲁花赤，后任福建闽海道廉访司知事。元至正三年（1343 年）擢任浙江行省郎中，后迁江南行台侍御史。次年，又迁淮西江北道经历。萨都剌以写宫词著名，诗文雄健，诗笔清丽，长于抒情著有《雁门集》八卷，《西湖十景词》一集。

秦邮驿

二月好风吹渡淮，满湖春水绿如苔。
官船到岸人多识，楚馆[①]题诗客又来。

近水人家杨柳暗，禁烟时节[2]杏花开。
一官[3]迢递三山[4]远，海上星槎[5]几日回。

【注释】

①楚馆：此处当指旅舍。

②禁烟时节：指寒食节。

③一官：一官半职，指低微的官职。

④三山：此处三山应指海上的“三神山”，即蓬莱、方丈、瀛洲。

⑤星槎：泛指舟船。

【译文】

在二月春风的吹拂下，我乘着官船渡过淮河来到秦邮。高邮湖满湖的春水散发出如苔钱一样的绿色。曾在旅馆壁上题诗的客人又回来了，岸上的许多人都是旧相识。远远看去，杨柳丛掩映下滨水而居的人家若隐若现，几树杏花在寒食节来临时正竞相开放。美好的人间春色，不由让我联想起了海上的仙山，只是不知道往返那里需要多少日子？

【简析】

整首诗就像是一幅描绘二月春风下秦邮驿的美丽画卷：如苔的湖水、忙碌的码头、迎来送往的酒馆茶楼、绿柳深处的人家、满树绽放的杏花，如此多的景物，在诗人笔下毫无堆砌之感，而诗人之情于尾联始娓娓道来。若无生花妙笔，难为也。

◎王士禛简介

王士禛（1634—1711），字贻上，号阮亭，别号渔洋山人，山东新城人。清初著名诗人。清顺治十四年（1657 年）进士，初官扬州推官，入为部曹，转至翰林，任国史副总裁、刑部尚书。康熙四十三年（1704 年）罢官归里。工诗词，论诗创神韵说。未仕时赋《秋柳》诗，崭露头角；官扬州五年，得江山之助，诗名大起。诗作甚丰，著有《带经堂集》《渔洋山人·精华录》《居易录》《池北偶谈》等。故居位于火神庙西夹道。

文游台怀古

文选楼[①]空花可怜[②]，文游台废水如烟。
昔人何处成今古，风景无心一惘然[③]。

【注释】

①文选楼：隋曹宪故居，宪以《文选》教授生徒，故名所居巷为文选巷，楼为文选楼。

②可怜：可爱。

③惘然：心中若有所失的样子。

【译文】

空荡的文选楼边可爱的繁花正在开放，废旧的文游台临近水色如烟的高邮湖。今天的我不知道前代的曹宪和秦观在何处，只能徒生向往，若有所失，无心欣赏眼前这美丽的风景。

【简析】

时光流转，楼台兴废，追古思今，往往会让人心生感慨，此诗亦然。

◎蒲松龄简介

蒲松龄（1640.6.5—1715.2.25），字留仙，一字剑臣，别号柳泉居士，世称聊斋先生，自称异史氏。济南府淄川（今山东省淄博市淄川区洪山镇蒲家庄）人。清代杰出文学家，优秀短篇小说家。中国清初文言短篇小说集《聊斋志异》的作者。除《聊斋志异》外，蒲松龄还有大量诗文、戏剧、俚曲以及有关农业、医药方面的著述存世，总近200万言。蒲松龄生前，《聊斋志异》已引起周边人们的兴趣。《聊斋志异》刊行后，遂风行天下。在其后一个时期里，仿效之作丛出，造成了志怪传奇类小说的再度繁荣。

早过秦邮

茅店[1]鸡声早，片帆[2]夜渡时。
云低隔树断，雾湿压篷垂。
恨别江淹赋，离骚宋玉悲。
高城闻画角[3]，乱傍晓风吹。

【注释】

①茅店：简陋的旅店。

②片帆：孤舟。

③画角：古管乐器，传自西羌，发声哀厉高亢，古时军中多用以警昏晓，振士气，肃军容。

【译文】

离开简陋的旅店，晨鸡刚刚鸣叫，乘着夜色，我登上了离去的孤舟。将远处河边树木隔断了的，是低低的云层，把船篷压低了的，是潮湿的雾气。我此刻的心情，正如江淹《别赋》中所述，黯然销魂。而满目秋色，更增添了我的悲伤。顺着晨风忽东忽西飘向远方的，是从高邮城头传来的高亢画角声。

【简析】

江淹作《别赋》《恨赋》，宋玉《九辩》有“悲哉秋之为气也”之句，皆与诗人当下心境相契合。诗人曾在高邮为吏，由颔联来看，本诗当是记述从邮回山东之际，而前程如何，实无着落，用一“乱”字描述随风而散的画角声，漂泊之人写尽漂泊之意，悲夫！

◎孔尚任简介

孔尚任（1648.11.1—1718），字聘之，又字季重，号东塘（《随园诗话》作东堂），别号岸堂，自称云亭山人。山东曲阜人，孔子六十四代孙，清初诗人、戏曲家。孔尚任与洪升被并称为“南洪北孔”，被誉为康熙时期照耀文坛的双星。他们的作品《桃花扇》和《长生殿》代表了中国古代历史剧作的最高成就，也是世界文化宝库中的瑰宝奇葩。

久泊秦邮

里外湖光照远天，孤舱灯暗带衣眠。
千丝锦缆①牵愁处，羡杀轻帆夜过船。

【注释】

①锦缆：锦制的缆绳，精美的缆绳。

【译文】

湖光映照着远方的天空，船舱中的我在昏暗的灯光下独自和衣而眠。虽离家已久，愁思满腹，有无尽乡愁，奈何职责所在，身不由己，夜色中轻快驶向远方的一艘艘小舟，只能让我徒生羡慕。

【简析】

因工作原因，诗人曾长时间驻守高邮。离乡太久，故而思乡，归之不得，故而羡杀，情由思起，毫无造作。

黄海涛注译

◎李必恒简介

李必恒（1666—？），字北岳，一字百药，号樗巢，江苏高邮人。年少时，体弱多病。长大后，以诗赋驰名乡里，科场失势疾而致聋，以诸生终老。年止中寿，约40岁因病而殁。著有《三十六湖草堂诗集》，已佚。同邑后人夏味堂于嘉庆己巳年冬十月刻《樗巢诗选》五卷传世。另，商丘宋荦辑有《江左十五子诗选》，入选作者大都为“名人才士”，而李必恒以平民身份列其中，且诗数量亦多，质量亦优，《四库全书存目丛书》集部第386册可寻。

纵观李必恒诗，其表现形式多样，有乐府诗、五言古诗、七言古诗、五言律诗、七言律诗、五言排律、六言诗、五言绝句、七言绝句，词体少见。康熙三十六年（1697年），皇帝亲自出征噶尔丹，大胜而归。李必恒作《大凯铙歌鼓吹曲》1500字，高古恢宏。江苏巡抚宋荦，见之大为惊叹，随即将李必恒招入幕府，待以上宾。

题王石谷[①]骑牛归田图（选一）

燕京[②]雪片大，易水[③]悲风寒。
笑问牛背上，先生奚[④]不冠[⑤]。

【注释】

①王石谷：王翚（huī），字石谷，清代著名画家，被称为“清初画圣”。

②燕京：北京的旧称，是燕国都城所在地。

③易水：水名。在河北省西部。荆轲入秦行刺秦王，燕太子丹饯别于此。《战国策·燕策三》：“风萧萧兮易水寒，壮士一去兮不复还。”

④奚：为什么。

⑤不冠：不戴帽子。

【译文】

北京城大雪纷飞，易水河上北风凛冽悲鸣。先生冒着大雪骑在牛背之上，为何不戴一顶御寒的帽子。

【简析】

这是一首题画诗。首句写燕京大雪中的全景，二句“悲风寒”乃心里所感，三四句直奔主题，“不冠”暗示归田。

石头城[①]

清溪屈曲[②]水潆洄[③]，落日孤城[④]景倩[⑤]哀。
道是石头偏易坏，齐台[⑥]才建又梁台[⑦]。

【注释】

①石头城：广义上它是现在南京的别称，狭义上它是指南京老城城西的石头山石头城。石头城筑于楚威王七年（前 333 年）。东汉建安十六年（211 年），吴国孙权迁至秣陵（今南京），在石头山金陵邑原址筑城，取名石头城。扼守长江险要，为兵家必争之地，素有“石城虎踞”之称。

②屈曲：弯曲；曲折。

③潆洄：水流回旋的样子。

④孤城：指石头城。

⑤景倩：南朝宋宰相袁粲字。

⑥齐台：这里南朝时期的齐朝。

⑦梁台：这里指南朝时期的梁朝。

【译文】

清清的溪水曲折回旋流淌，夕阳斜照石头城，当年宋被齐剿灭，景倩应该感到悲戚。料想是石头容易毁坏，齐朝才建立起来不久，又被梁朝所灭。

【简析】

首句写近处之景，二句“落日”写远处之景，且景中含情。转折句用“石头”比喻朝廷腐败堕落，结尾感叹朝代更迭。

题画春水放舟图

岸芷[①]汀蒲[②]取次[③]生，运河水泮[④]绿波明。
凭将粉墨全钩染[⑤]，身在江淹[⑥]赋里行。

【注释】

①芷（zhǐ）：白芷，香草名。

②蒲：俗称蒲草。

③取次：意思是随便，任意。

④泮：这里指冰雪融解。

⑤钩染：钩同“勾”，意思为勾勒渲染。

⑥江淹（444—505）：字文通，宋州济阳考城（今河南省商

丘市民权县程庄镇江集村）人。南朝政治家、文学家，历仕宋、齐、梁三朝。南朝辞赋名家。

【译文】

运河边的白芷香草和汀洲上的蒲草相继生长，运河里的冰冻融化了，流淌着清澈的绿水。绘画的色彩任意勾勒渲染，人犹如在江淹辞赋描绘的画面中畅游。

【简析】

这是一首题画诗。诗人对图画分析非常到位，色彩鲜明。一、二句写春天运河的美景，三、四句写画家精湛的艺术才能。

渡甓社湖[①]

击汰[②]溯[③]长湖[④]，苍茫[⑤]一棹[⑥]孤。
微风吹远水，落日响菰蒲[⑦]。
逆浪[⑧]鱼争跃，迎风鹳[⑨]自呼。
理生[⑩]吾道[⑪]在，未敢惮[⑫]危途[⑬]。

【注释】

①甓社湖：即现在的高邮湖。

②击汰（tài）：指划船。“汰”这里是波涛的意思。

③溯：沿水逆流而上。

④长湖：指甓社湖。

⑤苍茫：指湖光辽阔而望不到边。

⑥一棹：一只小船。

⑦菰蒲：生在浅水里的草本植物。

⑧逆浪：顶着波浪而行。

⑨鹳（guàn）：鸟，外形像白鹤，嘴长而直。

⑩理生：料理生计。

⑪吾道：我的学说或主张。

⑫惮（dàn）：怕，畏惧。

⑬危途：意思为危险的道路。这里喻生活困苦艰险。

【译文】

独自泛舟在无边的甓社湖上，湖上只有一条小船划行。微风荡漾着波光，菰蒲摇荡着夕阳，传来萧萧的声响。鱼儿逆浪争相跳跃，鹳鸟在晚风中呼唤。料理生计，自有主张，像船一样在逆浪中勇敢前行，不怕艰难。

【简析】

这是诗人泛舟高邮湖时所见的场景。“逆浪鱼争跃，迎风鹳自呼”是诗人在艰难困苦中的自我感慨。尾联振起。

登北固①绝顶晚眺

一径凌空②上，天风响不休。
微茫③双眼阔，缥缈④此身浮。
落日迷沧海⑤，稀星带润州⑥。
遥看明灭处，渔火⑦漾中流。

【注释】

①北固：即北固山。在今江苏省镇江市东北。有南、中、北三峰。北峰三面临江，形势险要，故称“北固”。

②凌空：高高地在空中或高升到空中。

③微茫：隐约，不清晰。

④缥缈：随风飘扬。

⑤沧海：古代对东海的别称。这里指长江。

⑥润州：指今天的镇江。

⑦渔火：傍晚渔船上的灯火。

【译文】

山路悠长，一直延伸，凌空之上，空中风声不断回响。极目远望，隐约可见天边，人站在峰顶，犹如飘浮在空中。夕阳霞染江水，景色迷人，润州城掩映在稀疏的星光里。遥看江上时隐时现的光点，渔船的灯火摇荡在波浪之中。

【简析】

这是诗人登镇江北固山傍晚所见之景。颔联“阔”“浮”写北固山高大雄伟。颈联“落日”“稀星”乃傍晚之景。结尾写江中夜色。全诗绘景壮情、空灵。

乙丑纪灾诗八首（选一）

即以城为岸，惊涛①直撼②城。
长湖③无鸟过，六月已凉生。
野哭④何人急，讹言⑤半夜惊。
全家风浪里，秉烛⑥坐深更。

【注释】

①惊涛：令人惊恐的波涛。

②撼：摇动；震动。

③长湖：指甓社湖，今高邮湖。

④野哭：野外人的哭叫声。

⑤讹言：伪诈的话；谣言。

⑥秉烛（bǐng zhú）：拿着燃着的蜡烛。

【译文】

洪水汹涌奔来，城墙犹如堤岸，波涛声震城池。浩渺的高邮湖，没有鸟儿飞过，本是炎热的六月，却因大水而使天气变得阴凉，面对此景，人也感到无比悲凉。野外人的哭叫声一片，听到有关传闻，半夜更是让人心生恐惧。全家人都在风浪里煎熬无法入眠，拿着燃起的蜡烛，一直坐到深夜，盼望黎明早点到来。

【简析】

这是一首写康熙二十四年（1685 年）高邮遭遇水灾的五言律诗。首联“撼”写洪水汹涌。颔联“无鸟”“已凉”写湖水淹没之广。后二联写灾民之痛苦。诗人深刻地再现了当时水灾境况，百姓无地可居、忍饥挨饿，社会荒凉破败的凄凉景象。

雨后过城内诸园看牡丹①

鹎鵊②声残欲送春，雄蜂雌蝶闹纠纷③。
不辞泥淖④深三寸，只惜花开到十分。
粉颊⑤几丛含宿雨⑥，酡颜⑦一面透斜曛⑧。
凭将极品⑨夸姚魏⑩，但觉妖红⑪自出群⑫。

【注释】

①牡丹：即牡丹花。品格高洁、高贵、端庄秀雅，仪态万千，国色天香。

②鹎鵊（bēi jiá）：鸟名。似鸠，身黑尾长而有冠。

③纠纷：这里指交错纷杂貌。

④泥淖：烂泥；泥坑。

⑤粉颊：粉红的脸颊。这里指娇艳的花瓣。

⑥宿雨：经夜的雨水。

⑦酡颜：饮酒后脸红的样子。这里指娇艳的花瓣。

⑧斜醺：酒后醉醺醺的样子。

⑨极品：指物品的最高品级或品类。

⑩姚魏："姚黄魏紫"的省称。姚黄指千叶黄花牡丹。魏紫指千叶肉红牡丹，是最名贵的两种牡丹。

⑪妖红：指牡丹花。

⑫出群：出众的意思。

【译文】

鹎鵊声里，春天将要归去了，蜂蝶纷飞在牡丹花丛中。走在泥泞的道路，只是为了欣赏盛开的牡丹。夜雨滋润后的牡丹花，犹如少女粉红的脸颊，又如酒后醉醺醺的少女。品质高雅的牡丹可以与姚魏牡丹相媲美，自然出类拔萃。

【简析】

牡丹在百花中自然出类拔萃。颈联"粉颊""酡颜"，诗人用了拟人的手法，把娇艳的牡丹花传神地展现了出来。

罗大玉行[1]移居时堡[2]若有不释然者作诗以道其行二首（选一）

市井[3]厌嚣甚，古人爱村居。
非徒[4]俗淳朴[5]，亦欲藏吾虚[6]。
我友斯决策[7]，归彼中田庐[8]。
地僻寡[9]见闻[10]，能令世事[11]疏[12]。

茅茨[13]八九间，中罗琴与书。
弟兄互师友，此岂[14]不足欤[15]。
田园在屋后，杂植秔稻[16]蔬。
屡[17]丰[18]戴皇天[19]，卒岁[20]幸有储。
比邻新酿[21]熟，临流亦多鱼。
招呼集亲串[22]，未厌斟酌[23]孤。
吾徒[24]方养晦[25]，何必高门闾[26]。
怀土[27]古所鄙，勿为重踟蹰[28]。

【注释】

①罗大玉行：罗曰珩，字玉行，廪生，清高邮人，与李必恒是至交。

②时堡：古时属高邮，今属兴化。

③市井：街市的代称。

④非徒：不仅的意思。

⑤淳朴：诚实朴素。

⑥虚：这里指住所。

⑦决策：决定的计策或办法。

⑧田庐：田中的庐舍。泛指农舍。

⑨寡：少，缺少。

⑩见闻：指见到和听到的事。

⑪世事：世务；尘俗之事。

⑫疏：疏远，不亲近。

⑬茅茨：茅草盖的屋顶。亦指茅屋。

⑭此岂：这难道的意思。

⑮欤：感叹词。

⑯秔稻：释义为粳稻。

⑰屡：多次。

⑱丰：农作物丰收。

⑲皇天：指天；苍天。

⑳卒岁：度过一年的意思。

㉑新酿：意思是新酿造的酒。

㉒亲串：关系密切的人。

㉓斟酌：指饮酒。

㉔吾徒：犹我辈。

㉕养晦：谓隐居匿迹。

㉖门闾：城门与里门。

㉗怀土：安于所处之地。

㉘踟蹰：迟疑，要走不走的样子。

【译文】

城里街市喧扰，古人喜欢到乡村中居住。乡村民风淳朴，也是本人想要去的地方。好友决定，归于时堡的农舍。地方偏僻，所见所闻不多，能使他疏远世俗之事。八九间茅屋，里面摆放着琴和书。他们兄弟间亦师亦友，这难道不值得称道吗？屋后面是田地，稻谷和蔬菜种在一起，品种繁多。蒙受天恩，果实多次丰收，一年下来，还有储存。邻居新酿的酒好了，小河中的鱼鲜也多。有时招集关系密切的人饮酒畅谈，也不厌烦一人独自小饮。若要过隐居人的生活，又何必住在高高的城门之下。安于所处之地，自古都在边远的地方，若有所想，就不要迟疑了。

【简析】

这是诗人好友罗玉行移居时堡心中不舍而作。首句说明移居原因，往下则围绕而写，有景、有情、有议论。诗人羡慕好友乡村的生活，也有归于乡村之意。

◎李贡简介

李贡，字翮飞，一字格飞，号荆门。李必恒北岳之孙，李基简雪邻之子，郡增生，生卒年不详（乾隆时期人）。晚年与青年才俊王念孙、汪容甫等人有过从。著有《默存斋集》等，高邮消寒诗社后期重要成员。

归舟杂诗八首（选一）

片帆斜挂小舟横，阵阵和风[①]掠面轻。
正是一犁[②]春雨足，绿杨村里叱[③]牛声。

【注释】

①和风：温和的风，指春风。
②犁：用牛耕田的农具。
③叱：呼喊；吆喝。

【译文】

小船挂起风帆，横泊在水边，阵阵和暖的春风吹到脸上，轻松爽快。和风挟着丝丝春雨，正是农夫们忙着春耕的时候，绿杨环绕的村庄里，时时传来农夫赶牛的声音。

【简析】

“春雨”“叱牛”，描写农民春耕时的景象。其诗如画，一派田园风光。

归舟杂诗八首（选二）

春涨新添旷曲隄[①]，城东一簇[②]矗孤台[③]。
帆收暮色[④]渐人尽，唯有酒家门尚开。

【注释】

①曲隈：弯曲的水岸。

②一簇：这是指树木聚集。

③孤台：指文游台。

④暮色：傍晚昏暗的天色。

【译文】

河里春水升高，使弯曲的两岸显得宽阔，城东的文游台树木葱茏。傍晚天色渐暗，归来的船落下风帆，路上行人稀少，远远望去，只有酒家的门还开着，正逢迎晚行的客人。

【简析】

一、二句由近景向远景延伸。第三句转折顺势而写暮色之景，“帆收”“酒家”水乡傍晚闲适之情跃然眼前。

晓起

料峭①风寒扑客衣，侵晨宿雨②尚霏霏③。
岚光④塔影迷茫⑤候⑥，槌磬⑦一声鸦乱飞。

【注释】

①料峭：形容风力寒冷、尖利。

②宿雨：经夜的雨水。

③霏霏：细雨浓密的样子。

④岚光：雾气经日光照射而发出的光彩。

⑤迷茫：指模糊不清。

⑥候：等待。

⑦槌磬（chuíqìng）：寺庙的梵磬。

【译文】

寒风刺骨，经夜的雨还没有停下来。一束阳光穿过云层，笼罩佛塔的雾气正等待消散，忽然寺庙传来梵磬的声音，惊飞了树上一群乌鸦。

【简析】

这是诗人在清晨细雨寒风中所见。转折，塔影静立雾气之中，尾句打破宁静，而使环境更加清幽、深邃。画面静中有动。

雪后望钟山①

曲迳②延迤③著屐④闲，桥头新涨水潺潺⑤。
风轻已释前朝⑥雪，一角晶莹⑦是蒋山⑧。

【注释】

①钟山：即南京紫金山。在今江苏省南京市东北。

②曲迳：弯弯曲曲的小路。迳，同“径”。

③延迤：地势斜着延长。

④屐：木头鞋。泛指鞋。

⑤潺潺：形容溪水、泉水流动的声音。

⑥前朝：以前的或过去的朝代。

⑦晶莹：光亮而透明。这里指白雪。

⑧蒋山：即钟山，又名紫金山。

【译文】

沿着崎岖的山路悠然行进，溪水高涨从桥边缓缓流过。以前的雪已经消融，只有钟山一片皑皑的白雪，晶莹透亮。

【简析】

这是诗人雪后望钟山之作。前两句写近景，后两句写远景。

三阿[①]道中二首（选二）

日落帆收棹[②]不前，孤村隐隐[③]净无烟[④]。
未知沧海[⑤]何时变[⑥]，只记青帘[⑦]几处悬。
上树鸡来惊鸟处，寻滩人至占牛眠。
到涯景物摧残甚[⑧]，白月[⑨]一河风满天。

【注释】

①三阿：指高邮西北乡部分，距城约六十里，三十六湖未连成一片时，舟车均可通行。

②棹：代船。

③隐隐：指不清楚、不明显的样子。

④烟：这里指人家做饭的炊烟。

⑤沧海：大海（因水深而呈青绿色）。

⑥变：渴望世道转变。

⑦青帘：旧时酒店门口挂的幌子，多用青布制成。

⑧甚：厉害、严重的意思。

⑨白月：皎洁的月光。

【译文】

太阳落山，船帆收起了，靠岸不再前行，依稀只见到远方孤独的村庄，人家没有袅袅升起的炊烟。沧海何时变成桑田？一路上只记得几处酒家悬挂的酒帘子。鸡飞到树上，惊飞了枝头的鸟儿，寻找草滩夜宿的人，与牛同卧一处。满眼景物萧条残败，月光皎洁地照映河水，风声满天。

【简析】

这是诗人在三阿道中所见孤村暮景。颔联出句，由于百姓贫苦，诗人渴望世道转变，对句“青帘”意含苍凉。颈联承接上联，表现穷人无家可居。以景结尾，让人思绪满怀。诗中景语皆情语也。

春日喜贾丈稻孙、陈丈腾芳、沈二虞襄见过小饮甕室[①]

春阴带余寒，朝日开新霁[②]。
围鸟欣且鸣，庭花含生意[③]。
好风[④]自东来，吹我故人[⑤]至。
入门揖[⑥]我父，中怀[⑦]以之慰。
命我沽浊醪，小酌酬况瘁[⑧]。
贫家留客难，草率[⑨]见真味。
明月长中天，流光照幽翳[⑩]。
起坐步阶除[⑪]，夜静谈转恣[⑫]。
愿尽今夕欢，痛饮毋[⑬]辞醉。

【注释】

①甕（wèng）室：简陋的房子。甕，同“瓮”。

②新霁：意思是雨雪后初晴。

③生意：富有生命力的气象；生机。

④好风：温柔的风，指春风。

⑤故人：旧友；老朋友。

⑥揖：拱手行礼。

⑦中怀：指内心。

⑧况瘁：憔悴、劳累的意思。

⑨草率：粗糙简略。

⑩幽翳：阴暗的地方。

⑪阶除：庭中台阶。

⑫恣：没有拘束。

⑬毋：不的意思，表示否定。

【译文】

春日天气阴沉，还带有丝丝寒意，清晨天空晴朗。四周听到鸟儿欢悦的歌唱，庭中的花朵也竞相开放。缕缕春风从东方吹来，老朋友来访，更是欣喜。朋友进门先向父亲拱手行礼，使其心中感到慰藉。父亲让我买点酒招待客人，与老友小饮一下，以酬艰难处境中的劳累。因为家贫很难拿出美酒佳肴，虽简单，但真情相待。不觉月已升上天空，月光照亮每个角落。起来走上台阶，夜色清静，尽情欢愉地畅谈。愿与老友一夜痛饮，不辞饮醉。

【简析】

这是诗人在家招待几个友人的场景。“新霁”“围鸟”“庭花”景语亦是情语也，家境虽然贫穷，但是春色盎然。与至交在一起，举杯畅饮，只恨时间太短。

渡扬子江①

岁阑②翻作客，襆被③大江过。

清兴④旷无际，尘襟⑤涤已多。

潮平渔子⑥卧，风定榜人⑦歌。

弥望⑧江空迥，行乘万里波。

【注释】

①扬子江：是长江从南京以下至入海口的下游河段的旧称，流经江苏省、上海市。

②岁阑：意思为岁暮，一年将尽的时候。

③襆被：用包袱包扎衣服、被子等物，即捆行装。

④清兴：意思是清雅的兴致。

⑤尘襟：世俗的杂念。

⑥渔子：释义为捕鱼为业的人。

⑦榜人：驾船的人，亦称船夫。

⑧弥望：充满视野，满眼。

【译文】

岁暮了，反而远去他乡为客，带着行装乘船在江中前行。无边的江景，让人心境开阔，尘心得到了洗涤。江上潮平，捕鱼的人开始卧床休息。江风停息，船夫唱着歌继续夜行。遥望高远的天空，客船行驶在万里沧波之中。

【简析】

这是诗人远行乘船过扬子江所作。颔联抒发自己的情怀，颈联江上所见之景，尾联豪情豁达，志向高远。

游滁州瑯琊寺①

步屧②访香林③，九折④穿蒙密⑤。
入门鸭脚⑥高，盘拏⑦互曲诘⑧。
钟响众山空，林深群鸟寂。
传云典午⑨子，于此曾寄迹⑩。
茗粥⑪话老僧⑫，清境聊暂息⑬。
何处飞泉声⑭，振衣⑮还复出。

【注释】

①瑯琊寺：即琅琊寺，位于安徽省滁州，是我国东南名刹，建于唐代大历年间，唐代宗赐名“宝应寺”，宋代易名“开化禅寺”。

②步屧（xiè）：行走，漫步。

③香林：禅林，指琅琊寺。

④九折：弯弯曲曲。

⑤蒙密：茂密的草木。

⑥鸭脚：银杏树的别名。树叶似鸭掌状，故称。

⑦盘拏：形容纡曲强劲。

⑧曲诘：曲折。

⑨典午：指古时司马之官职。

⑩寄迹：意思为在外乡停留或暂住。

⑪茗粥：即茶粥。

⑫老僧：指年老的僧人或是僧人的自称。

⑬暂息：暂时停息。

⑭泉声：指寺旁的庶子泉的流水声。

⑮振衣：抖衣去尘，整衣。

【译文】

漫步山中寻访琅琊寺，穿过茂密的树林。进门见到一棵古老的银杏树屹立在天空之上，繁枝错综交错。寺钟敲响，群山一片寂静，幽深的树林，听不到鸟的叫声。传说有位司马的官员曾经在此寄迹。与老僧品茶、论道，暂停交谈让人享受心灵的清净。不知何处传来了泉水流淌的声音，整理衣服又向泉声寻去。

【简析】

这是诗人游滁州琅琊寺随着脚步从远到近所见、所闻之景。前四句乃所见，五、六句乃所闻，动中有静。下半段既有怀古，也有吟今，结尾则表现了诗人向往清幽之地的情怀。

◎李石君简介

李石君（1840—1922），名曾寿，字石君，别号养先子、袖石山人。清末诗人、金石家、书画家。世居高邮，博学多才，颇得先祖李槱巢遗韵，书法宗师二王，精于秦篆汉隶，其铁线篆为最，墨浓如漆、笔力苍劲雄浑。他轻视科举，布衣蔬菜，淡于荣禄。著有《墨戏轩吟稿》《石君题画录》等。

奎楼①远眺

高立斯楼②出世寰，湖天③以外见神山④。
更寻昔代⑤珠明⑥处，空漾清波夕照⑦间。

【注释】

①奎楼：亦称魁星阁，始建于明天启三年（1623 年）。

②斯楼：指奎楼。世寰，人世间。

③湖天：高邮湖上的天空。

④神山：神居山（原天山镇境内）。

⑤昔代：过去。此指宋代。

⑥珠明：古时传说湖中有神珠。

⑦夕照：傍晚的霞光。

【译文】

奎楼耸立在天空之上，好像远离人世间，站在楼上能见到秀丽的神居山。再看当年神珠照耀的地方，万顷沧波摇荡着夕阳的霞光。

【简析】

首句“出世寰”写奎楼之高，承句“湖天”乃远景，转合写夕阳下高邮湖暮色美景。

圃外荷花盛开

小圃[①]门开柳似烟，优游闲步[②]纳凉天。
凫[③]眠浅水堤边草，人泛夕阳花[④]里船。

【注释】

①小圃：种植蔬菜、瓜果、花草等的园地。

②优游闲步：悠闲地游玩。

③凫：野鸭。

④花：指荷花。

【译文】

菜园外绿柳婆娑似笼轻烟，夏天炎热，悠闲漫步避暑寻凉。水边的草滩上野鸭正在睡眠，夕阳下有人在荷塘里划着小船。

【简析】

此诗写诗人夏天户外纳凉河边日暮之景。“柳似烟”切合夏天景致，三四句写堤边、水中日暮之景。景物清新，富有诗意。

圃中看桃花

捻髭[①]坐石爱清华[②]，池畔夭桃[③]几树斜。
红白间开浑似[④]锦[⑤]，春风也助野人家[⑥]。

【注释】

①捻髭（zī）：捻弄嘴边的胡须。

②清华：指景物清秀美丽。

③夭桃：艳丽的桃花。

④浑似：非常像。

⑤锦：绣有精致花纹的丝织品。

⑥野人家：平民人家。

【译文】

坐在石上捻弄胡须观赏园中美景，小池边几株艳丽的桃花正在绽放。红白花朵相映，像精美的丝织品，春风无私，也吹到平民百姓人家。

【简析】

这是写诗人在园中观桃花。承句写桃花娇美的形态，转折写桃园全景，尾句感慨春风有情有义。

晓雾过神居山[①]

山行披晓雾[②]，冥冥[③]不遥看。
村远和云合，林深出路难。
破庵[④]新建后，古迹久凋残。
回忆亘公[⑤]去，空余井石[⑥]寒。

【注释】

①神居山：位于高邮市湖西新区送桥镇（原天山镇）境内，被称为“淮南众山之母”“淮南第一山”。是著名的古“秦邮八景”之一，广陵王刘胥安息之地（代表古代最高礼仪的葬礼黄肠题凑）。

②晓雾：清晨的薄雾。

③冥冥：昏暗的样子。

④破庵：破旧的佛寺（多指尼姑庵）。

⑤亘公：南北朝时期南朝齐人，相传曾在神居山炼丹药。

⑥井石：井口上的石栏。

【译文】

披着清晨的薄雾向山前行，苍茫而不能看得太远。山外的村庄云朵环绕，山中道路两旁树林浓密，很难找到通往外面的道路。破旧的佛寺重修一新，古迹早已零落衰败。不见当年在此炼丹的亘公，只有炼丹的石井依然清净明澈。

【简析】

诗人在雾中登神居山，由山外之景写到山中之景。后二联由荒败的景物而感叹时光的流去。

登文游台①

我本劳劳②客，闲愁③到此开④。
赏心⑤多胜迹⑥，纵目⑦有高台。
云度湖光远，帆随雁影来。
长吟斜照里，欲去转徘徊⑧。

【注释】

①文游台：古秦邮八景之一，始建于北宋太平兴国年间，原为东岳庙（即泰山庙），因苏轼过高邮与本地乡贤秦观、孙觉、王巩会集于此，饮酒论文而得名。

②劳劳：忙忙碌碌。

③闲愁：无端无谓的忧愁。

④开：消除。

⑤赏心：心情欢乐。

⑥胜迹：指有名的古迹。

⑦纵目：放眼向远处望。

⑧徘徊：在一个地方来回走动。

【译文】

我是整天忙碌的一个人，无端的忧愁到此就消除了。观赏这里的景色，让人心情愉悦，抬头仰望，文游高台耸立。远望高邮湖，波光粼粼，白云从湖上飞过，大雁随着船帆从远方飞来。夕阳西下，独自吟咏诗句，想要回去，却又流连忘返，不愿离开。

【简析】

这是诗人在闲暇时登文游台而作。中二联写高台近景和高邮湖远景，景色迷人而不愿离开的心情。

三圣庵①外散步

芦花风细②解酡颜③，兴取秋郊独去还。
数亩平田④依古路，几株老树拥禅关⑤。
踈钟⑥听罢鸦喧晚，新月⑦吟斜客步闲。
遥望灯悬高阁⑧外，鼕鼕⑨更起战船⑩间。

【注释】

①三圣庵：位于大淖河西边，规模较小，只有几间矮矮的砖房，如今已毁。

②细：轻微。

③酡颜：饮酒脸红的样子。

④平田：平整的良田。

⑤禅关：佛门，指三圣庵。

⑥踈钟：稀疏的钟声。踈，同“疏”。

⑦新月：月初弯弯的月亮。

⑧高阁：指运河堤边三元阁。

⑨鼕鼕：象声词，古时报更的鼓声。

⑩战船：古代用于水上作战的船舶。

【译文】

芦花摇荡，微风吹到脸上，酒气渐渐消除，乘兴独自去郊外散步。片片良田紧靠在路边，几棵高大的古树掩映着三圣庵。天色将晚，寺院响起钟声，乌鸦也回到了巢中，一弯新月斜挂在天空，清静的环境，步履更觉悠闲。遥望三元阁外，灯火高悬，报更的鼓声在河边的战船上回荡。

【简析】

这是诗人晚上酒后在三圣庵外散步所见所闻。颔联庵外、庵旁的景色，一远一近，有层次感。颈联以动衬静。尾联“战船”似有忧心之意。

山中古梅（题画录之一）

山势岧峣[①]耸碧空，欹斜[②]老树石林中。
花开寂寂香成海，占得阳春[③]第一风。

【注释】

①岧峣：高峻，高耸。

②欹斜：歪斜不正的样子。

③阳春：温暖的春天。

【译文】

山峰雄伟高耸入云，古老的梅树斜倚在山石之中。梅花无声地绽放，花香浓郁，梅花比其他的花要开得早，所以占有了第一缕春风。

【简析】

题画诗犹如咏物。首句写山势高大，承接入题。转折写山中梅香浓郁，争相拥抱春天的热闹场面。

山楼观瀑（题画录之二）

红叶[①]满山稠[②]，行云绕树头。
梁[③]危[④]依巨瀑[⑤]，客静倚高楼。
野寺[⑥]孤峰外，浮图[⑦]一影留。
遥看征雁[⑧]过，始觉已深秋。

【注释】

①红叶：秋天，枫、槭、黄栌等树的叶子都变成红色，统称红叶。

②稠：浓密。

③梁：这里指山谷之间的延绵的高地。

④危：高。

⑤巨瀑：很大的瀑布。

⑥野寺：野外的庙宇。

⑦浮图：同“浮屠”。指佛塔。

⑧征雁：指秋天南飞的大雁。

【译文】

满山浓密的红叶鲜红似火，朵朵行云环绕着树头。高高的山梁上，瀑布飞泻，人在高楼上静静地观赏。远处的寺庙坐落在孤峰之外，依稀能见到佛塔的影子。远看一群大雁正从空中飞过，忽然让人觉得已经到了深秋的时候。

【简析】

题画中深秋之景。“红叶”点名时节，“行云”“巨瀑”“野寺”等，皆是楼上所见。尾联紧扣首句。

◎殷峄简介

殷峄，江苏高邮人，寄籍天长。生于顺治十七年（1660 年），卒于乾隆七年（1742 年）。字桐高，号画村。康熙二十五年（1686 年）拔贡，五十六年（1717 年）副榜。以教习官太原知县。有《樊桐集》，乾隆间刻。嘉庆十三年（1808 年）同邑夏味堂初刻其集于半舫斋，改题《樊桐诗选》。

湖村①夜月

野月白于水，柴门②溪上开。
终宵③对清冷，不寐④起徘徊。
忽听雁声过，远看人影来。
驱牛冒霜露，农力⑤最堪哀⑥。

【注释】

①湖村：当时高邮湖附近的村庄。
②柴门：用散碎木材、树枝等做成的简陋的门。
③终宵：彻夜；通宵。
④不寐：不能入睡。
⑤农力：农耕的劳力。
⑥堪哀：哀叹的意思。

【译文】

郊野茫茫，皎洁的月光比水还清盈，简陋透风的门对着流淌的小溪。夜风清冷不能入睡，披衣起床，望着夜空来回走动。忽然听到天边传来大雁的声音，夜色显得更加的宁静，月光下，看见远处的人影慢慢走来。原来是赶牛的人在霜露的田间劳作，农耕的人生活艰苦，真是让人感到哀叹。

【简析】

这是诗人在湖边深夜不寐所见小村之景。“雁声”“霜露”有凄苦之意，可以想象村人衣食无着的苦难。全诗流畅自然，一脉相承。

同李百药、罗玉行[①]泛舟城南

春光九十正及半，小艇[②]泛过城南闉[③]。
村落[④]居然别[⑤]风景，云烟意味生清新[⑥]。
拍堤野水碧见底，迎面沙禽[⑦]飞趁[⑧]人。
明晨更拟出东郭[⑨]，高台[⑩]酹酒[⑪]怀孙秦[⑫]。

【注释】

①李百药（即李必恒）、罗玉行：二人皆是作者消寒诗社的至交。

②小艇：轻快的小船。

③闉（yīn）：古指瓮城的门。

④村落：村庄。

⑤别：不同寻常的意思。

⑥清新：清爽而新鲜。

⑦沙禽：沙滩上的水鸟。

⑧趁：追逐的意思。

⑨东郭：东边的外城。

⑩高台：指文游台。

⑪酹酒：以酒浇地，表示祭奠，古代宴会往往行此仪式。

⑫孙秦：指孙觉和秦观。

【译文】

美丽的春光将要过去一半，几人划着小船穿过城南的瓮城边。

远处村庄的景色，居然特别的秀丽，云烟环绕，意味深长，让人心神爽朗。浪花拍打着堤岸，碧绿的水，清可见底，迎面沙禽在船边追逐飞行。相约明天早晨还要继续去城东游赏，到文游台上把酒吟诗，共同缅怀孙觉和秦观，以示对前贤的敬仰。

【简析】

此诗是一首七言古诗，描写的是城南村庄和水上风光，色调淡雅，意境清幽。尾联可见诗友们意犹未尽的心情。

登文游台①

野鸟溪花秋复春②，高台③依旧峙④嶙峋⑤。
偶然踪迹亦千古，公⑥等风流⑦更几人。
来去帆樯⑧晴历历⑨，周围沙水碧粼粼⑩。
不须凭吊悲畴曩⑪，且斗尊⑫前现在身。

【注释】

①文游台：古秦邮八景之一，始建于北宋太平兴国年间，原为东岳庙（即泰山庙），因苏轼过高邮与本地乡贤秦观、孙觉、王巩会集于此，饮酒论文而得名。

②秋复春：时光年复一年的意思。

③高台：指文游台。

④峙（zhì）：耸立。

⑤嶙峋：指建筑物等突兀高耸。

⑥公：旧时对男性的长者或老人的尊称。这里指苏轼、秦观、孙觉、王巩。

⑦风流：形容文学作品超逸佳妙。

⑧帆樯：船帆与桅樯，常指舟楫。

⑨历历：物体或景象一个个清楚可见。

⑩粼粼：形容水波明净的样子。

⑪畴曩（chóu nǎng）：往日的意思。

⑫尊：饮酒的杯子。

【译文】

野鸟和溪边的花朵年复一年的飞翔和开落，文游台依然高耸于天地之间。前贤偶然留下的足迹已成为千古，苏轼、秦观等人的文采又有几人能比。遥望高邮湖，天空晴朗，来往的片片船帆都可以看得清楚，高台周围的沙水清澈明净。此时不要感慨往日的人和事吧，姑且饮酒，醉在今朝。

【简析】

起句“秋复春”写时光流逝，颔联怀古，颈联写今，尾联感慨，整体前呼后应，颇有情味。

李北岳、蒋纫园[①]招同泛舟城南登奎楼晚眺

顿有[②]临流兴[③]，绿溪泛画桡[④]。
最宜看柳色，喜不隔花朝[⑤]。
新绿满城堞[⑥]，残阳明断桥。
文游追往迹，怀古首重搔[⑦]。

【注释】

①李北岳（即李必恒）、蒋纫园：二人皆是殷峄好友。

②顿有：瞬间的意思。

③兴：兴致；兴趣。

④画桡：有画饰的船桨。

⑤花朝：传统农历二月的别称，此月有花神节。

⑥城堞（dié）：泛指城墙。

⑦搔：用指甲挠。

【译文】

忽然有了溪上泛舟的雅兴，船桨摇动着碧绿的溪流。柳色青青，最适合观赏，此时二月还没有过了花神节，让人欣喜。城墙上草木初荣，生机盎然，晚霞斜照水面上的断桥，景色宜人。遥望文游台追寻过去的踪迹，不由得让人挠头怀想。

【简析】

此诗前二联乃泛舟所见之景，颈联乃登奎楼所见之景，尾联怀古。诗意层层递进，笔姿灵活。

阅李北岳为余点定诗稿

旧稿丛残[①]手自删，丹黄[②]遗迹惨心颜[③]。
医攻疾疢[④]膏肓[⑤]外，味别淄渑[⑥]齿颊间。
苦向风尘留白发，屈教文冢[⑦]落青山。
三更掩卷吹灯卧，楮[⑧]上襟前泪欲斑。

【注释】

①丛残：琐碎，零乱。

②丹黄：旧时点校书籍用朱笔书写，遇误字，涂以雌黄，故称点校文字的丹砂和雌黄为丹黄。

③心颜：意思是心情和面色。

④疾疢（jí chèn）：泛指疾病弊病。

⑤膏肓：比喻难以救药的失误或缺点。

⑥淄渑：淄水和渑水的并称。皆在今山东省。

⑦文冢：意思为埋葬文稿之处。

⑧楮：通称构树，可以造纸。这里指诗稿。

【译文】

将零乱的旧稿亲手删去，只留下圈点书册的丹黄，留下的痕迹惨淡了心情和脸色。点定诗稿就像医生，治疗病入膏肓的人一样，其中的滋味更像淄水和渑水在口齿间各自不同。艰难苦楚在尘世间徒留头上白发，委屈地让文稿埋没在青山之中。夜半三更，把李北岳点定的诗稿合上吹熄孤灯躺下，诗稿和衣襟上的泪滴欲印出点点斑痕。

【简析】

这首诗是诗人阅读至交李必恒为其点定诗稿所作。二联用比喻赞美李必恒学问广博精深和诗人自身的感受。颈联表现诗人在创作中的艰苦和积极向上的心态。全诗感情真切，从肺腑中流出。

◎从准简介

从准，江苏高哪人，生卒年不详。字我平，号西村，康熙时诸生。康熙二十三年（1684 年），圣祖第一次南巡路过高邮，从准进南巡颂八章。

仲村湖[①]

浪游无定老狂夫[②]，踏遍千山兴未孤。
独有依人[③]心最苦，年年梦绕仲村湖。

【注释】

①仲村湖：在当时城北七十里翟家湖南。

②狂夫：放荡不羁的人。

③依人：形容对人的一种牵挂心态。

【译文】

放荡不羁，漂泊不定，游遍千山万水，兴致盎然而不觉得孤独。唯有想起挂念的人，心中才感到思念之苦，梦里经常回到眷恋的仲村湖。

【简析】

这是一首乡愁诗，诗人四处漫游，外面的景色虽然美丽，但是忘不了家乡的仲村湖和人。

◎贾兆凤简介

贾兆凤，江苏高邮人。生卒年不详。字九仪，号檀村。良壁子。康熙四十五年（1706年）进士。官翰林院检讨。与兄国维修大清一统志。

咏菊

香山[①]颇耐浔阳卧，司马[②]尝甘犊鼻[③]贫。
只为买花钱不得，终年自作灌花人。

【注释】

①香山：白居易，号香山居士，曾贬谪浔阳（今江西九江，古代是蛮荒之地）。

②司马：指司马相如。

③犊鼻：短裤，形如犊鼻。比喻贫穷。

【译文】

白居易曾贬谪到浔阳这个蛮荒之地，司马相如也曾在成都和卓文君婚后甚穷，常穿着犊鼻裤在街上行走。两人在当时都安于贫穷。连买花的钱都没有，就干脆做个灌溉花朵的人吧。

【简析】

这首诗前两句用了白居易贬谪浔阳和司马相如在成都与卓文君婚后的两个典故，来表现诗人自己的胸怀。并以菊花的品格喻己，耐霜寒且安于清贫。

◎孙弓圣简介

孙弓圣，江苏高邮人，生卒年不详。孙宗彝子，弓安，弓释弟。康熙时在世。

新春步雪访从我平①不值②

爆竹千门已报春，雪花犹自打愁人。
迸开③梅蕊含香泪，压断炊烟起玉尘④。
相忆村西高士⑤卧，何如北郭腐儒⑥贫。
冲泥乘兴求莺友⑦，静揜⑧双扉草色新。

【注释】

①从我平：人名，其人不详。

②不值：表示去某地方不合时，没有见到想见之人。

③迸开：绽放的意思。
④玉尘：喻雪。
⑤高士：志趣、品行高尚的人，多指隐士。
⑥腐儒：意思是指迂腐的儒生，只知读书，不通世事。
⑦莺友：比喻唱诗好友。
⑧揜（yǎn）：同“掩”。

【译文】

千家爆竹声声，春节到来了，纷飞的雪花吹打着忧愁的行人。绽放的梅花好像滴着香泪，大雪飞扬，不见炊烟。虽想念村西品行高尚的友人，又何如城北迂腐贫穷的儒生。踏着雪泥来访问好友，只见柴门紧闭，门外草色清新。

【简析】

这首诗是诗人新春大雪访友不遇的情景。首联破题，接着写雪中之景，颔联写梅花傲雪的精神，“压断”可见雪花之密。颈联赞扬友人高洁的心怀。尾句“草色新”景语亦是情语。

◎李兖简介

李兖，江苏高邮人。清代诗人，生平不详。

九日[①]雨中偕同社诸子登文游台

会逢佳节冷渔矶[②]，寂寞天高雁影稀。
拂洒黄花[③]侵客鬓[④]，舞庭枫叶就僧衣。
空余破帽从风落，何处孤帆带雨飞。
极目湖山存我辈[⑤]，兴来偏与俗[⑥]相违[⑦]。

【注释】

①九日：指重阳节。

②渔矶：可供垂钓的水边岩石。

③黄花：指菊花酒。

④客鬓：旅人的鬓发。

⑤我辈：我等，我们的意思。

⑥俗：佛教称尘世间为俗。

⑦相违：与世俗相违背。

【译文】

重阳佳节相聚文游台，水边的钓鱼石显得清冷，天空朗澈，大雁稀少。诸子们举杯畅饮，菊花酒溅到了头上，庭中的枫叶与僧人的佛衣随风飘动。诗人破旧的帽子也被秋风吹落了，细雨中一片船帆不知从何处飘来。遥望湖山之间只有我等诸子的存在，兴趣爱好和俗人大不相同。

【简析】

这是诗人与诗友重阳节登文游台所作。中二联既写眼前之景，也写庭内和庭外之景。结尾表现出诗人和诸子与世俗相违，欲追求更高理想境界的心情。

◎顾峤简介

顾峤，江苏高邮人。生卒年不详，字苍远。康熙年间，年十九补弟子员，旋为廪生。后赴试江宁，闻母张氏病，即束装归。时暴雨如注，奔走泥泞。归而百计医治，母病获愈。峤以忧劳致疾卒。

嵇庄①

独树村南一径斜，秋云澹荡②几渔家。
莫征③遗事文山集④，欲话兴亡⑤只晚鸦。

【注释】

①嵇庄：在当时州东南十五里，城子河边，周邱墩南，今名四义村。城子河即今南澄子河，四义村即古龙奔集镇。

②澹荡：舒缓荡漾。

③征：追究，追问。

④文山集：南宋民族英雄文天祥著。

⑤兴亡：兴盛和灭亡（多指国家）。

【译文】

村南生长着一棵高大的树，一条小路从旁边斜插而过，天上秋云飘荡，下面几处渔家。不须从文山集中追问遗留下来事迹，国家的兴亡，傍晚从乌鸦凄凉的叫声中就能觉察到。

【简析】

这是一首怀古诗，追怀英雄文天祥过嵇庄的事。文天祥有《嵇庄即事》诗。此诗一二句写嵇庄之景，转折拓开一笔，结句感慨，表现了诗人忧国忧民的思想。

◎李必豫简介

李必豫，江苏高邮人。生于康熙初，李震长子，字中州，国学生。与其弟必恒有云陆、眉苏之目。

渡湖

邻鸡咿喔鸣，晨起戒[①]行李。
大堤立须臾[②]，怅望一湖水。
所幸波浪恬[③]，兼兹风日美。
客行向船头，客心系船尾。
回首苍茫中，城郭尚可指[④]。
岂必[⑤]恋城郭，宛[⑥]在白云里。

【注释】

①戒：这里是准备的意思。

②须臾：极短的时间；片刻。

③恬：安静的意思。

④可指：是指很近、临近。

⑤岂必：犹何必。用反问的语气表示不必。

⑥宛：好像，仿佛的意思。

【译文】

听到邻家的鸡在咿喔地鸣叫，清晨开始准备出行的行李。站在湖堤上片刻，惆怅地望着无垠的湖水。所幸风平浪静，风景更加秀美怡人。客船不停地向前行驶，心里却牵系着远去的家乡。回头眺望苍茫的湖水，还能看见城市的影子。何必要依恋城市呢，客船好像行进在白云之中，多么自在。

【简析】

“客行向船头”是离开家乡的无奈，“客心系船尾”接下面二句是对家乡的不舍。诗人远行，对家乡难免有所不舍，结尾超然物外。

◎贾其章简介

贾其章，江苏高邮人。字质夫。康熙时庠生。其子为康熙四十一年（1702 年）举人。

文游台宴集

步屧[①]寻佳胜，高台[②]曲磴[③]通。
云屯[④]苍翠合，日射白波红。
文藻[⑤]江山助，鱼龙窟宅[⑥]雄。
风流如未歇，千古一樽同。

【注释】

①步屧（xiè）：漫步。
②高台：指文游台。
③曲磴：弯曲的石头台阶。
④屯：聚集，储存。
⑤文藻：指文章，文字。
⑥窟宅：巢穴。

【译文】

漫步探寻优美的景色，弯曲的石阶通向高台之上。云垂天空，草木葱茏，沧波摇动着霞光。山川景物能激发诗人的情思，鱼龙则称雄于巢穴之中。如果文人雅聚长此以往，千古以来把酒吟风的情怀应该是相同的。

【简析】

这是诗人在文游台宴会时所见所感。脚步沿台阶而上，颔联色彩纷呈，景色秀丽。颈联承接上联，借景议论。尾联总揽全诗，抒发情怀。

◎宋荦简介

宋荦，河南商丘人。生于明崇祯八年（1635 年），卒于清康熙五十三年（1714 年）。字牧仲，号漫堂、绵津山人，晚号西陂老人。以荫授黄州通判，累迁江西、江苏巡抚，官至吏部尚书。有《西陂类稿》，又编《江左十五子诗选》。

送百药①返高邮

君②家湖水上，茅屋倚沦涟③。
不浅观鱼兴，时还抱醉眠。
素心④鸥是友，生计砚为田。
何日抽身⑤去，同拿放鸭船。

【注释】

①百药：即高邮李必恒。
②君：指李必恒。
③沦涟：水波、微波。
④素心：心地纯洁。
⑤抽身：谓弃官引退。

【译文】

君的家建在高邮湖畔，茅屋紧靠着清清的湖水。观鱼的雅兴平日不少，经常回来酣醉而眠。心地纯洁与鸥为友，依赖文墨作为生活的来源。等有一天弃官引退，一起划着放鸭的小船畅游湖上美景。

【简析】

李必恒品端学富，得到江苏巡抚宋荦的激赏，被招之于幕府，遂入“江左十五子”之列。这首诗是宋荦送李必恒回高邮之作。首联写李必恒的傍湖而居，“茅屋”暗指家境清贫。颔联写贫中有乐，颈联赞扬品德和才学，“生计砚为田”紧扣“茅屋”。尾联突出两人之间深厚的友情和隐居之意。

盛莲纯注译

◎王永吉简介

王永吉（1600—1659），字修之、六谦，号铁山，江苏高邮人，历仕明、清两朝。逝后赠少保兼太子太保、吏部尚书，谥文通。

初夏怀季天中[①]

爽气生幽谷，流人卧草莱[②]。
山空连鬼魅，野旷聚风雷。
鸟雀依人惯，豺狼入夜来。
日高仍熟睡，蓬户倩谁开。

【注释】

①季天中：清初人，曾任给事中，生卒年不详。

②草莱：荒芜之地。

【译文】

幽静的山谷非常凉爽，流放的人却远在蛮荒。空山中多有魑魅，旷野上常聚集风雷。鸟雀惯常依附人而生活，豺狼总是趁夜里给人致命打击。即使身处如此环境，你（指季天中）日上三竿依旧安然高睡，不知道柴门又请谁来开呢。

【简析】

诗人施闰章曾写过一首《季天中给事以直谏谪塞外追送不及》，这首诗也是写在纪天中贬谪塞外之时，诗的首联点出友人被贬蛮荒，中二联想象其糟糕的处境，鬼魅、风雷、豺狼，都是对其打击的恶势力，不过季天中却不为所动，保持从容和镇定。通篇不以怀而怀，足见友情之真挚。

冬日感怀

闲愁岂有故，游戏亦无聊。
白日雷霆震，青天魑魅骄。
是非今古事，消息往来潮。
腊尽梅将发，编篱护药苗。

【译文】

说不清道不明的愁绪哪有什么原因，游逛博弈也没什么趣味。白日昭昭却电闪雷鸣，青天湛湛却魑魅乱舞。是是非非从古至今都如此，事物的变化恰似潮涨潮落。腊月将尽梅花欲放，我且编好篱笆养护药圃里幼苗。

【简析】

世道艰难，人心不古，黄钟毁弃，瓦釜雷鸣，作者所处的环境非常黑暗，想想世道本来如此，没有办法改变什么，却不妨在无奈中表现一种超然物外之态。

雪夜偶集和王印周水部韵

洗盏增清兴，何须问夜阑。
唾飞珠玉屑，盐笑[①]水晶盘。

不有荆轲侠[2]，谁怜范叔寒[3]。
鱼肠[4]白似雪，月下共君看。

【注释】

①盐笑：即笑盐，南朝宋刘义庆《世说新语》：“谢太傅寒雪日内集，与儿女讲论文义。俄尔雪骤，公欣然曰：‘白雪纷纷何所似？’兄子胡儿曰：‘撒盐空中差可拟。’公大笑乐。”后因以“笑盐”谓吟咏唱和以相笑乐。水晶盘，宋赵长卿《南乡子》“月转水晶盘”。喻美好也！此句扣题。

②荆轲侠：《史记》卷八十六〈刺客列传·荆轲〉

太子及宾客知其事者，皆白衣冠以送之。至易水之上，既祖，取道，高渐离击筑，荆轲和而歌，为变徵之声，士皆垂泪涕泣。又前而为歌曰：“风萧萧兮易水寒，壮士一去兮不复还！”复为慷慨羽声，士皆瞋目，发尽上指冠。

③范叔寒：战国末，魏范雎受到须贾迫害几至死，逃至秦国，游说昭王，被任为丞相。须贾使秦，范雎微行以见。须贾见到昔日逃亡的门客仍很“落魄”，同情地说：“范叔一寒如此。”赠以绨袍，表现出念旧之情。后因用作顾念旧交之典。

④鱼肠：古宝剑名。

【译文】

洗盏更酌兴致正浓，哪管时光流逝，夜色已深。朋友们高谈阔论，妙语连珠，吟咏唱和，无限美好。如果没有荆轲一样的侠气，有谁会怜惜我眼下的困境，宝剑寒光如雪，趁着酒兴在月色映照下一起欣赏。

【简析】

这是一首描写聚会的诗，首联是喝酒兴致很高，不顾夜深。颔联是谈兴很浓，唱和很欢。颈联感叹朋友有侠义之心，对自己的生活颇为照顾，尾联又说回宴集，对雪看剑，写足良会，结得有豪迈之意。

病起和王印周水部见赠

一冬高卧愧袁安[①]，俸米何颜饱大官。
绛雪玄霜[②]封药灶，金茎玉露[③]接仙盘。
羞垂白首花前饮，借得黄庭[④]月下看。
老骥[⑤]悲鸣长伏枥，都人应笑紫骝[⑥]鞍。

【原注】

阮元《淮海英灵集》丁集卷一所载此首诗末两句为“老去不堪歌绝调，忍将清泪对君弹”。

【注释】

①袁安：字邵公（一作召公）。汝南郡汝阳县（今河南商水西南）人。东汉名臣。

②绛雪玄霜：神话中的一种仙药。《初学记》卷二引《汉武帝内传》：“仙家上药有玄霜、降雪。”唐裴铏《传奇·裴航》：“一饮琼浆百感生，玄霜捣尽见云英。”

③金茎玉露：指汉宫中铜铸仙人手掌上承露盘中的露水。

④黄庭：亦名规中、庐间，一指下丹田。因其黄色为土，正为结丹之土地。而且黄色又处人身之正中，犹如“田”字之中心。此处指《黄庭经》。

⑤老骥：年老的骏马。多喻年老而壮志犹存之士。

⑥紫骝：古骏马名。

【译文】

病卧一冬愧非袁安卧雪，我有何脸面身居高位，接受朝廷的供养呢？为了治病，各种药草填满了药灶，加上种种保养的手段让病有了起色。在花前饮酒自惭白发低垂，且把《黄庭经》对月细读。我这匹老马只能悲哀地趴在槽枥之间，料想京都的人们正意气风发策马街头吧。

【简析】

此是答友人赠诗之作，作者自嘲因病卧床不同于高士，享受俸禄有愧于朝廷，通过治疗和保养使病有了起色。感慨老病缠身，只能阅读道经来使自己获得一种超然的心态。自己如伏枥老马，前途暗淡，但京都正多春风得意之人，有类“沉舟侧畔千帆过，病树前头万木春”的感叹。

游蝶园和杨赞皇韵

白狼①争问字，谁道草玄②非。
泼墨浓云起，论时大雅③归。
重逢国士聚，不信古风微。
乔岳④高千仞，掀髯独振衣。

【注释】

①白狼：汉县名。故城在今辽宁省凌源市南。《汉书·地理志下》：“右北平郡，县十六，白狼。”

②草玄：谓淡于势利，潜心著述。

③大雅：《诗经》二雅之一，为先秦时代华夏族诗歌。共三十一篇。《大雅》的作品大部分作于西周前期，作者大都是贵族。也称德高而有大才的人；泛指学识渊博的人；谓高尚雅正等。

旧训雅为正，谓诗歌之正声。

④乔岳：即指泰山。

【译文】

远方的人争相来信问候，谁能说淡于势利，潜心著述是错的呢。浓墨挥洒在纸上若乌云突起，谈论时事也符合大雅之道。这次重逢真是国士聚首，有我们这样的一群人，古人之风哪会式微呢？（在学问上）犹如攀登到泰山的千仞绝顶，激动地开口一笑，抖落衣服的灰尘。

【简析】

朋友聚会本就是人生一大乐事，更不必说还是志趣相投的知己。这首诗的主题就是表现游园聚会的快乐，大家一起泼墨挥毫，说古谈玄，而且自认都有古人之风颇为自得，尾联用语是化自“振衣千仞岗”，表现对自身道德、学问的自信，颇为意气风发。

◎夏之蓉简介

夏之蓉（1697—1784），字芙裳，号醴谷，江苏高邮人。雍正四年（1726年）举人，官盐城教谕，雍正十一年（1733年）进士，乾隆元年（1736年）召试“博学鸿词”，授翰林院检讨，充福建乡试正考官，提督广东、湖南学政。以古文之学校士，选录其优秀编为《汲古篇》。曾经主讲钟山丽正学院。性喜游历，足迹遍及海内。所至之处题咏唱酬无虚日。虚怀向学，乐善好施。尤喜奖掖寒士，盛名为海内所敬仰。之蓉天才宏放，通经史。诗作文篇为时人争相传诵。歌行尤跌宕淋漓，又长于论古。著有《半舫斋诗文集》《半舫斋偶辑》《读史提要录》等。

湖上秋居

端居[1]镜水上，日暮转悠哉。
门掩故交去，轩开明月来。
霜花垂晚蕊，石径长新苔。
塞色行将至，秋衣切早裁。

【注释】

①端居：即平常居处，又谓闲居。

【译文】

居住在如镜无波的水面上，傍晚时人的心情更为悠闲自在。关门前刚送走我的朋友，开着的轩窗又迎来了天上的明月。在寒冷的时节有花开得特别迟，石径上长出新的苔痕。塞外的寒意马上就要来临，御寒的衣衫需要早点做好。

【简析】

这首诗写作者悠闲的生活，首联就点出了主旨，接下来无论是掩门送友还是开窗迎月都是点题，颈联写幽静的环境，同时点明季节，尾联用唐诗里常见的边塞寒冬将至，早制寒衣以寄，但只是借用了字面意思，并无征夫之事，就是季节变换了，该早点为入冬做准备了。

登城东奎楼[1]

一塔[2]浮烟迥，湖光[3]入望遥。
乌啼黄叶戍[4]，人语夕阳桥。
敝笱[5]欹寒水，孤灯隐画桡[6]。
城头余月色，归路晚萧萧。

【注释】

①奎楼：此处指高邮奎楼，又称魁星阁，位于高邮宋城东南角之上，系北宋开宝四年（971 年）高邮兵部尚书高凝佑所建。

②一塔：指镇国寺塔，位于京杭大运河中间，是我国仅存的两座四方塔之一（另外一座是西安的大雁塔），故也被称为南方的大雁塔。

③湖光：指高邮湖景色。

④黄叶戍：戍，戍字，黄叶未落。

⑤敝笱：简陋的竹制的捕鱼器具，口大窄颈，腹大而长，鱼能入而不能出。

⑥画桡：有画饰的船桨。

【译文】

登上奎楼西眺，但见（镇国寺的）一座高塔远出于烟云之上，高邮湖的景色也在遥遥一望中。乌鸦在黄叶掩映的城墙处啼鸣，人在夕阳浸染的桥上交谈。简陋的捕鱼工具斜靠在寒水边，一点灯光隐约在画船上。城头渐渐升起了一轮明月，回家的路在夜色中显得十分寂静。

【简析】

首联是总写登高远望，中二联是具体所见之景，具体、细腻，尾联是趁夜踏月归来，很有余韵。

和鱼川先生软寒以味（六首）

腐羹

灯明春市早，菽乳[①]正浮浆。

调喜厨娘惯，供香野客尝。

压单称逸品[②]，软玉得仙方。
略遣齑盐[③]和，清斋似太常[④]。

【注释】

①菽乳：豆腐。相传是淮南王刘安所创。

②逸品：谓技艺或艺术品达到超众脱俗的品第。

③齑盐：腌菜和盐。借指素食。

④太常：官名，掌礼乐郊庙社稷事宜，九卿之首，品位很高。此喻羹品位高也。

【译文】

凌晨的早市灯火通明，豆腐花正在锅里沉沉浮浮。厨娘调出适合客人的口味，散发着香味的美食让路过的人都能尝到。压轴的单子做得跟艺术品一样，温软如玉好似得了仙方。稍微放点腌菜和盐，其清斋品位亦很高啊！

【简析】

这首诗初读就让我想到汪曾祺先生的一句话：人间烟火气，最抚凡人心。早市的豆腐摊香气扑鼻，厨娘精湛的手艺为客人带来视觉及味觉的享受，一碗豆腐羹就是一天最美好的开始。

醃菹[①]

谁移安粟种，野圃绽黄芽。
霜落根初老，寒深味转嘉。
断齑[②]随晓粥，列俎伴秋瓜。
盎瓮三冬满，知君富可夸。

【注释】

①醃菹：腌酱菜。

②断齑：切断的咸菜。

【译文】

是谁弄来菜种种下，菜园绽放出嫩花芽。等落霜时节根茎刚老，寒冷的季节味道更好了。切一些咸菜送粥，放一些在砧板上跟秋瓜凉拌。家里装腌菜的盆缸在冬季都装满了，知道你一定觉得我家十分富足。

【简析】

诗从腌菜的出处、种植的环境、收获的季节、品尝的方法一一写来，饶有趣味，因为家中储存了好多腌菜，也是一种富足，写出作者对腌菜的喜爱与对生活心满意足的心态。

醉蟹

湖水三篙落，尖团[1]满市东。
带生宜酒白，开瓮避灯红。
醉忆青州郡，饕传玉局翁[2]。
持螯竟何事，兀傲[3]野梅丛。

【注释】

①尖团：尖脐和团脐。蟹的代称。

②玉局翁：宋苏轼自称。宋苏轼《永和清都观谢道士求诗》：“镜湖敕赐老江东，未似西归玉局翁。”

③兀傲：孤傲不羁。晋陶潜《饮酒》诗之十三：“规规一何愚，兀傲差若颖。”

【译文】

当湖水下降到没有三篙深的时候，螃蟹就在东市遍地售卖。生蟹放入白酒中醣数日，开坛的时候避着灯光也能看到已经发红。醉蟹的味道让人想起青州的好酒，滋味能引得东坡垂涎欲滴。吃着蟹最好同时做着什么事呢？那就是孤傲不羁地徜徉于野梅林中。

【简析】

诗人从蟹上市的时令到如何制作醉蟹，色泽如何漂亮，如何的美味，以及被美食征服的陶然，如果一边吃醉蟹，一边赏梅，更是神仙一样的日子，如此层层递进，让读诗的人也是馋涎欲滴。

火米①

脱粟夸云子②，霜腰③出釜④迟。
燃薪哗老妇，堆妆戏群儿。
鼎熟应消渴，谈深足疗饥。
频抄吾不厌，为补后山⑤诗。

【注释】

①火米：先蒸后炒的稻谷，此指炒米。

②云子：本为白色细长而圆石子，此喻米粒。

③霜腰：此词条未觅得确切解读。据诗意，腰，果状物，霜腰，若果状的霜白色炒米。

④釜：锅也。

⑤后山：即陈师道，号后山居士。其《后山谈丛》卷四："蜀稻先蒸而后炒，谓之火米，可以久积，以地润故也。"

【译文】

脱粒成的米如细长圆石子，在锅中要翻炒很长时间才能炒成霜白色的炒米。烧下火的老妇嬉笑着把炒熟的炒米堆成一堆，一群小儿高兴地嚼着刚出锅的炒米。炒米做茶可以消渴，相谈时间久了也可以疗饥。古人写火米的诗很多，我不厌其烦地频繁抄写，是为补充陈后山的诗句。

【简析】

诗以咏火米为题，抓住平民生活中的一点伸发开来，写得很热闹，小题材，大趣味。

炒豆

雨过收新荚，招邀递主宾。
绽香闻馝馞①，入握羡圆匀。
虎爪②空相忆，松肪③许并陈。
相将隋野老，棚下结诗邻。

【注释】

①馝馞：香气浓郁。唐李邕《秦望山法华寺碑》："异香馝馞，神钟髣髴。"

②虎爪：虎爪书。书体的一种。唐段成式《酉阳杂俎·广知》："召、奏用虎爪，为不可学，以防诈伪。"

③松肪：松肪酒。宋范成大《次韵徐廷献机宜送自酿石室酒》之二："清绝仍香如橘露，甘余小苦似松肪。"

【译文】

雨过天晴收新大豆，邀请客人一起来品尝。炒好的豆子香气浓郁，用手一抓颗颗圆润大小划一。想起故人用虎爪书体写来的信，炒豆下松肪酒非常合适。跟隐居的野老一起，搭起棚子结为邻居，以后可以经常诗歌唱和。

【简析】

这是闲适诗，诗人追求陶渊明种豆南山下的生活，他自己收豆子炒豆子，与邀请的那个客人品炒豆饮酒，是出于对闲适生活的向往，愿意与野老结为诗邻。

真乙酒①

糟床听淅沥，酿法始东坡。
顿觉衰颜好，真令冷气和。
当筵浮绿蚁②，洗眼③爱新鹅。
为尽新知乐，传杯一浩歌。

【注释】

①真乙酒：高邮当时特产。

②浮绿蚁：喝酒。绿蚁，亦作“绿螘”。酒面上浮起的绿色泡沫。亦借指酒。

③洗眼：犹拭目。谓仔细看。

【译文】

听着糟床上酒滴沥而下的声音心情舒畅，这真乙酒的酿制之法始于苏东坡。喝了这酒脸色红润，顿时觉得年轻许多，身上也不再感觉寒冷。在筵席上痛快地饮酒，仔细看盘子里新出栏的嫩鹅烹饪得非常可爱肯定好吃，为了跟新朋友喝得尽兴，传杯劝酒并放声高歌。

【简析】

诗一开始就交代了真乙酒的出处，随后赞了酒的妙处，喝酒的欢乐，结交新朋友的喜悦，都溢于言表。

◎张曾勤简介

张曾勤，江苏高邮人，生卒年不详。字善孜。光绪朝诸生，助邑人王氏纂成《鹤寿堂丛书》。著有《选青书屋诗文集》，未梓。

秦邮竹枝词①（八首选三）

一

杂技元宵竞作场，动人花鼓太平庄②。
装成曼衍鱼龙③戏，买尽金钱灯月光。

【注释】

①竹枝词：一种诗体，是由古代巴蜀间的民歌演变而来。

②太平庄：位于高邮城南。

③曼衍鱼龙：指古代百戏杂耍中能变化为鱼和龙的猞猁模型。亦为该项百戏杂耍名。《汉书·西域传》赞："设酒池肉林以飨四夷之客，作《巴俞》都卢、海中《砀极》、漫衍鱼龙、角抵之戏以观视之。"

【译文】

元宵节成了杂耍的竞赛场，动人的花鼓响彻了太平庄。装扮成能变化为鱼和龙的猞猁样子，在这金钱闲抛灯月交辉的晚上成了最吸引人的一道风景。

【简析】

这首诗写的是高邮城正月十五元宵节闹花灯的场景，人声鼎沸灯火煌煌，最后一句应该是本于唐诗千秋节写杂技的诗，唐玄宗让宫女往楼下撒金钱的典故。

二

岳庙[①]年年祷祀[②]忙，惜春士女满云廊。
秦郎[③]祠宇崇台上，也博吴娘[④]一炷香。

【注释】

①岳庙：指东山东岳庙。

②祷祀：有事祷求鬼神而致祭。《史记·韩世家》："此秦所祷祀而求也。"《淮南子·时则训》："是月命太祝祷祀神位。"

③秦郎：指秦少游。

④吴娘：吴地美女。

【译文】

东岳庙里每年祭祀都很热闹，喜爱春天的男女挤满了走廊。秦少游的祠堂在那高台上，也获取了美人们敬上的一炷香。

【简析】

此诗描述了祭祀的盛况，所谓心有敬畏，行有所止。以吴娘上香，写出后人对秦少游的仰慕之意。

三

湖上[①]声喧竞渡歌，水嬉看罢卸轻罗。
告郎今岁龙舟好，赢得侬家彩卷[②]多。

【注释】

①湖上：指高邮湖。

②彩卷：即彩票，俗称白鸽票，由欧洲传入。清末，江苏、安徽、湖北等省借赈灾等名义，由官厅发行彩票，筹募赈物。中彩卷，便是此种。

【译文】

高邮湖上举行划船比赛歌声响亮，水上游戏看完回家脱掉罗衫。告诉丈夫今年的龙舟比赛特别精彩，让我赢得很多彩卷回来了。

【简析】

《沧浪诗话》有云：诗有别才，非关书也；诗有别趣，非关理也。这首诗通过一位女子的视角描述了高邮端阳节赛龙舟的场景，别有意趣。

◎司马光简介

司马光（1019—1086），字君实，号迂叟，陕州夏县涑水乡（今山西省夏县）人，世称涑水先生。北宋政治家、史学家、文学家，生平著作甚多，主要《温国文正司马公文集》《稽古录》《涑水记闻》《潜虚》等。

送致仕朱郎中令孙①

世间荣利②无穷物，奔走劳劳③何所之。
仕官为郎非不达，功名有命待无时。
橐④中虽乏千金值，膝下常携两绶儿。
细校人生能此少，好从闾里⑤乐期颐⑥。

【注释】

①据《高邮州志·人物志·进士名录》载，朱寿昌孙为朱英，元丰间进士。郎中，官名，朱寿昌，天长秦栏人，后迁高邮。子，朱瞻之，孙，朱英，均为高邮人。

②荣利：功名利禄。

③劳劳：辛劳，忙碌。

④橐：通囊。

⑤闾里：里巷，平民聚居之处。

⑥期颐：一百岁。

【译文】

世上的功名利禄没有穷尽，到处奔走逢迎究竟要达到什么目的呢？做到郎官也不算不得志了，建功立业是命中注定的事，不必强求。你的包里没有什么值钱的东西，但当官的儿子却一直能跟在身边。仔细考虑人生能这样安度晚年的太少了，你可以在乡里快乐地颐养天年。

【简析】

这诗通篇就看到两个字：豁达。是看淡一切的清朗，是经历很多的开阔。人生匆匆若蜉蝣寄羽，又有什么抛不开的呢。

◎苏轼简介

苏轼（1037—1101），字子瞻，一字和仲，号铁冠道人、东坡居士，世称苏东坡。眉州眉山（今四川省眉山市）人，祖籍河北栾城，北宋文学家、书法家、美食家、画家，历史治水名人。“唐宋八大家”之一，以散文著称，擅长政论和史论；善书法，为“宋四家”之一；擅长文人画，尤擅墨竹、怪石、枯木等。文学作品有《东坡七集》《东坡易传》《东坡乐府》《潇湘竹石图》《枯木怪石图》等。

过高邮寄孙君孚[1]

过淮风气清，一洗尘埃容。
水木渐幽茂，菰蒲[2]杂游龙。
可怜夜合花，青枝散红茸。
美人游不归，一笑谁当供。
故园在何处，已偃[3]手种松。
我行忽失路，归梦山千重。
闻君有负郭，二顷收横纵。
卷野毕秋获，殷床闻夜舂。
乐哉何所忧，社酒粥面醲。
宦游岂不好，毋令[4]到千钟。

【注释】

①此诗作于绍圣元年（1094 年）五月，第五次在高邮时。孙君孚，名升，高邮人，治平四年（1065 年）进士。轼离定州责知英州途中至高邮时，孙升正削职在家（原知应天府）。

②菰蒲：菰和蒲，两种水生植物。

③偃：倒下，倒伏。

④毋令：不要。

【译文】

渡过淮河风色清明宜人，为人洗去仆仆风尘，越向南行感觉到草木越茂盛，水边菰蒲中隐藏着游龙，高邮物产丰富，人才济济卧虎藏龙。美丽可爱的夜合花，青枝上开出红花，昔日相与的美人出游未归，采来给谁观赏？我的故乡遥远不可望见，当年亲手栽种的松树大概早已倒伏。我仕途失意，欲归故乡，但回乡梦魂却被无尽的山峰阻隔。听说你有靠近城郭的田地二顷，一直收成很好。秋天把田野的谷物全部收获之后，夜里舂米的声音震动床铺。每天都快乐的生活有什么可忧愁的呢，祭祀土神的酒粥面吃起来不是都很香吗？在外面做官没什么不好，但是千万不要追求做到俸禄千钟的大官。

【简析】

此诗写给朋友，盛赞高邮景色之美、物产之丰，朋友虽落职在家，但是生活却令作者羡慕，回想自己仕途坎坷，即使想回到故乡也不可得，心中的愁闷不言而喻。苏东坡是个旷达之人，粗茶淡饭固然很好，游宦在外也没什么不好，只是不要过于蝇营狗苟，不违初心就好。

◎苏辙简介

苏辙（1039—1112），字子由，一字同叔，晚号颍滨遗老。眉州眉山（今属四川）人。北宋时期官员、文学家，“唐宋八大家”之一。与父亲苏洵、兄长苏轼齐名，合称“三苏”，以散文著称，擅长政论和史论，著有《栾城集》等行于世。

高邮别秦观（二首）

一

濛濛春雨湿邗沟[1]，篷底安眠昼拥裘[2]。
知有故人家在此，速将诗卷洗闲愁。

【注释】

①邗沟：也称为邗水，是里运河的古称。

②拥裘：拥着裘衣。

【译文】

细细的春雨润透了邗水，白天拥着裘衣在船舱里安然的熟睡。知道老友的家就在这里，赶紧把故人新写的诗卷拿来洗却我的愁闷。

【简析】

旅途的路上是孤寂的，何况还是走的水路，而且还是在被贬的时候，这样的日子能路过朋友的故里并与之相聚，简直就是生命里的一束光，虽然照不远，但可以支撑很久，走过了黑暗依旧是天朗风清。

二

笔端大字鸦栖壁[①]，袖里清诗句琢冰。
送我扁舟六十里，不嫌罪垢[②]污交朋。

【注释】

①鸦栖壁：像鸦翅一样的黑迹附于墙壁。

②罪垢：蒙罪之人。

【译文】

笔下的大字墨如鸦羽般附在墙壁上，袖子里清绝的诗句如冰雕般透彻。感谢你再三相送，随船走了六十里，一点不嫌弃我被朝廷厌弃依旧拿我这个罪人当朋友。

【简析】

在朋友的家乡留下笔墨，互相酬达的诗句还拢在袖中，朋友对自己依依不舍以至于相送六十里，这样的朋友不因自己获罪而敬而远之，不因你失意而舍弃，不因你得意而逢迎，人生如得二三这样的知己该是何等的幸运，苏子由很幸运，秦观就是这样的君子。

蒋成忠注译

◎王磐简介

王磐（1470—1530），字鸿渐，号西楼，高邮人，出于富室，幼习诗画。于城西筑楼三楹，日与名流谭咏其间，风生泉涌，听者心醉。先生生性洒脱，超凡脱俗，怕拘束，厌举业，终生未应试从其所好，故而艺日精家日窘。磐仍逍遥于宇宙，徜徉于山水，神游飘洒，逸兴遄飞，寄情于烟云水月之外，洋洋焉不知入流，此等襟度确有过人者。先生彻夜忘倦，沉迷书画，醉心诗曲，通音律常出金石之声，脱口而出即合格调。作品有《王西楼乐府》《王西楼诗集》《野菜谱》传世，书画逸佚。其散曲最为尖新，被誉为明代散曲之冠，中流砥柱，野菜谱歌谣具有很高的现实性和人民性。

上巳[1]谒四贤祠[2]

谁排阊阖[3]借天风，满地尘埃一洗空。
万卷文章光海岳[4]，千年神爽积鸿蒙[5]。
兰亭[6]旧迹浮云外，甓社[7]浓春细雨中。
一瓣心香初奠罢，倚栏呼酒送飞鸿[8]。

【注释】

①上巳：中国汉民族古老传统节日，俗称三月三。汉代定为三月上旬巳日，后固定为三月初三。

②四贤祠：高邮文游台有四贤祠，宋苏轼、孙觉、王巩、秦观四贤曾聚会文游台饮酒论文。

③阊阖：《国学论坛·故训新诂·风与虫》："东方曰明庶风，南方曰景风，西方曰阊阖风，北方曰广莫风。"《三辅黄图》记载，汉建章宫，"正门曰阊阖。"唐人注释："阊阖，天门也。宫门名阊阖，以象征天门也。"此诗中应作建筑物大门解。

④海岳：大海和高山，谓四海与五岳。

⑤鸿蒙：亦作鸿濛。盘古开天辟地之前，世界混沌状，远古称作鸿蒙时代，引申为迷漫广大貌，为宇宙时空等一切万物元气。

⑥兰亭：位浙江绍兴城西南兰渚山下。书圣王羲之曾邀41位雅士，在三月初三上巳日在兰亭雅集修禊，留有王羲之作序的《兰亭集》而闻名于世。

⑦甓社：高邮甓社湖，此代指高邮。

⑧飞鸿：南来北往鸿雁，此喻已逝去的四贤。

【译文】

是谁推开了四贤祠大门？原来是凭借天边的西风之力，亦将满地的尘埃吹散得像洗过一样。先贤们的万卷文章，光耀玉宇，千年以来其神韵爽气聚集成时空元气。四贤在此相聚载酒论文已是过去，犹如兰亭旧迹一样于浮云之外了，上巳节甓社湖畔的高邮依旧浓春细雨。我用一瓣心香祭奠先贤们后，倚在栏杆呼唤拿酒来饮，目送远天的飞鸿，先贤犹如鸿雁飞逝。

【简析】

此首七律写三月三日诗人拜谒四贤祠，祭奠先贤，以眼前之景，抒发心中之思，叹时光流逝，岁月催人。结两句用一瓣心香祭奠先贤，也暗喻自己亦将如飞鸿逝去，其鸿鹄大志随之烟云而没。

珠湖吊古①

昔年湖上有神扬，夜夜流光照百川②。
一宵风雨不复见，千载江淮空惘然。
书舍沉沦烟水外，神灯寂寞古祠前③。
惟余亭④畔三更月，犹照沙头万里船。

【注释】

①珠湖吊古：在高邮湖畔凭吊古先贤孙觉、耿遇德。珠湖，即高邮湖，亦名甓社湖。吊古，凭吊宋代高邮先贤孙觉和耿遇德。

②首联：沈括《梦溪笔谈》《异事·扬州大珠》载：“嘉祐中，扬州有一珠甚大，天晦多见，初出于天长陂泽中，后转入甓社湖，又后乃在新开湖中，凡十余年，居民行人常见之。余友人书斋在湖上，一夜忽见其珠甚近……”沈括文中友人即高邮孙觉，字莘老。家居湖畔夜读时见一物其房初开，珠光自吻中射出，始现一金线，俄顷其物张开，大如半席，白光如银，珠有拳大，灿烂不可近视，十余里林木皆有影，天赤如火，倏然远去如飞，湖面上杳杳如日，芒焰四射，孙觉见珠后当年中进士，其珠被誉为神珠。

③神灯寂寞古祠前：珠湖畔有七公殿，又名耿庙，是为祭宋代耿遇德（康泽侯）所建。其人有神术，排行老七，人称耿七公。常在湖边周济贫民抚恤孤寡，如遇月黑风疾浪大迷船，他坐一张蒲席下湖手提灯笼引航救险。逝后人们在湖边立祠供像，祠名耿庙，庙前竖石柱悬灯笼。如湖中夜晚失事，耿七公显灵，灯笼飞行引航救人，秦邮八景中有“耿庙神灯”。

④亭：此指高邮湖畔的玩珠亭。

【译文】

过往的嘉祐年间甓社湖上曾经有神珠飞扬，每天夜深神珠的流光将百川照得通明透亮。经过多少年的风风雨雨，珠湖上的神珠不能重见了，这使千年后江淮大地上的人们心里空旷，觉得丢掉了美好的东西而惘然失落。孙觉当年读书的斋舍已经沉没沦落于珠湖的烟水之外，耿七公引航救险的那盏神灯也悄然声息地寂寞在古耿庙前的石柱之上，时光把多少美好湮没荡尽。惟能留下的是玩珠亭畔的三更明月，还照耀着停息在沙滩边的万里行船。

【简析】

这首七律写作者在珠湖边凭吊高邮宋代先贤孙觉和耿遇德，表现了作者失落伤今的惘然之情，叹时光易逝，一切美好的东西易去，情感哀婉。尾联给读者留有很大想象与品咂的空间。万里船也将停而远去，诗尽而意未尽，语穷而情不穷，细赏读其惆怅之情可延伸。

珠湖吊古用陈后山韵①

时黄、萧、张②三郡博③在座同赋。

几日西风浪拍城，晚来云霁夕阳明。
沙头蚌泣珠遗彩④，水底龙吟剑有声⑤。
廊庙⑥诸公欣得计，烟波一叟愧逃名。
请看湖山年年绿，来往销沉万古情。

【注释】

①珠湖吊古，凭吊珠湖古人事。陈后山韵，用陈后山诗韵。陈后山约为陈应武，字后山，正德六年（1511 年）进士。

②黄、萧、张：黄、萧二人不详。张，约为张纮，字世卿（1481—1550）。王磐之婿张綖兄。

③郡博：同乡博学多才之人。

④沙头蚌泣珠遗彩：甓社湖珠光有人说是老蚌之珠。程节《玩珠亭》之一诗云："六六湖宽老蚌乡，去来隐现本无常。几回隐去重来现，知是邦君有孟尝。"

⑤水底龙吟剑有声：甓社湖珠光又有人说是骊龙之珠，程节《玩珠亭》之二诗云："外挹湖天位置雄，下疏地脉与湖通。骊龙睡觉寒光吐，尽献祥光入此中。"

⑥廊庙：代称朝廷。廊，宫殿走廊。庙，太庙。

【译文】

几天来阴雨淅沥西风萧索，珠湖雪浪拍打西城。今日傍晚雨散云收天霁，夕阳明媚。湖边沙滩下水中的老蚌在悲泣，想当年大珠遗留多少绚烂光彩，而今日见珠的人孙觉已去，传下的只是佳话。甓社湖水底骊龙悲吟犹如长剑出鞘之声，撼人心魄，空留玩珠亭在云霁后的夕阳之下。在座诸位都是胸怀大志的廊庙之器国之栋梁，欣然得到国之重用，国事必先谋于廊庙得计献策。而我呢只是烟波一叟，惭愧了，是榜上无名的逃名进士。请看吧！珠湖之水神居山之树永远不变年年常绿，而人事变迁来往销沉湮没，这种物不变而人事变的万古定律才是真实之情。

【简析】

此诗吊古伤今，借吊孙觉已逝而伤自己已是一老叟，也终将而去。物是人非万古之情。诗中亦另有所伤，在座诸公都是廊庙之器，而自己只是一个逃名进士，里巷文人。

游贾雪舟[1]湖南精舍[2]

野云低掠短墙飞，座上荷衣[3]杂锦衣[4]。
喜见图书堆屋满，已知边檄[5]到门稀。

蚌胎[⑥]午夜珠扬彩，龙窟[⑦]千年剑发辉。
纵是麒麟勋业[⑧]好，凯归争似劝农归。

【注释】

①贾雪舟：生卒不详，当官退职后隐居高邮湖之南乡村，以读书务农为乐。

②湖南精舍：贾雪舟建筑在南湖滨的修身养性之宅舍。

③荷衣：荷叶般简陋衣裳。屈原《离骚》："制芰荷以为衣兮，集芙蓉以为裳。"此代乡野之人。

④锦衣：精美华丽的衣服，借代显贵者。

⑤边檄：边关文书。边，边关。檄，檄文，中国古代官府往来文书下行文种名称之一。

⑥蚌胎：指珍珠，蚌孕育珍珠之胎。扬雄《羽猎赋》："方椎夜光之流离，剖明月之珠胎。"

⑦龙窟：本指龙窝。此指龙渊剑，又名龙泉剑，谓诚信高洁之剑。字位应仄声故用"窟"代"渊"。剑师欧冶子铸，《越绝书》："春秋时欧冶子凿茨山，泄其溪取山中之英，作剑三枚，曰：'龙渊''泰阿''工布'"。

⑧麒麟勋业：麒麟殿，皇家宫殿名，供奉功臣处。勋业，功勋大业。

【译文】

旷野的云彩低垂，掠过湖南精舍院落的短墙飞驰，今天在贾雪舟府上做客的既有穿荷衣的乡野之人，也有穿锦衣的显贵者。非常高兴看见这么多图书堆满了贾府的屋子，知道贾雪舟归隐后一心读书，边关的公文很少到府上了。你贾雪舟犹如蚌胎里孕育出的珍珠，在午夜的暗黑中仍然珠光四射发出光彩，也像是千年龙渊剑，发出寒光辉耀。纵然你是皇家功臣，麒麟殿记载有勋功伟业，现在凯旋赛强似劝农归田。

【简析】

这是一首应酬之作，做客湖南精舍赞扬贾雪舟其人。诗的首联和颔联写所见，颈联与尾联写所赞，赞其功成名就后的归隐，其中有夸张之语。

游张墩寺[①]赠成上人[②]

几年传偈[③]到空门[④]，今日来参老法髡[⑤]。
流水五湖清入寺，白云千古结成墩。
欲将诗画咀禅味，愿借机锋[⑥]断俗根[⑦]。
古衲[⑧]向予轻一指，潭中水月淡无痕。

【注释】

①张墩寺：在高邮湖西菱塘回族乡，建于北宋大观年间（1107—1110 年），现尚存几间寺屋，有一僧看守，香火已寥落。

②成上人：姓成，上人，对大和尚的尊称。

③偈（jì）：梵颂，佛经中唱词，此指佛经。

④空门：即佛门，四大皆空，故云空门。

⑤老法髡（kūn）：老法师。髡，剃去头发光头。

⑥机锋：佛家语，辨禅所藏玄机。

⑦俗根：贪念富贵荣华酒色财气，谓之六根不净俗根未断。

⑧古衲：古，高古，高雅古朴，衲，袈裟，老和尚自称老衲，以袈裟代人。高雅古朴的老和尚。

【译文】

几年来经常到寺庙佛门听听佛经，今天专程来参拜您成上人，请老法师点化。高邮湖畔的张墩寺有五湖清澈流水，这清净的佛门住在千古白云缭绕的张墩，流水入寺白云成墩是脱略尘俗的一方净土。观赏你的诗画咀嚼其中教义禅味，愿意借助诗画中暗藏的玄机了断我的俗根。高雅古朴的老和尚向我轻轻一指，点明迷津，潭中的水月无痕是无俗之境界，即是佛家的色空。

【简析】

这首七律本身即是偈言，禅语禅味禅意十足。表达了诗人心向佛门，欲脱尘俗追求旷达的思想。艺术上是诗家语和佛家语融会贯通，使之境界全出。

盂城①晚眺赠云目子②还江东③

大袖麻衣④短葛裳⑤，一官已了一身康。
东坡往日皆春梦，北海今朝是醉乡⑥。
赤手江湖真钓隐，白头天地老诗狂。
晚来忽起苏门兴⑦，长啸青天正渺茫。

【注释】

①盂城：高邮别称。

②云目子：其人不详。

③江东：长江在芜湖和南京之间为西南东北流向，习惯上称长江下游以东地区为江东。

④麻衣：麻织品做的粗布衣服。

⑤葛裳：葛，草本植物，茎皮可制葛布，葛布做的粗布衣裳。

⑥“东坡”二句：用苏东坡北海轶事的典，东坡，人名，苏东坡，北海，地名，现广西北海市。苏东坡贬海南三年后得赦免，移北海合浦待命，被当地贤达邓拟请进家安居，在此结交许多朋友。苏东坡人望很高，受追捧，常相聚豪饮，将其常饮之酒谓之东坡酒。两月余离北海合浦，万人空巷码头送行。

⑦苏门兴：即诗兴，苏门指苏氏三父子，苏洵、苏轼、苏辙和苏门四学士一门诗人。

【译文】

穿着大袖的粗布衣裳，一旦辞官退隐，顿觉一身轻松心安神康。苏东坡往日被贬海南犹如一场春梦，后来得赦，北海的合浦成了他的醉乡，今朝你云目子还江东犹如东坡移北海。赤手空拳混迹于江湖之上，做一个真正的垂钓隐士，满头已经白发别无所求了，做一名天地间的吟诗狂者吧！今天在高邮晚眺这日暮的无限风光，忽然诗兴大发，对青天长啸，眼前一片渺渺茫茫。

【简析】

这是一首赠别诗，借盂城晚眺抒心中之念。诗人将与云目子的友情藏于诗内，希望辞官后的友人过一些安逸的隐士生活，同时也表达了诗人自己的情怀。最后结句“长啸青天正渺茫”情感一下子低落了，惜别之情全在此一句，借晚来之境，抒渺茫之情。

同友人泛湖

细柳新蒲绿未齐，楼船春泛五湖西。
帆樯影里鱼争跃，箫鼓声中鸟杂啼。
宿雨暗添山色重，晴云轻度水容低。
人家只在风烟外，面面天开罨①画溪②。

【注释】

①罨（yǎn）：覆盖。

②画溪：烟笼雾罩如诗如画的溪流。

【译文】

初春季节柳芽尚细新蒲刚出，原野上绿色未齐整，乘着有舵楼的画船儿在高邮湖游览。帆樯的影子斜映在湖面上，鱼儿在影里跳跃，诗人们在箫鼓伴奏中吟诗歌唱，夹杂着百鸟啼鸣之声。昨夜的雨，神居山在不知不觉中增添了春色，雨过天晴，朵朵轻云低飞在甓社湖的水面上，山色水容春光烂漫。远远望去，村舍人家都在清风烟云之外，四面天开云轻，烟笼雾覆溪流如画。

【简析】

这首诗纯绘景，将高邮湖春色描摹得像淡妆邻家女子，可怜可爱。作者用画家眼光和笔法写诗，使诗中有画境，构成一幅“春临甓湖图”。

元宵漫兴

天风吹散赤城霞，散落人间作九华[①]。
夹路星球[②]留去马，烧空火树乱归鸦。
笙歌醉月家家酒，帘幕窥看处处花。
一派云韶[③]天外迥[④]，不知仙驭过谁家。

【注释】

①九华：指花朵繁茂，此引申为彩灯繁华。

②星球：喻彩灯犹如天上星球繁多。

③云韶：黄帝“云门乐”和虞舜“大韶乐”并称，泛指美妙乐曲。

④迥：远也。

【译文】

天外的春风吹散了映红城楼的晚霞，红霞散落化为人间元宵佳节的彩灯，景象繁华。路道两旁彩灯悬挂，犹如天上繁星，连骑马人为了观灯都不愿离去，火树银花烧红长空，天上人间光华璀璨，晚归的鸦雀也被迷乱。笙歌曼舞醉翻了十五的圆月，户户筵家家酒欢乐无限，帘幕低垂靓女窥春，帘外处处都是爆竹烟花。一派美妙的乐曲在天外远方响彻云霄，猜度是神仙过访谁家呢？

【简析】

王磐先生对元宵佳节有特殊情感，有多首作品是写元宵节的。特别是其套曲［南吕·一枝花］《元宵》和《闰元宵》，将高邮闹元宵盛况表现得妙肖无二。这首七律也是写元宵节景况的，赞美人民生活幸福，喻物传神，托想奇妙，一联一态，不落滞相。

雨中同古淮[①]作

东风小阁陡生凉，尽日浓熏柏子[②]香。
好雨逡巡[③]留客住，浮云南北为谁忙。
青春未老看花眼，白首犹抄种菊方。
湖上草生堤柳活，酒魂诗梦[④]两茫茫。

【注释】

①古淮：人不详，王磐好友。

②柏子：也叫黄檗，落叶乔木，树皮可以做成熏香的香料。

③逡巡：徘徊不停。

④酒魂诗梦：酒魂，酒者天之美禄，魂者物之精灵。诗梦，如诗一般的美梦，酒魂诗梦二者皆是虚无缥缈的意思。

【译文】

东风渐起，好雨霏霏，原来暖扑扑的小楼阁陡然生凉意，整日室内熏柏子的浓浓香气迷漫。好的及时雨下得淅淅沥沥徘徊不停，真的是天留客住，你为什么要像浮云一样南北飘荡，究竟在为谁忙碌奔波？得休闲处且偷闲吧！青春尚在，未老这看花花世界的眼睛，虽然头发已经花白，但还要抄写种菊的方法，学学陶渊明采菊东篱下的情怀。春天到了，高邮湖畔春草渐生，新插的垂柳也已经发芽成活。可叹人生如酒魂诗梦一样虚无缥缈，渺渺茫茫，前路模糊不清。

【简析】

诗意既有对生活的认知，也有对人生的悲悯，既有对生命况味的怜惜，也有对时光流逝的慨叹。“青春未老看花眼”昂扬向上，“酒魂诗梦两茫茫”失意叹惜，语境相悖而心境统一，情思相贯，意脉相连，妙得神理。

琼花观①

洞天春色②锁重关，数百年余不放看。
已遣东风随帝辇③，空留明月守仙坛④。
白云有恨瑶台⑤远，流水无声玉笛寒。
安得司花人不老，朝来骑鹤暮骖鸾⑥。

【注释】

①琼花观：琼花观在扬州城，建于西汉成帝元延二年（前11年），旧称蕃厘观，蕃，多也大者，厘，福气也。观内栽培一棵天下唯一，举世无双的琼花，故名琼花观，欧阳修知扬州，于观内筑无双亭，供养琼花。

②春色：此处指琼花。

③帝辇（niǎn）：皇帝坐的车。周密《齐东野语》载：宋仁宗曾将琼花移栽开封，因逐渐枯萎，而发回扬。宋孝宗又将琼花移栽杭州禁苑，亦逾年而枯，载回扬却枯木逢春。

④仙坛：此称无双亭。

⑤瑶台：美玉砌的楼台，传说是神仙居处。

⑥骖（cān）鸾（luán）：骖，驾在车辕两旁的马，此借代驾乘。鸾，传说中的凤凰。

【译文】

琼花观洞天福地，廊深阁高重关密锁，琼花乱放春色满园，但数百来因观内有仙株，看顾绝紧，而很少放人进来观赏。琼花已经乘遣东风跟随帝王们的龙车凤辇而去，空留下一轮明月守照着仙坛无双亭了。隋炀帝无缘见琼花而葬身广陵，好似白云含恨去那遥远的神仙瑶台，落花随流水声远去，玉笛的悲凉之音萧索生寒，怎能得司培花的人不老，带着朝霞骑鹤，载着暮云驭凤，那才是美好啊！

【简析】

咏琼花观的诗大家名句极多，韩琦：“维扬一株花，四海无同类”。刘敞：“东方万木竞纷华，天下无双独此花。”欧阳修：“曾向无双亭下醉，自知不负广陵春”。多赞“琼花奇绝，世无双卉”这一意向生发咏唱。王磐此诗所取视角不同，他从琼花几番销声芳踪难觅来感怀思古，抒发慨叹，将琼花命运和历史更迭捆绑，往事如烟，有一种缥缈的哀思，其内涵厚重，很有感染力。

元夕[1]有好事者[2]制灯盛张[3]小楼以悦病怀[4]喜而有作

风景何尝不见招[5]，年来多病负良宵。
是谁东道遗灯火，为我西楼破寂寥[6]。

残喘又逢诗唤起，余寒尽被酒烘销。
韶光已属诸年少，四座春风按六幺⑦。

【注释】

①元夕：上元节，农历正月十五元宵节。

②好事者：此处不作好多事的人解，指对闹元宵吟诗歌唱有兴趣的人。

③盛张：繁盛张挂彩灯。

④悦病怀：使之疾病中的情怀得到愉悦。

⑤不见招：未能省见招呼。

⑥“是谁”二句：蒋一葵《尧山堂外纪》：“闰元宵无张灯者，古词云依旧试灯何碍？正德初，邮守好事，令再张灯。王西楼有曲［南吕·一枝花］《闰元宵》。”其注云：“是时高邮元宵最盛，好事者多携佳灯美酒即西楼为乐，公制新词令众歌之。至公老年，虽减囊心，而少年好事者犹然，公诗有‘是谁东道遗灯火，为我西楼破寂寥’。”张纮有诗曰：“一自此翁去后，人心无复风流。灯火楼中夜话，莺花寺里春游。”

⑦六幺：唐代著名曲子，此指按六幺曲子谱歌新词。

【译文】

元宵佳节风景无限，何尝不想欣赏，但未能省见招呼，因为年来身体多病辜负了此大好良宵。是哪几位做东道主赠送佳灯美酒，为我王西楼破除寂寞。我这残存喘息之人又被诗情唤起，初春的残余寒气都被酒气烘销。美丽的春光已经属于诸位年少之人，春风满面的满座宾客放声歌唱六幺曲。

【简析】

诗用直白的语言述说人老病多，面对良辰美景无趣见招，而少年对闹元宵吟诗歌唱兴趣高涨，赠其佳灯美酒破除西楼翁病中寂寞，唤起了他诗情酒兴，话虽客套，情意很深，所谓以浅语而发深情也。

得杖[1]

穿岩越壑[2]聘[3]藤君[4]，劲节孤高恐不群。
冰雪千年凝鹤骨[5]，风雷万变绣龙纹[6]。
醉归溪上闲拖月，吟望山头静拄云。
赖尔从游期汗漫[7]，春来无地不氤氲[8]。

【注释】

①得杖：得到一根拐杖。

②穿岩越壑（hè）：穿过山岩越过沟壑不辞劳苦。

③聘：拟人用法，即得到之意。

④藤君：藤杖也，拟杖为君。

⑤鹤骨：本来谓修道者的骨相，此谓清奇之相。

⑥龙纹：寓意为吉祥守护。

⑦汗漫：广大，漫无边际。

⑧氤氲（yīn yūn）：形容烟云之气浓郁。

【译文】

穿山岩越沟壑不辞劳苦才得到一根藤杖，其枝节坚实，虽无繁花茂叶，但劲节孤傲清高之气不减，不同于其他藤杆，是不一般的超群之物。千年的冰雪润泽凝结成的似鹤骨相，万变的风雷灵绣出的如龙纹形。醉后晚归闲散地在月下拖杖慢走，吟啸仰望山头，在白云之下拄杖静立。依赖你藤杖随从游览漫无边际的大千世界，春天来了无处不花团锦绣，无地不烟云氤氲。

【简析】

这是一首咏物诗，借物抒情。其喻无不合，其比无不奇。起句写得之不易，次句写藤杖之不同一般。颔联承次句，写藤杖形状，颈联与尾联，写藤杖作用，陪伴守护诗人的闲游生活。欣赏此诗，奇趣无限。

寄陈光哲[①]

煮雪[②]炉边夜坐痴，踏青驴上晓行迟。
不知多少相思味，换得春来两鬓丝。

【注释】

①陈光哲：人不详，从诗中可知是诗人的至亲或密友。

②煮雪：煮雪烹茶，古人烹茶有以炉煮雪为水泡茶者。

【译文】

冬夜坐在火炉边煮雪烹茶频发痴呆，春天早晨骑在驴背上踏青行动迟缓。不知道有多少相思之苦，因冬思春念，换来的是两鬓银丝。

【简析】

这是一首怀人诗，落笔不写相思苦，而写夜坐痴呆晓行迟缓，黯然销魂之意尽在其中，缠绵悱恻一往情深在含蓄委婉之内。后面的相思味化为两鬓银丝，戛然而止，有无穷回味。

席上题顾舜咨[①]写猫[②]

爪牙何利毛何洁，长占君家锦绣衾。
此日太仓[③]无鼠捕，戏随蝴蝶[④]入花阴[⑤]。

【注释】

①顾舜咨：人不详，画家。

②写猫：画猫。

③太仓：官家粮仓。

④蝴蝶：此喻娼妓。

⑤花阴：此喻青楼。

【译文】

画上的这只猫爪牙非常锋利皮毛非常洁白，它经常占据人家华丽锦绣的被子酣睡。现在官家粮仓里没有了粮食，所以也就无鼠可捕捉了，只能在园圃与蝴蝶相戏相随在花阴之下。

【简析】

这是一首题画讽喻诗，以画上的猫喻社会豪强恶霸失势。昔年华服锦衣包裹着罪恶吃人的利爪锋牙，时常侵占人家床笫欺男霸女。如今国贫民弱，连官家仓库都无储食，这些豪强失势，只能戏随娼妓于青楼。这幅画本无喻义，王磐的题画诗提升了画意。

送友人

霜落江村月堕篱，嗷嗷去雁[①]欲何之。

黄花无语[②]青山瘦[③]，正是渊明[④]送客时。

【注释】

①去雁：喻将离去的友人。

②黄花无语：黄花，菊花，此喻二人如黄花相对无语。

③青山瘦：西风扫去落叶，青山也显得瘦弱了，隐喻深秋是个伤感的时节。

④渊明：东晋诗人陶渊明。此句借陶渊明《于王抚军座送客》诗："秋日凄且厉，百卉具已腓。爰以履霜节，登高饯将归……"之意。

【译文】

秋天的江村寒霜落满大地，残月慢堕于藩篱。离别的友人如嗷嗷去雁，将欲到什么地方去呢？二人相对若黄花无语，在这西风落叶百卉凋零青山也显得瘦弱的季节，正是我送友人的时候，我的心情犹如陶渊明送客时一样凄怆。

【简析】

此诗以眼前物象化而为心中意象，借景抒发送客之情，妙用暗喻，比喻贴切，将送友人惜别凄怆情感呈现给读者。

百鹿图赠平江伯①

昨夜芭蕉梦②已醒③，向来得失一毫轻。
于今上苑④宽如海，肯使呦呦食野苹⑤。

【注释】

①百鹿图赠平江伯：王磐画一幅百鹿图赠给平江伯，平江伯是明朝时世袭爵位，此平江伯可能是陈瑄后代。

②芭蕉梦：即蕉鹿梦，典出《列子·周穆王》："郑人有薪于野者，遇骇鹿，御而击之，毙之。恐人之见之也，遽而藏诸隍中，覆之以蕉，不胜其喜。俄而遗其藏之所，遂以为梦焉，顺途而咏其事。傍人有闻者，用其言而取之。既归告其室人曰：'向薪者梦得鹿而不知其处吾今得之，彼直真梦者矣'。"此借指虚幻之事。

③醒（shēng）：此处读平声。

④上苑：又称上林苑，皇家园林建筑。

⑤呦呦食野苹：典出曹操《短歌行》：“呦呦鹿鸣，食野之苹。”

【译文】

昨夜虚幻的蕉鹿之梦现在已经醒了。自古以来的人生得失如毫毛之轻。而今的皇家上林苑地广园大宽如海洋，可以使呦呦鸣鹿自由自在地啃食野苹。

【简析】

这首题赠百鹿图诗，是劝慰平江伯之作，过去如梦幻，得失轻如毫毛。抓住于今皇家用人之际，即可以有所大的发展。

寄储司徒①菊图

重阳去后独登台，万里霜天白雁②来。
风雨已收高枕外，晚香③还有数枝开。

【注释】

①储司徒：储巏（quán），字静夫，号柴墟，泰州人，成化二十年（1484 年）进士，官至南京户都侍郎。司徒，官职名，正一品。储巏与王磐是好友，多有诗章唱和。题意是：画一幅菊花图寄给储司徒。

②白雁：大雁夜宿，头顶寒霜，故称白雁。谚曰：“八月初一雁门开，孤雁头上带霜来。”白雁，比喻书信。

③晚香：此指菊花。

【译文】

重阳佳节过去以后，我一个人独登高台，仰望秋空万里霜天大雁传书而来。现在窗外已经风停雨收，可以无忧无虑地高枕无忧，菊花不畏风雨还有数枝在尽情开放。

【简析】

重阳登高望远的习俗，寓意是怀念远方的亲朋，寄托思念之情。菊花是凌霜不屈的象征。储巏曾因愤宦官刘瑾当权引疾求去，后刘瑾诛灭，储巏复出，故诗中有风雨已收之说。

题三阳图①赠世文②会试③

此行何以赠南湖④，自画三阳泰卦⑤图。
昨夜东风落消息，会看春色满皇都。

【注释】

①三阳图：即三羊开泰图，羊阳同音，羊即为阳，中国传统吉祥图案

②世文：张綖，字世文，号南湖，王磐女婿。

③会试：礼部主持的全国性考试，又称礼闱，参加会试的必须是乡试中试的举人，会试被录取称为贡士。

④南湖：张綖，字世文，号南湖。

⑤泰卦：乾为天，坤为地，天气下降，地气上升，天地阴阳交合，万物生养之道畅通，泰为通，象征通泰。即安泰亨通，通泰之时。泰卦是《易经》六十四卦之一。

【译文】

你张南湖此行去京都会试，我拿什么赠送你？好啦，我画一幅三阳图送你吧！预祝你会试通泰，昨天一夜春风，传来好消息，满皇都皆是春色，你当看护好了。

【简析】

王磐对佳婿张綖寄予厚望，希求其会试得中，赐其吉祥顺遂之语，祝愿他驭东风咏春色传消息于皇都。长者对后辈的关怀之情溢于言词。

雪中再和罗别驾韵[①]

老渔[②]篷底睡浓时，雪满江天总不知。
寒雁一声呼梦醒，便将鱼赴酒家期。

【注释】

①和罗别驾韵：罗别驾，别驾，全称为别驾从事史，亦称别驾从事，中国古代官名。为州刺史佐吏。地位较高，刺史出巡辖境时，别驾乘驿车随行，故名别驾。相当于现在的政府秘书长。罗别驾，姓罗的别驾从事。这首诗只和罗别驾诗韵，意与罗别驾无关。

②老渔：老渔翁。

【译文】

老渔翁在篷帆底下的船舱里睡意正浓的时候，大雪纷纷，飞满江天也不知道。突然寒风里的大雁一声呼叫惊醒了他的睡梦，立即起身便带着鱼鲜赶赴酒家的一个期会。

【简析】

这是一首理想主义诗，通过对老渔翁寒冬生活的描写，表现作者向往宁静生活的情怀。老渔翁是诗人理想化身，逃避纷繁世事，赞美闲适自由。

书彦才赏花卷[①]

白头今日领南薰[②]，舞蝶游蜂共一群。
芍药是谁谁是我[③]，隔栏呼酒问邹昕。

【注释】

①书彦才赏花卷：书写在彦才（人不详）赏花画卷上的诗。

②南薰（xūn）：从南方刮来的暖风。

③芍药是谁谁是我：此句化用庄子梦蝶之意："昔者庄周梦为蝴蝶，栩栩然蝴蝶也……不知周之梦为蝴蝶与，蝴蝶之梦为周与？周与蝴蝶，则必有分矣。此之谓物化。"其中隐含诗人浪漫思想情感和丰富的哲学思辨，提出了人不可确切地区分真实与虚幻和生死物化的观点。

【译文】

人老头白，今天来与大家一起领略春天的和风，蝶舞蜂游与我们文友一样聚成一群赏花。芍药是什么我又是什么？芍药将花败，我亦将逝去，我能物化为芍药留芳人间吗？隔着栏杆呼叫，邹昕你拿酒来。

【简析】

此诗虽为题画卷之作，但作者以浪漫主义的手法，描写春日赏花的情怀，内含极深的哲学思辨，物我两融，真实与虚幻两合。

◎夏之芳简介

夏之芳（1689—1746），字筠庄，号荔园，高邮人。雍正元年（1723 年）恩科进士，任内廷教习，授翰林院编修，改御史，巡视中城。雍正五年（1727 年）钦命以御史身份巡视台湾兼理学政，职责是衔天子之命，代表天朝上使，有别于驻台官吏，是清政府治理台湾辅助性处措。御史巡台，使台情朝廷速知，凡有条奏事宜，立即条奏直达，学政之任，可使大陆与台岛文化交流。

在台湾二年，夏之芳辑台地科举优良文章，汇成《海天玉尺》，著有《台阳纪游百韵》。归京后，差通州坐粮厅，巡察山西潞河，掌河南道御史等。乾隆十二年（1746年）逝于里中，享年58岁，后与夏之蓉兄弟举为乡贤，朝廷恩旨，入祠崇祀。

台阳纪游百韵（选九首）

一

铠甲[①]森森列羽林[②]，旌旗[③]遥护[④]出城阴。
儒生[⑤]假[⑥]节[⑦]霜威肃，万里雄风豁我襟。

【注释】

①铠甲：古代军士出巡或打仗穿的护身装，用金属片缀成，此谓护卫队。

②羽林：皇家禁卫军。

③旌旗：饰有羽毛的仪仗旗帜。

④遥护：旌旗仪仗护卫队在前面开路。

⑤儒生：诗人自称。

⑥假：通借。

⑦节：旄节，也叫符节，使者所持信物。

【译文】

穿着铠甲的护卫队列队严整，他们是皇家置配巡视御史的禁卫军。旌旗仪仗队在前开路出了城府。我乃一介儒生，现在借着御使符节，威风十足，派头严肃，雄风万里豁达了我的胸襟。

【简析】

诗人以御史身份巡视台湾，这首诗记录了巡行盛况，威风凛凛，振骇台岛，其自豪感油然而生。

二

节旄[1]高插引晴岚[2]，人拥花骢[3]驰辔衔[4]。
拜罢耆童[5]回道左，纷来朱履[6]又青衫[7]。

【注释】

①节旄：即旄节，同上解。
②晴岚：晴朗的天空有云岚笼罩。
③花骢（cōng）：毛色青白相间的花马。
④辔（pèi）衔（xián）：驾驭牲口的嚼子和缰绳。
⑤耆童：又称老童，此喻有身份老者。
⑥朱履：朱履客，指显贵者。
⑦青衫：青衫儿，指书生。

【译文】

符节高高地举起引路，晴朗的天空云岚缭绕。驾舆者簇拥着五花马，松驰着马嚼子和缰绳等待出发。与老者刚刚拜别回到道左准备起程，纷纷地又来了一些显贵和书生送行。

【简析】

这首诗描绘巡行出发前的盛况，巡台御使衔天子之命，需要不断地考察台岛各方面事务，条呈上奏。从这次巡行前的送行场面看，夏之芳在台人脉不错，送行的不但有显贵之人，也有未显书生，可见其不媚上压下的高尚人格。

三

禾间新结贮新禾，廪[1]上垂垂栉比多。
怜取穷年辛苦意，一茎一穗手挼挱[2]。

【注释】

①廪（lǐn）：粮仓。

②挼（ruó）莏（suō）：亦作挼挲，揉搓之意。

【译文】

新收获的稻子进行贮藏，粮仓内悬挂的稻穗像梳齿一样密密麻麻地排列很多。珍惜、怜爱其一年的辛苦所得，稻粒均是用手从一茎一穗上揉搓下来。

【简析】

从这首诗可见，当时台湾农耕非常落后，土著人对禾稻成熟竟不知用镰刀收割，以手摘取稻穗，连茎带穗悬挂于粮仓屋内。后来打谷食用也是用手搓揉。至大陆闽南农耕传入台南，才逐步改变其生产状态。

四

射鹿归来又射鱼[①]，冲波命中矢无虚[②]。
笑他驾筏施罛[③]者，泽畔翻愁结网疏。

【注释】

①射鱼：取鱼用弓矢射。

②矢无虚：每发引矢必中。

③施罛（gū）：织渔网。

【译文】

狩猎射完鹿回来又去射鱼，在河流波涛中用弓箭射鱼，矢无虚发每射必中。堪笑的是他们这些应当驾木筏施网的人，在水边泽畔对织网技术生疏而犯愁。

【简析】

这里的人除农耕外兼事狩猎和渔业，他们捕鱼也与打猎一样，用弓箭射。别看番人射猎每射必中非常高超，但对驾筏施网捕鱼不懂，因为他们不会织网，又谈何网捕呢？

五

诸峰攒集黛螺[①]青，玉岭如银色独莹。
展拓晴云千万里，插天一幅水晶屏[②]。

【注释】

①黛螺：螺形黛墨用于画眉或作画，比喻青绿山峰像妇女黛眉，很美。

②水晶屏：水晶制作的画屏。

【译文】

群峰凑集聚拢，远远望去像妇女画眉一样美丽，其中独有一座玉石岭，色白如银泛着晶莹剔透之光。群峰展拓千万里晴空白云，像直插到天空中的一幅水晶画屏。

【简析】

其诗写得极为精美，气象宏大。比喻新颖贴切，第一句将诸峰喻黛螺，第二句将玉岭喻白银，第四句将山峰喻水晶屏，台湾宝岛山川胜迹风光无限。

六

二林[①]迤逦接三林[②]，淡水萦洄咸水深。
极目沧波浮海市，一拳真欲笑蹄涔[③]。

【注释】

①二林：清代二林社，彰化旧地名。

②三林：清代三林港，彰化旧地名。

③蹄涔（cén）：牛蹄印中积水。

【译文】

二林曲折连绵与三林相接，淡水萦洄潋滟，咸水通海幽深。放眼极目远眺沧波万顷，彰化是浮在海上的城市，视其溪壑与沧溟比较，真是一拳之大，笑它如牛蹄印中之积水罢了。

【简析】

诗人巡彰化，自北而南，沿诸港而行，放眼望去海阔天空，俯视溪壑，真沧溟中之点尘。暗示诗人之心胸开阔，藐视台湾岛内反清者之襟怀。

七

陂卧晴沙号七鲲[①]，如环如抱复如蹲。
惊涛夜拍殷雷起，远势平吞鹿耳门[②]。

【注释】

①七鲲：一群岛屿名七鲲身，七鲲身在台南西南海中，本为沙州，自东南向西北逶迤六十余里，断断续续联七屿，势若贯珠，犹如鲲鱼鼓浪，故名。

②鹿耳门：台湾港口，台岛西南岸重要港口航道，位于今台南市安平区西北。

【译文】

阳光照耀下的岛屿沙滩如卧在水波之上，这些岛屿名号七鲲身，有的如环拥，有的如合抱，有的如蹲伏。惊涛骇浪在夜间拍打七鲲身诸岛，发出殷殷如雷之声。远远望去与鹿耳门遥对的七鲲身其势如吞，控守着鹿耳门港口这咽喉要地。

【简析】

从此诗可见，七鲲身列岛扼海控峡，是台郡台南地区的海上要冲，形势十分重要，解决如此要冲，防海上帝国主义霸权，对统一祖国大业有十分重要的战略意义。

八

终年伏腊[①]少人知，未解烟花十二时。
刈[②]得新禾成酿[③]后，醉来歌舞岁华移[④]。

【注释】

①伏腊：伏天和腊月，即冬夏。

②刈（yì）：收割。

③酿：此指酒。新禾收成后由未嫁番女口嚼米后藏三日为曲，碎米和曲置瓮中，数日发气，取出搅水而饮，谓之姑待酒，此酒亦醉人。

④岁华移：岁华即年华，犹岁时也。岁华移，岁时更迭。唐·郑遨《山居》诗句："不求朝野知，卧见岁华移。"

【译文】

一年的伏天和腊月，因未知历法，很少有人知道，不懂得烟花十二时而转换，收割下新米酿成姑待酒后，大家一起喝酒歌舞庆祝，就算岁时更迭又一年了。

【简析】

清代，台湾大山中的生番部落，文化非常落后，竟无过年确定日期，新禾收成酿酒，欢会聚饮歌舞以为过年，当地人风俗与大陆相异。

九

发留当顶作高鬟①，耳大②尤垂肩背间。
一世魁奇夸出众，撑开月镜当金环③。

【注释】

①高鬟：台湾沙辘以上番多剪发止留当顶结鬟或复额。

②耳大：非耳大，耳环大。

③月镜当金环：高山族土著番民尤好穿大耳以竹为圈，塞之如盘，望之俨然如月镜，当作金环。

【译文】

头发只留头顶作一个高高的鬟髻，大的耳环垂挂到肩背间，一世的魁伟雄奇才被夸耀，撑开的竹圈犹如月镜好当作金环。

【简析】

这首诗写台湾当地人装束风貌，台岛土著奇风异俗很多，夏之芳《台阳记游百韵》中还有当地人文身、箍腰、贯耳等诗。其诗后两句在意上是倒装，第四句承接一、二两句，第三句为全诗意结。

◎黄庭坚简介

黄庭坚（1045—1105），字鲁直，号山谷道人，晚号涪翁，世称黄山谷，洪州府分宁（江西九江修水）人。宋英宗治平四年（1067 年）进士，历叶县县尉、德平镇监、秘书省校书郎、国史局编修、宣州知州、鄂州知州。绍圣二年（1095 年），以元祐党人贬涪州别驾、黔州安置。元符三年（1100 年）徽宗即位，召还。

旋以文字罪除名，病逝于宜州南楼贬所，享年61岁。而后，宋高宗追赠为龙图阁大学士。1265年宋度宗追赠谥号“文节”。黄庭坚诗、词、文、书等均成就巨大，与秦观、张耒、晁补之合称为“苏门四学士”。书法与苏轼、米芾、蔡襄齐名，世称“宋四家”。有《山谷词》《豫章黄先生文集》等传世。

和答外舅[①]孙莘老[②]

西风挽不来，残暑推不去。出门厌靴帽，税驾[③]喜巾屦[④]。道山[⑤]邻日月，清樾[⑥]深牖户。同舍多望郎[⑦]，闲官无窘步[⑧]。少监[⑨]岩壑[⑩]姿，宿昔[⑪]廊庙具[⑫]。行趋[⑬]补衮职[⑭]，黼黻[⑮]我王度[⑯]。归休饮热客[⑰]，觞豆[⑱]愆[⑲]调护。浩然养灵根[⑳]，勿药[㉑]有神助。寄声[㉒]旧僚属，训诂[㉓]及匕箸[㉔]。尚怜费谏纸[㉕]，玉唾[㉖]洒新句。北焙碾玄璧[㉗]，谷帘[㉘]煮甘露。何时临书几，剥芡谈至暮。

【注释】

①外舅：岳父。

②孙莘老：名觉，字莘老（1028—1090），高邮人。仁宗皇祐元年（1049年）进士，官至吏部侍郎、御史中丞、龙图阁大学士兼侍讲。黄庭坚23岁登进士第，金榜题名时恰逢迎娶孙龙图18岁女儿孙兰溪为妻。24岁任叶县尉，兰溪同往，第二年患病逝于叶县，年仅20岁。

③税驾：税（tuō）通捝。解下车驾的马，停车休息。

④巾屦：头巾便鞋。

⑤道山：指儒林文苑文人研讨经籍之处。

⑥清樾（yuè）：清，清秀拔俗，高超出众。樾，树荫清阴也。

⑦望郎：郎中古称，帝王的侍从官。

⑧窘步：步履艰难。

⑨少监：官名，省、台监部分官署次官的通称。

⑩岩壑：山峦溪谷，此借指隐者住所或隐者。

⑪宿昔：从前，一向来。

⑫廊庙具：担负国家重任的栋梁之材。廊庙，朝廷。

⑬行趋：奔走。

⑭衮职：衮，衮服，皇帝公卿礼服，衮职，帝王之职事。《诗·大雅·烝民》："衮职有阙，维仲山甫补之。"

⑮黼黻（fǔ fú）：衣服上相间花纹，此借官服、官职。

⑯我王度：左丘明《子革对灵王》："《诗》曰：'祈招之愔愔，式昭德音。思我王度，式如玉，式如金。'"王度，君王之气度。

⑰热客：常来常往之客。

⑱觞豆：酒具。

⑲愆：过错，过度。

⑳灵根：性根，命根，性命也。

㉑勿药：没服药。

㉒寄声：发声说话。

㉓训诂：解释古书中的字句意义。

㉔匕箸：食具，羹匙和筷子，此指饮食。

㉕谏纸：书写谏章的稿纸，借指谏书。

㉖玉唾：唾液美称，此借指佳句杰作。

㉗玄璧：黑色玉璧，此茶饼之喻。

㉘谷帘：《全唐文》《张又新·煎茶水记》："庐山康王谷水帘，水第一。"遂以"谷帘"指庐山康王谷瀑布，其状如帘。泛指如帘状泉水。

【译文】

早秋的西风尚未到来，残留的暑气还没有退去。出门时厌烦要穿靴戴帽，回来解下车驾高兴地穿上便装休息。文友们相聚如与日月为邻伴，住所深藏在树木的清阴之中，同官舍的大多是侍从官，并非人生步履艰难者而是清闲的官员罢了。这些少监官员现在隐居于此，而从前可都是国家栋梁之材。他们奔走寻求补阙帝王职事，希望皇上圣恩重新起用。回归山林与经常往来朋友们共饮，并不酗酒只是调护身心。滋养生命的浩然之气，不服任何药物身体依仗神仙助力。告慰旧僚属们，我现在只是解读一些古籍，调理三餐休养生息，谏书也不写了，写写诗文得些佳句，把新茶烘焙碾成如黑色玉璧一样的茶饼，用山谷里的泉水煮成若甘露样的茶汤品饮。只愿在什么时候与你在书案边，一起剥着菱芡畅谈至晚。

【简析】

这首诗是黄庭坚于元丰八年（1085年）为和答岳父孙觉而作。全诗共二十四句，大致可分四个段落。一至四句交代时间节气，夏末初秋，出门穿戴尚厌烦。五至十五句叙写官场交往情况，作者时在山东德州任一闲官，常与文友聚集，聚者都是国之栋梁材而待补阙职事。大家常来常往，喝点小酒调护身心。这一段是此诗之主体，是黄庭坚向岳父孙觉汇报目前生存环境与工作的现状。十六句至二十二句述说自己身体和生活境况，因有神助身心俱好，三餐正常，休闲以解读古文句为乐，不写谏书参与国事，只以吟诗作词觅求佳句和饮茶品茗是趣。最后两结句最是打动人心，希望有机会与岳父团聚，临几案对面畅谈直至夜晚，显现翁婿情深意笃，妻虽不在亲情不减。其生存状况告白岳父让长者放心是其最能体现的尊重。

此诗层次分明，语言精到，述说如行云流水，情怀诚挚真实。

◎陆游简介

陆游（1125—1210），字务观，号放翁，山阴（浙江绍兴）人。高宗时应礼部试，名列前茅，为秦桧所黜落，桧死，孝宗时赐进士出身。中年入蜀投身军旅，后任四川宣抚使，摄通判蜀州，知嘉州，荣州，为成都路安抚司参议官。淳熙三年（1176 年），被劾知嘉州时燕饮颓放，罢职奉祠，因自号放翁。多次起罢，闲居十余年，收复中原信念不渝。一生作诗九千余首，著名爱国主义诗人。有《渭南文集》《剑南诗稿》《南唐书》《老学庵笔记》等传世。

初夏同桑甥世昌[①]过邻家

空谷[②]旧生涯[③]，萧条只自嗟。妻馋[④]嗔[⑤]护笋[⑥]，儿病[⑦]失浇花[⑧]。赤米[⑨]老能饱，浊醪[⑩]贫可赊。征科[⑪]幸差简，扶杖过邻家。

【注释】

①桑甥世昌：陆游外甥桑世昌，字泽卿，生卒年不祥，高邮人。宋末学者，博雅工诗，于翰墨一道极喜王羲之《兰亭序》，庋藏数百本，辑有《兰亭考》《回文类聚》等。桑世昌父桑庄，据《天台山方外志》卷十载：“桑庄，字公肃，高邮人，官知柳州。绍兴初寓天台，有《茹芝广览》三百卷。”茹芝是桑庄号，经考，另有《茹芝续茶谱》传世，喜作回文诗，生年不详，约卒于乾道二年（1166 年），桑庄是陆游姐丈。桑世昌祖父桑正国，号虚斋，生卒年不祥，神宗元丰八年（1085 年）进士，与同郡秦观同科，诗人。王鹤《古代诗词咏高邮》注，此诗作于 1184 年 4 月。以此计算陆游已年近花甲。

②空谷：空旷幽深山谷。

③旧生涯：平平淡淡生活。

④谗：作喜爱解。

⑤嗔：恕也。

⑥护笋：本意护笋养竹，延伸意爱子。

⑦儿病：作儿困苦解。

⑧失浇花：失之滋培养育。

⑨赤米：未细碾的红色糙米。

⑩浊醪：浊酒，未滤而浑浊的酒。

⑪征科：征收税赋。

【译文】

住在空旷的山谷间，过着平淡生活，叹息命运不济而寂寞冷落。妻之发怒是因为喜子心切，儿子的困苦在于得不到滋养爱护。粗糙的红米老人尚能饱暖，劣质酒也可以赊欠。幸而税赋得到减征，这是我扶着竹杖携着外甥在邻居家所见啊！

【简析】

陆游是一位爱国诗人，也是一位人民诗人，他对人民大众的生存状态非常关切，对人民大众的困苦非常同情，这首五言律诗即是具象化的表现。此诗是作者与外甥桑世昌在邻居家所见场景的叙写，首联交代环境，颔联用曲笔，暗喻孩子困苦，颈联直抒邻家困顿，尾联前句言税赋减征，实暗示民贫已无税可征，结句回到诗题，提示这是邻家生活境况。诗以“邻家”为一根红线贯穿全篇，句句不离诗题，中二联对仗极其工稳。

谢良喜注译

◎秦观简介

秦观（1049—1100），字少游、太虚，号淮海居士，扬州高邮人。曾任秘书省正字，兼国史院编修官等职。因政治上倾向于旧党，被视为元祐党人，绍圣后累遭贬谪。文辞为苏轼所赏识，是“苏门四学士”之一。工诗词。词多写男女情爱，也颇有感伤身世之作，风格委婉含蓄，清丽雅淡。诗风与词风相近。有《淮海集》《淮海居士长短句》。

三月晦日[1]奉偶题

节物[2]相催各自新，痴心儿女挽留春。
芳菲[3]歇去何须恨，夏木阴阴正可人[4]。

【注释】

①晦日：农历每月最后的一天。

②节物：各个季节的风物景色。

③芳菲：香花芳草。

④可人：称人心意。

【译文】

季节的风物景色不断变换，与日俱新，痴心的男女总是苦苦挽留春天。那绚烂的花朵凋谢何必感到遗恨，夏天的树木，浓密葱绿，正称人心意！

【简析】

自古文人伤春是永恒的主题，本文作者一反旧例，没有悲伤的情调，却是顺其自然，豁达通变，遣语清新自然，余韵无穷。

春日

一夕轻雷落万丝①，霁光②浮瓦③碧参差④。
有情芍药含春泪⑤，无力蔷薇卧晓枝。

【注释】

①丝：喻雨。

②霁（jì）光：雨天之后明媚的阳光。

③浮瓦：晴光照在瓦上。

④参差：高低错落的样子。

⑤春泪：雨点。

【译文】

一声春雷，催落绵绵细雨。雨后初晴，阳光投射在刚刚被雨洗过的苍翠碧瓦上。经历春雨的芍药花上饱含雨露，仿佛含泪的少女情意脉脉。蔷薇横卧，无力低垂，惹人怜爱。

【简析】

本文作者通过对偶形式，拟人手法，衬托庭院的华丽，描绘了芍药和蔷薇千娇百媚的情态，运笔流畅，情味隽永，“有情芍药含春泪，无力蔷薇卧晓枝”更是众口传颂的名句。

金山[1]晚眺

西津[2]江口月初弦，水气昏昏上接天。
清渚[3]白沙茫不辨，只应灯火是渔船。

【注释】

①金山：在今江苏镇江西北，原在长江之中，后因砂土堆积，清末已与长江南岸相连。今地处江苏镇江西北。

②西津：指西津渡，润州（今江苏镇江市）西面之渡口，在今镇江西北九里，与金山隔水相望，是当时南北交通要道。

③渚：水边的小块陆地，此处指水。

【译文】

西津江口，一钩初月天上悬，江中水气，迷迷蒙蒙上接遥天。清江水与白沙滩，模糊一片难分辨，只有点点灯火，分明是渔船。

【简析】

此诗以晚眺所见，描绘金山的美好景色，情景交融，含蓄耐品。

纳凉

携扙来追柳外凉，画桥南畔倚胡床[1]。
月明船笛参差起，风定池莲自在香。

【注释】

①倚胡床：坐靠胡床。倚，坐靠。胡床，古时一种可以折叠的轻便坐具。

【译文】

携杖出门去寻找纳凉胜地，画桥南畔，绿树成荫，坐靠在胡床之上惬意非常。寂寂明月夜，参差的笛声响起，在耳边萦绕不绝，晚风初定，池中莲花盛开，幽香散溢，沁人心脾。

【简析】

此诗以细腻的笔触描写了夏天的景色，三、四句以工整的对仗作结，寄托了作者对美好事物的向往之情。

秋日

霜落邗沟①积水清，寒星②无数傍③船明。
菰蒲④深处疑无地，忽有人家笑语声。

【注释】

①邗沟：吴王夫差开凿，为大运河源点，即今江苏境内自扬州市西北入淮之运河，中途经高邮。

②寒星：寒光闪闪的星。

③傍：靠近。

④菰蒲：菰，即茭白；蒲，即蒲草。

【译文】

已是降霜时分，邗沟里，水还是清澈的，天上万颗星星，映在水里，和船是那么近。原以为岸边茭蒲之地，没什么人家，忽然传出了言语几声。

【简析】

此诗表现邗沟附近的水乡夜色，笔致清新淡雅，后二句颇得禅境，耐人寻味。

怀孙子实[①]

举眼趋浮末[②]，斯人独好修[③]。
青春三不惑[④]，黄卷[⑤]百无忧[⑥]。
玉出方流润，鸾停翠竹幽。
相思自成韵，不必寄西邮。

【注释】

①孙子实：名端，孙觉之子。

②浮末：旧指工商行业。古代以农为本，工商为末，以其追逐浮利，故称。

③好修：指喜爱修饰仪容，借指重视道德修养。《楚辞·离骚》："民生各有所乐兮，余独好脩以为常。"

④三不惑：谓不为酒、色、财三者所迷。

⑤黄卷：代指书籍。古人用辛味，苦味之物染纸以防蠹，纸色黄，故称"黄卷"。

⑥百无忧：古语有"人有百思自无忧"，庶几近之。

【译文】

满眼看到的都是追名逐利的人，只有这位先生重视道德修养。年轻的时候不被酒色财所迷惑，喜欢读书，忘记了世间的忧虑。如玉出深山犹有光泽，又如鸾凤停留在翠竹林般幽雅。我怀念先生不觉写成了这首诗，料来你应该能够感应到，不用我寄去西边的邮城吧。

【简析】

这是一首五言律诗，前六句极力称赞友人高洁的人品，七八句才衬出主题，不必寄则呼应怀友人的题目，全诗对仗工整，笔法高妙。

对淮南诏狱

淮海行[①]摇落，文书亦罢休。
风霜欺独宿[②]，灯火伴冥搜[③]。
笳动末楼[④]晓，参[⑤]横粉堞[⑥]秋。
更拼飞镜[⑦]破，应得大刀头[⑧]。

【注释】

①行：即将。

②独宿：孤单的住宿。

③冥搜：深思苦想。

④末楼：楼的尽头。

⑤参：二十八宿之一。

⑥粉堞（dié）：用白垩涂刷的女墙。

⑦飞镜：代指月亮。

⑧大刀头：暗用汉朝李陵典故，寓意为“还”。汉武帝时李陵败降匈奴，昭帝即位，遣陵故人任立政等至匈奴招陵。单于置酒赐汉使者，立政见陵未得私语，即目视陵，而数数自循其刀环，握其足阴谕之，言可还归汉也。刀环在刀之光后即以“大刀头”之“环”作“还”字的隐语。

【译文】

淮南即将秋天到来了，文书也暂时没有消息。秋天的风霜侵袭游子，乡村的灯火伴着远客深思苦想。不眠的人听着胡笳，感觉楼的尽头天将破晓，参星横卧城墙，令人顿生秋凉，不惜等到月亮西沉，到那时，应该可以归去了吧。

【简析】

此诗通过描绘秋天凄清的景象，表达了想改变自身困境的思归情绪，全诗笔致细腻入微，情怀深远耐味。

霅[1]上感怀

七年三过白苹洲，长与诸豪[2]载酒游。
旧事欲寻无处问，雨荷风蓼[3]不胜[4]秋。

【注释】

①霅（zhà）：浙江湖州别称，因有霅溪而名。

②诸豪：诸多豪贤的人，此指孙莘老与苏轼等人。

③蓼：一种草本植物，叶子互生，花多为淡红色或白色，结瘦果。

④不胜：承担不了、不能忍受的意思。

【译文】

我七年之间三次路过白苹洲，经常与诸豪一起载酒游玩。如今想寻回以往的事迹却无人知晓，只有雨中的荷花和风中的红蓼似乎忍受不了秋天的凉意。

【简析】

元丰二年（1079年）五月秦观随苏轼同舟到湖州，后往越省亲，不久乌台诗案发，秦观又赶到湖州，苏轼已被诏狱，感而作此诗。全诗通过今昔对比，阐发了物是人非的悲秋情绪，运笔自然隽永。

睡足轩

数椽[1]空屋枕清流，一榻萧然散百忧[2]。
终日掩关[3]尘境[4]谢，有时开卷古人游。
鸣鸠去后沧浪晚，飞雨来初菡萏[5]秋。
此处便令君睡足，何须云梦泽南州[6]。

【注释】

①数椽（chuán）：这里相当于数间。椽，承托屋面用的木梁。

②百忧：各种忧虑。

③掩关：闭门静坐，以求觉悟。

④尘境：尘世境界，佛家语。

⑤菡萏：荷花。

⑥云梦泽南州：唐杜牧诗句，指云梦泽南边的黄州。

【译文】

数间空荡荡的房子横亘在清清流水上头，凭着一张床榻，可以消散世间的忧虑。我终日闭门，与尘世隔绝，有时候读书，如与古人交游。鸣叫的雎鸠“不如归去”之声也没有了，平湖将近傍晚，天上飞来雨点，荷花也有了秋意。这个地方便能够使人睡眠充足，不必要空自羡慕云梦泽南边的黄州才有这么美好的风景。

【简析】

这是一首七言律诗，全诗用轻松飘洒的笔法描绘了美好的风景，寄托了作者的向往之情。

题苏轼雨竹图

叶密雨偏重，枝垂雾不消。

会看[①]晴日后，依旧拂云霄。

【注释】

①会看：会，犹当，应当。看，待到，等到。

【译文】

竹叶太密，才感觉雨原来很重，枝条下垂，雾气缭绕不消，应当等到晴日之后，才能看到竹节更加峭拔，依旧直插云天。

【简析】

这是一首题画诗，通过描写雨竹的风姿，想象雨过天晴竹子更加峭拔凌云，寄予了作者的无限热情。

还自广陵[①]

天寒水鸟自相依[②]，十百为群戏落晖。
过尽[③]行人都不起，忽闻水响一齐飞。

【注释】

①还自广陵：这是作者从广陵回家乡高邮的路上写的诗。广陵，现在的江苏省扬州市。

②相依：挤在一起。

③过尽：走光，走完。

【译文】

大冷天里，水鸟为了暖和，成群结队挤在一起，在快要落山的太阳光下游戏。路上的人走来走去，它们都不躲开，忽然听到水里哗啦一声响，就“轰”的一下一齐飞了起来。

【简析】

此诗描写回乡途中景色，表达了轻松闲适的心情。全诗描写生动，情味俱佳。

赠女冠[①]畅师[②]

瞳人[③]剪水腰如束[④]，一幅乌纱裹寒玉[⑤]。
飘然自有姑射姿[⑥]，回看粉黛[⑦]皆尘俗。

雾阁云窗[8]人莫窥，门前车马任东西。
礼罢晓坛[9]春日静，落红满地乳鸦啼。

【注释】

①女冠：女道士。

②师：对道士的尊称。

③瞳人：瞳孔。

④腰如束：语出宋玉《登徒子赋》形容腰细如束素帛。

⑤寒玉：形容女道士身躯玉质清凉。

⑥姑射姿：姑射，传说中的仙女，即神仙的容姿。

⑦粉黛：借指美女。

⑧雾阁云窗：喻居处之深幽。这里“云窗”指畅道姑住所。

⑨礼罢晓坛：指道教之斋戒仪式。

【译文】

女道士畅师的眼睛明亮如秋水，纤腰细如束素帛，头上一幅青布道巾，包裹着犹如冰肌玉骨的美人。她翩翩仪态就仿佛藐姑射山上神仙的姿容，回头再看人间粉黛都像尘土般庸俗。她清幽的住处云雾缭绕有如仙境，别人轻易看不见她。门前游春公子车水马龙，但她视而不见听而不闻。早晨她做完斋戒功课后即显得心境安宁，纵然在这样的春日里，落红满地，乳鸦鸣啭，她也始终不为所动，真诚奉道。

【简析】

这是一首七言古诗。是秦观诗集中少有的爱情类的诗，诗以细腻旖旎的笔触描写了化外道姑的绰约风姿，最后一句以景结情，笔致空灵，余音袅袅。

游杭州佛日山净慧寺

五里乔松径，千年古道场。
泉声与岚影[①]，收拾入僧房[②]。

【注释】

①岚影：山间雾气经日光照射而发出的光影。

②僧房：和尚住宿的房间。

【译文】

一路走来都是高大的松树，这里是千年的道场，寺边的泉声，太阳透出雾气的光影，一齐被我带入了寺院。

【简析】

语言明白如话，而韵味浓郁，引人入胜。

泗州[①]东城晚望

渺渺[②]孤城白水[③]环[④]，舳舻[⑤]人语夕霏[⑥]间。
林梢[⑦]一抹[⑧]青如画，应是淮流[⑨]转处山[⑩]。

【注释】

①泗州：旧城在淮水边上，又称泗州临淮郡，在今江苏省盱眙县西北。

②渺渺：水远的样子。

③白水：指淮河。

④环：围绕。

⑤舳舻（zhú lú）：指船。舳，船后舵；舻，船头。

⑥夕霏：黄昏时的云气烟雾。南朝宋谢灵运《石壁精舍还湖中》："林壑敛暝色，云霞收夕霏。"

⑦林梢：林木的尖端或末端。

⑧一抹：一幅。

⑨淮流：淮水。

⑩转处山：指泗州南山。

【译文】

白色的河水环绕着的泗州城，孤零零地，显得那样邈远。黄昏迷濛的轻雾下，船儿静静地停泊着，不时地传来舟人的语谈。成片的树林上空浮现着一抹黛影，青翠如画，它应该就是那座淮水转折处的青山吧。

【简析】

描写黄昏泗州城的美好景色，运笔清新流雅，笔下山水如画，妙不可言。

次韵[①]子由[②]题平山堂

栋宇[③]高开古寺间，尽收佳处入雕栏。
山浮[④]海上青螺[⑤]远，天转江南碧玉宽。
雨槛幽花滋浅泪，风卮[⑥]清酒涨微澜。
游人若论登临美，须作淮东第一观[⑦]。

【注释】

①次韵：即步韵，古人用别人的韵脚写诗的一种方式。

②子由：指北宋文学家苏辙，苏辙字子由，苏轼之弟。

③栋宇：楼台。

④山浮：指京口江心金、焦二山，古谓之浮玉山。

⑤青螺：喻山嶂。

⑥风卮（zhī）：风吹着酒杯。

⑦须作淮东第一观：此句意为“应当视为淮东第一名胜”。淮东，淮南东路，治所在扬州。

【译文】

楼台巍然卓立，高依古寺之间。雕栏之中远望，风景佳处尽收眼底。远处的金、焦二山像青螺一样浮在远方的海上，江天交映，就像一条宽大的碧玉。细雨潜滋花卉，有如泪珠般清澈，风吹着酒杯，似乎酒香也生清澜了。远来的游客啊，如果说到登临之美，平山堂无疑是淮东第一的名观。

【简析】

这是秦观描写扬州风物最出色的诗之一，以生动形象的笔触描绘了平山堂的美好景色，结句“须作淮东第一观”可谓是平山堂最好的广告。

送孙诚之尉北海（节选）

吾乡如覆盂[①]，地据扬楚脊[②]。
环以万顷湖，粘天四无壁。
……

【注释】

①覆盂：倒置的盂。

②扬楚脊：扬州的脊背之上。扬楚，扬州古属楚域，故谓扬楚。

【译文】

我的家乡远看好像倒置的盂，整个城市雄踞于楚域的脊部。城市周边有万顷平湖，远远连着天，无边无际……

【简析】

这是秦观诗集中描写家乡为数不多的诗，因诗较长，故只收录前四句。诗中覆盂之比拟，真为高邮增光添彩，从此高邮又称盂城。

次韵太守向公①登楼眺望

茫茫汝水抱城根②，野色③偷春④入烧痕⑤。
千点湘妃枝上泪⑥，一声杜宇⑦水边魂。
遥怜鸿隙陂⑧穿路⑨，尚想元和贼⑩负恩。
粉堞⑪女墙⑫都已尽，恍如陶侃梦⑬天门。

【注释】

①太守向公：指向宗回，字子发，时任蔡州太守，有治绩。向有“登楼眺望”诗，此为次其韵而作。

②汝（rǔ）水抱城根：汝水绕蔡州城北流过，曲如弧形，故蔡州亦称悬瓠城。

③野色：田野之色。

④偷春：谓偷春色而先发青。

⑤烧痕：指荒草被烧后留下的痕迹。

⑥湘妃枝上泪：指传说中舜帝的妃子洒在竹枝上的眼泪。

⑦杜宇：相传为古蜀帝名，死后其魂魄化为杜鹃，鸣声悲苦，啼血乃止。

⑧鸿隙陂：一作鸿池陂、鸿却陂，故址在河南汝南县治东南，跨汝河，容纳淮北诸水，滋润州郡沃土，然亦涨溢为害。

⑨穿路：这里指陂水溃溢为害。

⑩元和贼：指唐宪宗元和年间淮西节度使吴元济据蔡州而反叛的乱臣。

⑪粉堞：意思是用白垩涂刷的城墙。

⑫女墙，城墙上呈凹凸形的短墙，也称女儿墙。

⑬陶侃（kǎn）：东晋大臣。

【译文】

茫茫的汝水绕蔡州城北流过，曲如弧形，田野尽青，淹没了荒草被烧后留下的痕迹。千万点舜帝的妃子洒在竹枝上的眼泪，一声在水边哀鸣的杜鹃仍是蜀帝之魂。对鸿隙陂的涨溢为害而感到怜惜，还在想唐宪宗时淮西节度使吴元济据蔡州而反叛的事情。城墙都已经化为灰烬，只有东晋大臣陶侃，后来遂梦境成了八州都督。

【简析】

这首是次韵之作，然诗中颇涉时政，内涵丰富，诗人以陶侃来拟向宗回，祝愿他像陶侃那样，为巩固赵宋王朝而效力。全诗意厚味深，有积极意义。

无题

世事如浮云，飘忽不相待。
欻然[①]化苍狗[②]，俄顷[③]成章盖[④]。
达观[⑤]听两行[⑥]，味者[⑦]乃多态。
舍旃[⑧]勿重陈，百年等销坏。

【注释】

①欻然：忽然。

②苍狗：白云苍狗，指变幻无常。

③俄顷：一瞬间。

④章盖：即冠盖，官员穿戴和行车辆的车盖，象征富贵。

⑤达观：通达的人。

⑥两行：无可无不可。

⑦昧者：昏昧的人。

⑧舍旃：舍，放弃；旃，“之焉”的合声。

【译文】

人世间的事如浮云一样，飘忽不定，不可期待。有时忽然变作苍狗的模样，一会儿又成了富贵者的冠盖。通达的人任他随意变化，昏昧的人则因此而产生悲伤的心态。唉，放弃吧，不要再说了，人生百年不能让他白白地荒废了。

【简析】

全诗通过描绘天上浮云变化无常，发出了“舍旃勿重陈”的悲观情绪，全诗近似白描，而寄寓深遥，极富感染力。

遣朝华[1]

夜雾茫茫晓柝[2]悲，玉人挥手断肠时。
不须重向灯前泣，百岁终当一别离。

【注释】

①朝华：秦观小妾。

②晓柝（tuò）：早上打更的声音。

【译文】

夜里雾气弥漫，早上报更的声音使人悲伤，却是亲爱的人挥手告别，愁肠寸断时。不要再向灯前抱头痛哭吧，人生终究难免有离别。

【简析】

朝华是诗人的红颜知己，要送别红颜知己那种心情是最令人悲痛欲绝的，第三句似乎是劝朝华不要再垂泣，然结句终当别离更将感情推上高潮。全诗遣语平实，感人至深。

寄孙莘老少监

一出承明[①]七换麾[②]，君恩复许上彤墀[③]。
白衣苍狗[④]无常态，璞玉浑金[⑤]有定姿。
天上图书森[⑥]似旧，人间岁月浪如驰。
鳌头[⑦]只在蓬山畔，行赴蟠桃[⑧]熟后期。

【注释】

①承明：古代天子左右路寝称承明，因承接明堂之后，故称。

②七换麾：麾指麾帜，古代将帅出巡的旗帜，此处代指州郡。孙觉因反对熙宁变法被贬，辗转任七地知州。

③彤墀（chí）：即丹墀，代指朝廷。

④白衣苍狗：指如天上的白云一般变幻莫测。

⑤璞玉浑金：比喻美好的品质。璞玉，未经雕琢的玉。浑金，浑然天成的金子。

⑥天上图书森：天上，借代承明殿，《三辅黄图》卷三云："未央宫有承明殿，著述之所也。"内有众多图书。森，众多也。

⑦鳌头：指皇宫大殿前石阶上刻的鳌的头，考上状元的人可以踏上。

⑧蟠桃：借用瑶池王母掌故。

【译文】

先生被贬，一出承明殿七换州郡，现在皇帝又让您重回朝廷。

天上的白云苍狗虽然变幻无常，但先生如璞玉浑金般的品质肯定有固定的姿态。承明殿众多的图书依然如旧，而人间的岁月轮换如浪击飞驰。我空自羡慕登上鳌头，有朝一日，我也将等到蟠桃成熟，与先生一起共赴盛会。

【简析】

孙莘老乃高邮大儒，也是作者的老师。此诗以轻松诙谐的笔调赞誉了老师渊博的学问与崇高的品德，更表达了自己无限向往之情。

秋日

月团[①]新碾[②]瀹[③]花瓷[④]，饮罢呼儿课楚词[⑤]。
风定小轩无落叶，青虫相对吐秋丝。

【注释】

①月团：茶饼名。

②新碾（niǎn）：即旋碾旋泡。

③瀹（yuè）：烹茶或泡茶。

④花瓷：指茶碗。

⑤楚词：即《楚辞》。

【译文】

碾好的月团茶用茶碗泡着，喝完后，让孩子背诵楚辞。没有风，小院里也没有落叶，几只青虫正相对吐丝。

【简析】

这首描写家庭生活中的闲适情趣。描写生动，手法细腻，读来悦目。

次韵子由题光化塔[①]

古佛悲怜得度人，应缘来现[②]比丘[③]身。
水流月落知何处，花发莺啼又一春。
方外[④]笑谈清似玉，梦中烦恼细如尘。
老僧自说从居此，却悔平时事远巡。

【注释】

①光化塔：宋代广陵堡城东南铁佛寺后，建于唐昭宗光化年间（898—901 年），此塔以年号命名。

②现：同见。

③比丘：和尚。

④方外：世外，超然于世俗礼教之外。

【译文】

古来佛陀怜悯世间万物，常度世人出苦厄，应缘来此现出和尚的真身。如水流，如月落，了无痕迹，看花开，听莺啼，又是一年。世外的笑谈比玉还清，梦中的烦恼如尘一般细。老和尚说他自从寄身到此，每每后悔以前经常远游，没有品味到静修的乐趣。

【简析】

此诗从大处落笔，渲染极富水平，分别从水月花莺联系到笑谈烦恼，颇见机锋，情味不俗，是历来传颂之作。

早春题僧舍

东园紫梅初破蕾[①]，北涧渌水[②]方通流。
归去一春花月梦，定应多在此中游。

【注释】

①破蕾：指花初开。

②渌（lù）水：渌通绿，即绿水。

【译文】

东边的园林紫梅刚刚吐蕾欲开，北面的绿水融冰才开始通流。过去一个春天有关花月的梦，一定是经常来这里游玩得到的吧。

【简析】

诗题僧舍，运笔轻灵省净，别具韵味。

留别平阇黎[1]

缘尽山城且不归，此生相见了无期。
保持异日莲花上，重说如今结社[2]时。

【注释】

①阇（shé）黎：高僧。

②结社：古代文人间交游的小社团。

【译文】

与山城的缘分尽了，我向尘世一去不归，与你此生相见大概遥遥无期了。唯有保持这份情谊，他日如果重看到莲花，再诉说现在一起结社论交的情景。

【简析】

此诗从时空落笔，一唱三叹，真挚感人，三、四句和李商隐的诗句“何当共剪西窗烛，却话巴山夜雨时”有异曲同工之妙。

还自广陵

邗沟缭绕上云空，坐阻[①]层冰不得通。
赖有东风可人意，为开明镜玉奁中[②]。

【注释】

①坐阻：因为冰层阻断而等待，坐，因为。

②为开明镜玉奁中：意为层冰如明镜从玉匣中打开了。

【译文】

邗沟运河弯弯曲曲直接云天，因为隔阻着一层冰，不能通航。幸有春风善解人意，溶化了冰层，犹如开启玉匣，重现明镜。

【简析】

此诗写东风解冻，船行无阻的愉悦心情，遣语清新脱俗，情景交融，颇有特色。

◎龚璛简介

龚璛，字子敬，高邮人，生于南宋咸淳二年（1266 年），卒于元文宗至顺二年（1331 年）与其弟龚理刻苦为学，声誉藉甚，历和靖、学道二书院山长。以江浙儒学副提举致仕，曾居镇江，后寓吴中。素与山阳龚开为忘年友，时称“楚二龚”，诗学养深厚，古近咸善。

晚对桂花开

闲与碧云暮，恍然金粟堆[①]。
风香不自食[②]，月影为谁来。

【注释】

①金粟堆：指桂花的花蕊如金粟成堆。

②风香不自食：风不自食香的倒装句，意思是风不食桂花香。

【译文】

闲对着桂花丛，就像对着傍晚的云霞，恍惚看到花蕊如金粟成堆。风把香气送到人间，像天上月亮的桂树为我开放。

【简析】

这是一首五绝，词工韵雅，情味悠远，引人入胜。

题王君章山水

山中古寺秋阴，有客携筇[①]独寻。
归来自可一榻，江南落尽枫林。

【注释】

①携筇：驻杖。筇（qióng），竹子，可制手杖，携竹杖。

【译文】

山中的古寺处处都是秋天的阴云，有游人驻着竹杖独自一人来此参观。从这里归来自可接榻高卧，一任江南枫叶凋落。

【简析】

这是一首题画诗，笔下景中生情，诗意盎然。

题邓觉非云山图

云欲行兮时止，山将闇兮日章[①]。
渺太虚[②]而观化[③]，载神气以无方[④]。

【注释】

①闇兮日章：闇，通暗；日章，谓日见彰明。《礼记》载："故君子之道，闇然而日章；小人之道，的然而日亡。"

②太虚：指玄奥空寂之境。

③观化：观察变化。

④无方：没有方法。

【译文】

画中的云在流动与静止间，山中暗藏岚气，太阳出来了景物渐渐清晰。看天地之大，万物从中自我变化，我想留住山中的灵神之气，终究没办法完成。

【简析】

这首六言绝句题画诗，别具一格，写景则栩栩如生，言艺又熠熠生辉，手法高超。

题龚岩翁龙马图

学古斋中楚龚[1]，揽天[2]飘御风鬃。
莫论将军画马，试看老子犹龙[3]。

【注释】

①楚龚：楚地的龚翁，即题中龚岩。

②揽天：飞揽天空。

③老子犹龙：谓老子之道高深奇妙，如龙之变幻莫测。

【译文】

楚地的龚翁喜欢学古，笔下的马鬃毛飘逸飞动，如欲登天。不要说这位将军善于画马，你看那画中的马应该要变成龙一样飞跃而去。

【简析】

这首题画诗妙在写马似龙，说龙又不离马，运笔流畅，情味隽永，读来令人耳目一新。

题石民瞻兰石邓觉非画兰

石子画石，积墨如山。
化为邓林[①]，兰生竹间。
我怀古人，见此粲者[②]。
草木臭味，日月潇洒。

【注释】

①邓林：桃林。

②粲者：美女。亦指美好的事物。

【译文】

这位石先生画石，笔下颇多积墨，如山峰般起伏，忽然化作桃林，兰花就生长在竹子中间。我怀念古人，终于见到美丽的兰花，草木之间美好的气味，犹如天上日月一样潇洒自如。

【简析】

这首四言题画诗遣语明白如话，却情味悠远，别开生面。

吴中寒食[①]

寒食清明卖酒家，酒瓶乱插红白花。
江南蚕子非一种，日暖蜂房报午衙。
八十渔翁罾[②]半破，往来醉客路三叉[③]。
村中女伴无忙事，疏雨小塘收漾纱。

【注释】

①寒食：古节日，约在清明前一天。

②罾（zēng）：渔网。

③路三叉：俗言三岔路。

【译文】

寒食清明卖酒的人家，酒瓶中插满了红红白白的花，江南地区的蚕子有很多种类，时近中午，蜜蜂络绎不绝飞往蜂房。八十岁的渔翁渔网破了很多地方，喝醉的客人在三岔路口来来往往。村中的女子没什么事忙，趁着稀疏细雨，到小塘边收拾荡漾的丝纱。

【简析】

这首诗描绘了乡村的景色，贴近生活，别有趣味，运笔平实而情味隽永。

次张仲实送项桂山韵

昔时闻隐处，桂树满岩幽。
凉雨飘归梦，江湖万里秋。
我亦翛然[①]客，相逢恋一游。
鲈鱼政堪鲙[②]，无酒为君谋。

【注释】

①翛然：意思是无拘无束貌，超脱貌。

②鲈鱼政堪鲙：鲈鱼鲙，暗用张翰典故。政，通正。

【译文】

以前听说你归隐的地方，桂树长满了幽静的山岩。清凉的细雨飘飞着归去的梦，江湖处处都是秋天的景象。我也是人世间了无羁绊的过客，与你偶然相逢，迷恋共游。正是鲈鱼美味的季节，如果你没有酒，就让我来想办法吧。

【简析】

龚璛诗颇得古味，不刻意求工而情味自佳，此诗深得三昧，其笔下的隐者，仿佛不食人间烟火的神仙，令人悠然神往。

题李飞卿所藏郑子实竹石

归来乎山中，荆薪煮白石①。
周碧②恍已化，殷墨③久不食。

【注释】

①煮白石：从唐人韦应物诗中化出。白石，茶石，煮，白石茶。

②周碧：取自苌弘化碧典故。苌弘忠于朝廷，蒙冤为人所杀，血化碧玉。形容忠直之士蒙冤抱恨。

③殷墨：取自伯夷叔齐故事。伯夷叔齐、墨姓，商都殷地，故云殷墨。周灭商，他们以食周粟为耻，后饿死在殷首阳山。

【译文】

隐者归来山中，采荆条煮白石茶。苌弘的血早已化碧，周朝的米粟也很久没食了。

【简析】

这首题画诗别开生面，用三个典故形容画中景物人事，生动而极富韵味。

题丁生所藏钱舜举山水

寒溪深无鱼，扁舟小如屐[①]。
举世相为浮，更用一篙力。
画彼山中人，憩[②]此松下石。

【注释】

①屐：古人穿的一种木鞋。

②憩（qì）：休息。

【译文】

冬天的溪流深而无鱼，溪上扁舟小如木屐。这个世界就好像在舟上飘浮，哪里用得上撑一篙的力气。画里山中的隐士，恰好在松下的石头上休息。

【简析】

这首题画诗刻画生动，景物栩栩如生。

广微龙

红光掣电墨雨入，谁袖轰霆起春蛰。
絪缊[①]之际物化醇，九天下垂海拱立[②]。

【注释】

①絪缊：亦作“絪氲”。形容云烟弥漫、气氛浓盛的景象。

②拱立：肃立，恭敬地站立着。

【译文】

红色的光芒带着闪电而来，黑色的大雨飞驰而至，是谁藏着雷霆惊动了春天的蛰龙。满眼云烟弥漫，万物复苏，这时候九天之云下垂，四海之水皆恭敬肃立。

【简析】

这首描写龙的变化，蓄势而起，一发不可收拾，诗中之龙也是作者志之所在。

题岳仲远所藏坡翁焦墨枯木竹石

坡仙[①]胸中非酒浇，吐出苍玉秋寥寥。
忽然变化不可极，怒龙倒海拔沃焦[②]。

【注释】

①坡仙：指苏东坡。

②沃焦：亦作“沃燋”。古代传说中东海南部的大石山。

【译文】

苏东坡胸中块垒不是酒可以浇的，张口吐出来黑色的墨画如秋天一样疏宕清寥。忽然之间的变化谁能够参透啊，就好像发怒的龙翻江倒海般拔起东海的大石山。

【简析】

这首题画诗形象地描绘了苏东坡焦墨画的真谛，画自心出，画即心声。

题黄葵卷

谁念相如渴[①]，仙盘露正寒。
秋风茂陵客[②]，不见紫金丹[③]。

【注释】

①相如渴：相传司马相如好酒，以酒疗渴。

②茂陵客：相如曾寄居茂陵。

③紫金丹：仙丹。

【译文】

有谁知道相如渴酒呢，仙盘上的玉露正寒冷。可怜秋风萧瑟中寄宿于茂陵的人，找不到可以羽化的仙丹。

【简析】

此诗虽为题图，却自出机杼，语短情长，寄予了作者无限向往之怀。

洛社东泊

放舟山水间，舟上载青山。
薄暮[①]临溪坐，青山相对闲。

【注释】

①薄暮：傍晚。

【译文】

放舟于山水之间，舟上满载青山。到了傍晚在溪边静坐，青山与人一样闲适。

【简析】

作者是画家，笔下诗境即画境，这首诗清新脱俗，俨得王摩诘山水诗精髓。

离京口

十舍[①]官河[②]接夜航，却怜归去是他乡。
骨肉无多来送别，半生犹为一穷忙[③]。

【注释】

①十舍：指十天，《淮南子》有驽马十舍之说。

②官河：大运河。

③穷忙：徒自忙碌。

【译文】

客舟十天驶出了大运河，到了夜里又继续航行，可是有谁可怜我归去的地方却不是家乡。骨肉至亲也没有人来送别，回首半生，才知道自己半生徒自忙碌。

【简析】

这首描绘客居异乡游子的心声，发慨至深，引人共鸣，遣词朴实无华，情味细腻深远。

◎吴珊明简介

吴珊明，字嵩三，江苏高邮人，生卒年不详。

赠刘雪舫

王孙[①]徒寂寞，芳草自萋萋。
故苑游麋鹿[②]，沧江厌鼓鼙[③]。
人情随世变，风气逐年低。
念子凝神久，微阳[④]可共携？

【注释】

①王孙：指贵族子弟。

②故苑游麋鹿：用典，比喻亡国之破败凄凉景象。

③鼓鼙：大鼓和小鼓，指古代军中的乐器，代指战争。

④微阳：指阳气始生。

【译文】

这位公子何其失意，门前芳草正茂盛。昔日的宫苑如今已成为麋鹿嬉游之所，你寄身江湖，久厌战鼓。人情任随世态变化，壮年的风气也越来越低昂。怀念你啊，我凝神沉思已久，不知能不能为你带来一丝微弱的阳光呢？

【简析】

这是一首赠友人的作品，诗中饱含同情与怜惜，据史料介绍，刘雪舫本是皇亲贵族，于李自成攻破北京时流徙江南，常旅居于高邮一带，此诗用典妥帖，对仗工整，寄意殷殷，是不可多得的佳作。

◎孙宗彝简介

孙宗彝（1612—1683），字孝则，号虞桥，高邮人，先祖为北宋著名学者孙觉，宋末孙氏避居苏南，明初孙氏一支返回祖居之地，清顺治丁亥进士，历任考顺天乡试、吏部考功主事、转验员外郎、甲午河南正主考、稽勋郎中补考工郎中、蓟州分巡道副使等，官至吏部郎中，有《易宗》《爱日堂诗文集》传世。

秦邮八景诗

一、甓社珠光

甓湖[1]之上夜光悬，川泽珍奇岂偶然。
莘老[2]行藏元磊磊[3]，蠙珠[4]隐现故娟娟[5]。
牟尼[6]色洒三千界[7]，合浦[8]灵回五百年。
云奏不须烦太史[9]，平成[10]忻[11]已戴尧天[12]。

【注释】

①甓湖：甓社湖，高邮湖。

②莘老：北宋孙觉，字莘老。

③磊磊：指行为坦荡。

④蠙珠：珍珠。

⑤娟娟：秀美的样子。

⑥牟尼：即牟尼子，指佛珠，数珠。

⑦三千界：佛家用语，指佛国土的世界。

⑧合浦：广西合浦郡，古代出产珍珠的产地。

⑨太史：编纂史书的官员。

⑩平成：指万事安排妥帖。

⑪忻：同欣。

⑫尧天：尧时的天，代指太平盛世。

【译文】

甓社湖上夜光如悬，江河湖泊之间到处有珍奇，岂是偶然的？就像孙莘老的行止何其磊落，湖中的神珠或隐或现，呈现出美好的姿态；就像佛珠的光泽一样洒遍三千世界，又如合浦的灵珠般存在已超过五百年。这么美好的景象不需要烦劳史官记载，人间如今正是太平盛世。

【简析】

此诗乃描写高邮八景第一景“甓社珠光”，全诗通过拟喻兴发，生动的描绘了高邮湖优美的景象，笔法高超。

二、西山①爽气

容裔②轻桡③出水邮，茏葱远岫挂云头。
千枰局④变三峰⑤老，万里尘飞一镜收。
寒井⑥人曾传炼火⑦，荒台我欲倩垂钩。
沧桑极目迷蓬阆⑧，天地浮鸥足卧游。

【注释】

①西山：指神居山。

②容裔：从容娴丽貌。

③轻桡：轻舟。

④千枰局：传说神居山上有天然棋盘。

⑤三峰：古代传说中的海外仙山。

⑥寒井：传说神居山上有一口仙人井，大旱之年水不枯竭。

⑦炼火：指炼丹，传说东晋宰相谢安曾在此炼丹，后南齐亘公也曾在此炼丹成仙。

⑧蓬阆：蓬莱仙境。

【译文】

悠闲的小船撑出水城高邮，郁郁葱葱的远山隐约悬挂在白云上头。眼前象棋局变化无穷，海外三山也渐渐老去，人间烟尘翻飞，尽在镜天之下。传说中的仙人井旁有人在这里种药炼丹，望着山上的荒台，我真想在此垂钓。沧桑变幻中，我极目眺望，迷惘于蓬莱仙境，广袤的天地足以容下飘浮的海鸥或卧或游。

【简析】

此诗状景出色，对仗工整，笔法优美，令人无限遐思。

三、邗沟烟柳

杨柳堤头春可怜，堤连湖水水连天。
莺花路滑香泥屧[①]，烟雨人栖烂网船。
畚锸[②]经年枵腹[③]办，桔槔[④]何处折儿钱[⑤]。
九阍[⑥]料得忧南顾，不尽图民到眼前。

【注释】

①屧：鞋子。

②畚锸：畚箕和锄子。

③枵腹：空肚子。

④桔槔：也叫吊杆。中国传统提水工具。

⑤折儿钱：即折子钱，“胯子钱”的别称，亦称“打钱”“印子钱”，旧中国高利贷的一种。

⑥九阍：九重宫阙，指传说中的天宫。

【译文】

堤上杨柳生机盎然，极是可爱，堤坝连着湖水，湖水上连着天。莺啼花落，鞋子踩在泥路上都香，湖上烟雨朦胧，有人在破船上住宿。畚箕和锄子等工具是多年来空着肚子置办的，打水吊杆都是用借贷的钱买的。料想皇宫的天子望着江南应该忧心忡忡，美好的图画和劳苦的人民一一出现在眼前。

【简析】

本诗前半写景，后半抒怀，通过描绘邗沟烟柳，凹现出渔夫营生的艰难，结联寄托了对当权者的殷殷期望，此诗写法上迥异于他作。

四、西湖雪浪

波涛滚雪喷天飞，极目滔滔泪暗挥。
千亩万顷如坠铁[①]，东堤西岸似飘翚[②]。
舟人破浪纵横好，使者望洋心事违。
山海图经[③]非易读，幸逢神禹[④]祸应稀。

【注释】

①坠铁：坠落的铁块，形容下降极猛。

②飘翚（huī）：翚，野鸡，飘翚，引申为飘飞的羽毛。

③山海图经：山海经，记载古代神话传说的奇书。

④神禹：上古神话中的华夏帝王夏禹。

【译文】

高邮湖上波涛翻飞连天，浪花如雪，极目望去滔滔不绝的洪水，令人暗自洒泪。万顷碧波涌动如铁石沉沉下坠，堤岸上浪花到处像野鸡羽毛飞舞。湖上的渔夫乘风破浪技术极好，官家派来的使者望洋兴叹，却与心事相违。昔年读过的山海经如今越来越觉得难以理解，湖上的渔夫啊，如果有幸能遇见大禹帮助治水，灾祸应该稀少吧。

【简析】

此诗通过描绘高邮湖上波浪起伏的水患，渔夫营生的辛苦，寄予了无限的怜悯之情，颇有现实主义风格。

五、文游古迹

雉堞[①]莺畴[②]傍水隈[③]，烟波浩浩涌层台。
西山爽气侵天起，东海潮声匝[④]地回。

树老虬根归劫火，碣蟠[5]蝌籀[6]瘞[7]尘埃。
昔贤佳兴今谁共，屐齿[8]棱棱[9]冷石苔。

【注释】

①雉堞：又称齿墙、垛墙、战墙，古代用作军事防御的矮墙。

②莺畴：莺花纷飞的田野。

③水隈：水边。

④匝（zā）：环绕。

⑤碣蟠：一种圆顶的石碑，上面有蟠龙的图样。

⑥蝌籀：像蝌蚪的文字。

⑦瘞：埋藏。

⑧屐齿：鞋子，这里引申为足迹。

⑨棱棱：形容严寒。

【译文】

低矮的城墙和莺花纷飞的田野连接水边，烟波浩荡簇拥高台。神居山的仙气逼近远天，东海的潮声环绕大地。文游台边如虬龙的老树根，经历了千年劫火，石碑上像蝌蚪一样的文字被埋没在尘埃之中。昔贤的雅兴如今有谁相伴，只有当你的足迹似乎冰冷地印在苍苔上。

【简析】

这是一首怀古之作，写景叙事无不妥帖耐品，全诗抒发了雅兴难继的惆怅情愫。

六、耿庙神灯

停云丛树影孤清，尚有灵光接沛城[1]。
横出沧波三岛[2]上，倒悬天汉七星[3]明。

渔矶雪冷寻村火，市舶风高避野更。
昨夜乘槎携友过，中流长啸白涛生。

【注释】

①沛（pèi）城：水势充沛的城市，耿庙，又名“七公殿”，耿七公名耿德裕，山东兖州梁山泊人，这里沛城指梁山泊。

②三岛：指古代传说中的海外三山蓬莱，瀛洲，方丈。

③七星：北斗七星。

【译文】

停止不动的云朵依靠着孤零零的大树显得清冷，耿庙里犹有一缕神异的灵光连接着耿七公的家乡梁山泊。好像横亘在茫茫大海的三座神山上，又好像悬挂在天边的北斗七星般明亮。水边的岩石覆盖着冰冷的大雪，似乎在寻找乡村的灯火，靠近城市的船舶寒风瑟瑟，躲避野外的寒夜。记得昨夜和朋友乘船从这里经过，在湖中央长啸一声，湖上雪白的波涛陡然而起。

【简析】

此诗写景抒情笔法鲜明生动，工雅中饶有兴味，尤其结联宕开一笔，豪情陡生，令人品读再三。

七、露筋晓月

新诗累累断碑傍，我独低徊思渺茫。
陌上晓霜销碧血[①]，祠[②]前绿树挂斜阳。
古人古事尽如梦，湖水湖烟自有香。
怜得荒沟旧时月，清光永夜起相望。

【注释】

①销碧血：露筋娘娘被蚊虫叮咬而死，其碧血已在晓霜中销尽。

②祠：此指露筋祠。

【译文】

新题的诗歌很多，刻在断碑旁边，我独自徘徊神思渺茫。野外早晨的霜气像露筋娘娘的血一般渐渐销尽，露筋祠庙前绿色的大树，太阳冉冉下降。古代的人和事都好像做梦一样，高邮湖上的湖水与湖烟也自含香带馥。最爱惜的是荒沟上千年不变的月色，清冷的光辉令人彻夜不眠，相望相怜。

【简析】

这首诗造境清冷孤寂，对露筋与晓月刻画生动细腻，笔法高超，令人感动。

八、玉女丹泉①

仙人井②畔水盈盈，哪有仙人地上行。
洙泗③一灯余白鹿，洛阳三月见黄莺。
桑田是变泉非改，蓬苑④难登丹易成。
且挽天汉掘天井，手倾甘泽润苍生。

【注释】

①玉女丹泉：也名鹿女丹泉。

②仙人井：指高邮南市桥边石井和优钵罗庵内石井。

③洙泗：洙水和泗水，合流至曲阜，孔子曾在洙泗之间聚徒讲学，后以“洙泗”代称鲁国文化的孔学一派。

④蓬苑：蓬莱阆苑，仙人居住处。

【译文】

仙人井边水光清澈明亮，不知道哪里有神仙在人间行走。鲁国孔子文化如一灯悬照，空余千年的白鹿，洛阳的三月，黄莺穿梭可见。人世间沧桑变幻，只有此泉一直存在，神仙洞府虽然难以到达，但有了此泉，仙丹却能轻易炼成。聊且拉住天上的银河，挖掘天上的水井，用手捧着甘甜的泉水滋润凡尘众生。

【简析】

这是八景的最后一景，首写仙界，次写人间，交相辉映，奇气一片。尤其结联寄意殷殷，是对高邮八景的总结。八首各自成篇，各有侧重，若离犹即，足见作者谋篇之功，章法布局值得细细揣摩。

◎许标简介

许标，江苏高邮人，生卒年不详，其弟植、樗皆能诗善文。

寄怀李十二小有

不见李生久，终朝[①]独尔思。
人稀书不到，云在意俱迟。
把酒从衣湿，梳头满面丝。
别离惊节换，深负脊令[②]诗。

【注释】

①终朝：整天。

②脊令：即鹡鸰，古代指兄弟。《诗经·小雅·常棣》：“脊令在原，兄弟急难。每有良朋，况也永叹。”

【译文】

好久不见李生了，我整天独自思念你。路上行人稀少，书寄不到你手里，天上白云缓缓流动，我的心意也如白云一样悠闲。

想取酒独酌，一任衣服被酒淋湿，打算梳理头发，满头鬓丝令人惊心。昨日一别，不知不觉间已经换了季节，叹息你我兄弟还不如鹡鸰鸟，犹能在急难中互相帮助。

【简析】

这是一首优美的小诗，多处借用古人名句，化为己有，足见点石成金的功力，诗化用出彩，情味俱佳。

公路浦饯李小有北上

京洛云山外，冥冥接客旌。
尊罍①临极浦②，鞍马去孤城。
使者求颜阖③，中年召贾生④。
经过自爱惜，燀赫⑤旧家声。

【注释】

①尊罍（léi）：泛指酒器。

②极浦：遥远的水滨。

③颜阖（hé）：战国时高士，杜甫诗句有“使者求颜阖，诸公厌祢衡”。

④贾生：汉文帝时的儒生贾谊。

⑤燀（chǎn）赫：同显赫。

【译文】

东京洛阳在云山之外，远远连接着过客的旌节。靠近边远的水滨，取出酒器，骑着骏马奔腾在孤单的城市。料想朝廷派来的使者正在寻找像颜阖般的高士，天子也召回了壮年的贾谊。你所经历应该自己爱惜啊，以显赫你的旧时家世。

【简析】

这是一首饯别友人的小诗，字雅句工，清新隽永，颇有大历诗风。

雨中次石梁有怀袁帝青却寄

寒食江村路，濛濛雨滞淫[①]。
风尘三尺剑，时序百年心。
俗薄江山好，城春草木深。
寄书常不达，远附白头吟[②]。

【注释】

①滞（zhì）淫：谓久雨不停。

②白头吟：汉乐府旧题。

【译文】

寒食时节的江村小路，蒙蒙细雨久久不停。叹息我的朋友啊，沦落风尘，腰下空系三尺长剑，人间时序变换，老却了百年雄心。此地风俗浅薄江山为谁而好，城市恰逢春天，草木徒茂密却少行人。寄给你的书信经常无法到达，只好远远地附上白头吟的诗句以示此心不变。

【简析】

此诗依然秉承作者一贯风格，如一、六、七句皆前人名句，化用而能自出机杼，足显作者深厚的文字功夫和典雅不俗的情愫。

◎李长顺简介

李长顺，字天助，江苏高邮人，生卒年不详。

九日雨同陈学士登文游台迟陈士振许天植不至

此日登高正寂寥，长湖风雨片帆遥。
一尊花瘦开清啸，万树声寒急暮潮。
不信经年忧盗贼，每谈往迹让渔樵[1]。
苍茫四顾城阴迴，人隐芦中未可招。

【注释】

①渔樵：渔人和樵夫，借指隐士。

【译文】

重阳佳节登高愈感寂寞冷清，高邮湖上凄风苦雨，船舶何遥。举着酒樽，对着消瘦的菊花，一声清啸，寒风吹着台前的大树，声声如泣，唤起晚潮。不相信一年到头只是担忧盗贼作祟，每每说起以往的事迹避谈渔夫与樵子。极目眺望，城市北面遥不可及，高人隐士藏在芦苇泽中，不能招置。

【简析】

文游胜迹，友人聚会，固为佳事，虽有人不至，不无遗憾，然作者以出乎凡表的想象和高超的笔法，写来者皆雅，不来也高士，极为妥帖耐品。

◎夏洪基简介

夏洪基，字元开，江苏高邮人，明末清初在世，生卒年不详，有《孔子年谱》《梅花余韵》等传世。

文游台

昔贤曾此共追游，杖履①依然胜迹留。
一代风流传翰墨②，千年文献重琳球③。
珠湖毓秀④澄光⑤远，泰岳钟灵⑥瑞霭⑦浮。
自是高山堪仰止⑧，登临原不为寻幽⑨。

【注释】

①杖履：拐杖与鞋子，借指行踪。

②翰墨：笔和墨，借指诗文。

③琳球：亦作“琳璆”。本指美玉，此代指佳诗文。

④毓秀：孕育秀美，指山川秀美，人才辈出。

⑤澄光：清澈明亮。

⑥钟灵：谓灵秀之气汇聚。

⑦瑞霭：吉祥的云气。

⑧高山堪仰止：高山仰止，比喻崇高的德行，令人景仰。语出《诗经》：“高山仰止，景行行止。”

⑨寻幽：寻求幽胜。

【译文】

昔年的贤达曾在此地追随游览，留下行踪便成了胜迹流传至今。他们都是当时的风流人物，题的诗文千年以来胜过美玉。高邮湖的风华秀色，光芒何远，泰岳庙的灵气如祥瑞的霭气悬浮于高邮城上。他们如高山星辰般辉映人间，令人仰止，后来的人登临文游台原来不是单单为了寻求幽胜，最重要的是为了凭吊先贤遗迹。

【简析】

这首诗描写文游胜迹，抒发自己对前贤的无限景仰和向往之情，全诗情景交融，意味深长。

◎徐嘉会简介

徐嘉会，江苏高邮人，生平不详，与夏洪基、李滢等交善。

夏元开止园

一望苍茫万绿稠，萧然人境结庐幽。
曲池细绕藏书屋，老树平遮醉月楼。
中散[①]园林浑是竹，谢公[②]诗思最宜秋。
芙蓉未放花堪待，须记重来载酒游。

【注释】

①中散：指魏晋名士嵇康。

②谢公：指山水诗人谢灵运。

【译文】

远远望去，万树尽披浓绿，悠闲地在人来人往的环境中建造房屋，颇觉幽静雅致。弯曲的小池围绕着藏书的房间，苍老的大树遮住了月光照得到的楼台。长满了竹子的园林应该是嵇康才有的吧？这里有那个喜欢写山水诗的谢灵运最爱的秋景。园里芙蓉含苞欲放，值得期待，记得下次再来游玩，一定要载满美酒哦。

【简析】

此诗开篇有力，入结有余不尽，中二联撰景出色，用典自然，尤其全诗句法灵动，诗意盎然，令人神往。

◎吴世杰简介

吴世杰，字万子，号厚庵，江苏高邮人，生于明崇祯十四年（1641 年），卒于清康熙二十七年（1688 年），有《甓湖草堂集》《甓湖草堂文集》传世。

望峄山

大陆风沙静，层岩到眼中。
我来看落日，何处问孤桐。
云路邀黄鹄，天根[①]驾紫虹。
哲人[②]真在望，佳气自巃嵷[③]。

【注释】

①天根：星名。即氐宿。东方七宿的第三宿，凡四星。

②哲人：贤明而智慧卓越的人，此处指仙人。

③巃嵷（lóng sǒng）：云气蒸腾的样子。

【译文】

广袤的陆地风沙渐渐静止，高大的山岩浮现在眼前。我远远地来看落日，不知道在哪里寻找孤高的梧桐。白云之上邀来黄鹤，靠近北斗的氐星驾驶着紫色的彩虹。天上的仙人恍惚可见，满眼都是美妙的云气蒸腾。

【简析】

这首五律工整而不刻意，颇见锤炼而杜绝斧凿痕迹，有初唐风味。

◎李震简介

李震，江苏高邮人，字苍雷，号筤竹，庠生，生卒年不详，有《艺园初续集》《扶余词集》等，子必豫、必恒皆有文名。

月夜过湖

湖光无际月团团①，倒浸山河宇宙宽。
舞影鸾窥金母瓮②，抱珠龙卧水晶盘。
大姑③罗袜江花绣，五老香炉④石鼎寒。
过客不知天险处，舵楼吹笛到更阑。

【注释】

①团团：指圆貌。

②金母瓮：一种盛酒的器皿。

③大姑：指大姑山，即鞋山。

④五老香炉：指五老峰和香炉峰。

【译文】

湖水一望无际，映照着圆圆的月亮，月光照满大地，宇宙何其广阔。就像鸾凤起舞，影子窥探盛酒的器皿，又如蛟龙抱珠，平躺在水晶盘上。鞋山江边花枝开放，好像穿着绣花的罗袜，五老峰与香炉峰上炼丹的石鼎格外清寒。远来的客人不知道这里是天然地势险峻的所在，坐在大船的甲板上吹着笛子直到天亮。

【简析】

首联气象开阔，造境颇佳，中二联描写细腻生动，结联与“杏花疏影里，吹笛到天明”有异曲同工之妙，整体情味不俗。

三洲岩

维石岩岩[①]紫翠连，原非禹凿[②]自天然。
旋磨崖壁镌新字，细看诗词忆旧贤。
茂叔[③]南来曾乐道，葛洪[④]西驻已升仙。
兴游几度寻遗迹，云满高峰月满天。

【注释】

①维石岩岩：出自先秦佚名的《节南山》，意思是层层叠叠的山石危立险矗。

②禹凿：相传大禹治水时，“凿山川，通河汉”，后用为咏治山治水业绩之典。

③茂叔：北宋周敦颐的字。

④葛洪：晋朝时丹士。

【译文】

层层叠叠的山石危立险矗，这里是天然形成，不需要大禹开凿。仔细辨认崖壁上镌刻的诗词，记起过往的贤人。从南边来的大儒周敦颐曾经在此安贫乐道，自西面远来的晋朝的丹士葛洪也在这里羽化成仙。我多少次乘兴来寻找前人的遗迹，只看见满山的云和满天的月光。

【简析】

起句即具气势，颔联承上启下，足见谋篇，颈用二典，分述一儒一道，为结联蓄势，结联兴味隽永，感染力足，全诗胜在情真味永，颇耐咀嚼。

竹鸟小景

苍龙[1]垂雨影毵毵[2]，凤尾[3]参差湿翠岚。
忆昔黄陵祠[4]下路，鸟啼三月过湖南。

【注释】

①苍龙：竹的雅称。

②毵毵：指毛发、枝条等细长垂拂、纷披散乱的样子。

③凤尾：凤凰的尾巴，此处泛指竹子。

④黄陵祠：即黄陵庙，纪念大禹治水而建的祠庙。

【译文】

青翠的竹子垂着雨丝，竹影纷披散乱，像鸾凤的尾巴参差不齐，充满了烟岚。记得以前经过黄陵祠的路上，在鸟语花香的三月从这里渡过湖南。

【简析】

这是一首写景小诗，运笔挥洒自如，清新隽永，品读之间，余香满口。

◎爱新觉罗·玄烨（康熙）简介

爱新觉罗·玄烨生于顺治二年（1645 年），卒于康熙六十一年（1722 年），八岁即帝位，年号康熙，庙号圣祖，其雄才大略和文治武功历来为史家称道，是“康乾盛世”的开创者，诗文录于《圣祖皇帝御制文集》。

淮城[①]晓霜闻雁

天际晨光水月连，带霜归雁向前川。
盂城[②]晓发寒仍在，谈笑春风杂紫烟。

【注释】

①淮城：此处指高邮。

②盂城：高邮代称。

【译文】

天边晨光初露，水月相连，归雁带着霜色，飞向前面的河川。早上从高邮出发，仍感寒气逼人，谈笑之间，春风料峭，掺杂着紫色的轻烟。

【简析】

此诗作于康熙二十八年（1689 年），乃作者第二次南巡驻跸高邮时写的一首诗，全诗格调轻快，情感欢愉，写景如画，人物声色具备，笔致细腻入微，生动有趣，很耐品味。

◎爱新觉罗·弘历（乾隆）简介

爱新觉罗·乾隆是清朝第六位皇帝，康熙之孙，在位六十年，与其祖父共同构建了中国历史上赫赫有名的“康乾盛世”，执政期间励精图治，开拓疆域，又命编纂《一统志》《四库全书》等典籍，文治武功垂于史册，自号“十全老人”，有《御制诗》传世，收诗四万一千八百首，为历代诗人之最。

文游台

周览[1]城闉[2]每系舟，缓催珠勒[3]度秦邮[4]。
郊东尚有高台见，宋代闻因雅会留。
何必当时嗟禄薄[5]，却教终古羡文游。
龙眠[6]结构应多事，试问今还藉[7]画不[8]？

【注释】

①周览：遍览，巡视的意思。

②城闉：城内重门，亦泛指城郭。

③珠勒：珠饰的马络头，泛指马。

④秦邮：指高邮。

⑤禄薄：薪金较少。

⑥龙眠：指北宋名画师李公麟，李公麟曾画过《西园雅集图》。

⑦藉：凭藉。

⑧不：同否，此作平声。

【译文】

我乘着御舟巡视高邮城的时候，常常停下舟楫，缓缓地骑着马越过秦邮驿。城郊东面高台隐约可见，这是宋朝的时候因为雅会留下来的遗址。雅会当时应该有人嗟叹薪金较少，但现在我却羡慕他们以文交游的高尚情怀。想当年李公麟善于为文人雅会作画，不知道当年这里雅会的盛况有没有画下来并流传至今。

【简析】

这是乾隆游览高邮文游台，有感于古人雅会而写的一首诗。全诗没有对风景细细描绘，通过今古对比，阐发了对古代文人交游的向往之情，结联用调侃笔调抒发感慨，显得新颖有趣，意味深长。

谢子健注译

◎张綖简介

张綖（1487—1543），字世文，号南湖居士。江苏高邮人，明正德八年（1513 年）举人，得武昌通判，迁光州知州。为诗为文操笔立就，尤工于长短句，率意口占，皆合格调。少时从同郡王磐（后为张綖岳父）游。师法乡先贤秦观，崇尚花间一派，被誉为“再来淮海才子”“诗人之雄”。著有《诗馀图谱》三卷、《张南湖先生诗集》四卷、《杜工部诗通》十六卷等。首倡词分“婉约”“豪放”之辨，对后世产生深远影响。

登黄鹤楼

膴膴①汉阳②门，峨峨③武昌④城。
城上何所有，高楼凌⑤紫清⑥。
飞甍⑦遥朱槛⑧，下临大江⑨横。
昔有登仙子⑩，于此吹瑶笙⑪。
仰啸吸沆瀣⑫，俯视嗟⑬浮生。
一乘黄鹤去，千载空留名。
我来览遗迹，感慨怀蓬瀛⑭。
举手招飞鸿，思欲兴遐⑮征。

飞鸿不我顾[16]，扬羽入青冥。
长歌崔灏[17]诗，日暮有余情。

【注释】

①膴（wǔ）膴：美

②汉阳：因位于古汉水之阳得名。今武汉市西南部。

③峨峨：巍峨高大。

④武昌：今武汉市东南部，为武汉三市之一。

⑤凌：迫近，逼近。

⑥紫清：天上，谓神仙居所。

⑦飞甍（méng）：如翅膀状的屋檐角。

⑧槛（jiàn）：栏杆。

⑨大江：此处指长江。

⑩登仙子：指三国时期蜀汉名臣费祎（yī），《图经》中传说他已故之后成仙，曾经乘驾着黄鹤回来，在此楼上稍作休息。后此楼命名为黄鹤楼。

⑪笙：簧管乐器，通常有十七根簧管。

⑫沆瀣（hàng xiè）：夜间的露水之气，古人传说久服可以飞升成仙。

⑬嗟（jiē）：感叹。

⑭蓬瀛：蓬山与瀛洲，指代东海仙山。

⑮遐（xiá）：遥远。

⑯不我顾：为“不顾我”倒装句式，不看我。加强语气。

⑰崔灏：即崔颢（704—754），唐代诗人，有《黄鹤楼》诗名篇传世。

【译文】

俯眺高大的汉阳门，远望巍峨的武昌城。站在这比邻霄汉的黄鹤楼上，看那飞起的檐角，与朱红色栏杆遥相辉映，其下则是波澜壮阔的滚滚长江。传说费祎曾经在此乘鹤登仙，吹笙奏乐。我仰首长啸，想象仙人那吸风饮露的生活，却俯瞰人间感叹俗世一生。仙人乘鹤的传说已有千年，只留下黄鹤楼的盛名。我举起手想招来纷飞的鸿雁，与它们一同远征。但鸿雁不看我，扬起翅膀飞向青天，我只能吟诵着崔颢的诗句，天色已黄昏仍不忍归去。

【简析】

全诗情景交融，且情感壮阔与细腻并蓄。写景虚实结合，生动描绘了黄鹤楼蔚然壮观的气象。

赠别陈生

陈子修宁彦①，相逢江汉亭②。
把杯孤月白，分袂③乱山青。
尔才何落落④，吾鬓已星星⑤。
洗眼看腾达，明时重一经⑥。

【注释】

①修宁彦：陈生名修宁。彦，彦俊，俊才。

②江汉亭：在武昌，今武汉市东南部。

③分袂（mèi）：离别。袂，袖子。

④落落：此处指才华出众卓越。

⑤星星：头发斑白的样子。

⑥经：经逢，相逢。

【译文】

陈生是一位俊才，我与其在江汉亭相聚饯别。举杯共饮至月亮升起，才依依不舍地在青山前分别。陈生你的才华是何等出众，而我已经白发星星。我刮目相看地祝愿你前途飞黄腾达，也希冀有朝一日还能再度重相逢。

【简析】

这首“折腰体”五律展现出诗人对好友陈生的殷切期望与深情勉励，以及难以割舍的友情。

采石[1]吊李白

维[2]舟采石树，却上蛾眉台[3]。
诗仙久沦没[4]，云壁空崔嵬[5]。
孤月千年照，长风万里来。
只应风与月，仿佛见清才[6]。

【注释】

①采石：即采石矶，又名牛渚矶，在今安徽马鞍山市，相传是唐代著名诗人李白仙逝之地，留下“醉酒捉月，骑鲸升天”的传说。

②维：拴住，系住。

③蛾眉台：采石矶处高台。元·萨都剌《过采石矶》有句“蛾眉台上月，今夜照孤眠”。

④沦没：此处指逝世。

⑤崔嵬（wéi）：高大。

⑥清才：品行高洁的人，此指李白。

【译文】

将小船系在采石矶边的树木上，登上高高的蛾眉台。想到诗仙李太白仙逝已久，此地只留下空荡荡的高耸石壁。一轮孤寂的月亮，千年后仍在高悬照耀；一阵倏然的清风，从遥远的天际吹来。在这风清月朗之时，仿佛在天宇见到这位旷世奇才。

【简析】

全诗写景虚实结合，表达了诗人对李白的仰慕已久，临景凭吊，怀念之情油然而生。

次锡山寺壁汪南隽诗韵[①]（二首）

一

览胜地雄湘楚[②]，题诗才愧[③]阴何[④]。
千岫[⑤]云封一寺，一声磬[⑥]出烟萝[⑦]。

【注释】

①次锡山寺壁汪南隽诗韵：次韵，指旧时古体诗词写作的一种方式。按照原诗的韵和用韵的次序来和诗，也叫步韵。锡山寺，今址不可稽考。汪南隽，即汪必东，字希会，湖北崇阳人。张綖好友，曾为张綖《南湖入楚吟》作序。

②湘楚：今湖南湖北一带地域。

③愧：作者自谦之语。

④阴何：指阴铿（南朝梁）、何逊（南朝陈），为南朝时期著名诗人。

⑤岫（xiù）：山穴。

⑥磬（qìng）：寺庙中拜佛时敲打的钵形响器。

⑦烟萝：草树茂密，如烟聚。

【译文】

观览这湘楚的雄伟胜地，自愧非比阴铿何逊之才，也题诗留念。但看那千山的白云笼罩着锡山寺，只听得钟磬一声，透出满山的藤萝。

【简析】

六言绝句虽寥寥二十四字，作者却以钟磬声之“动”，反衬锡山寺之“静”；以锡山寺之“小”，反衬群山之“大”。可见手法高妙，意趣盎然。

二

松岛风生鹤舞，竹窗日上僧眠。
何处飞来绣羽[①]，平空点破苍烟[②]。

【注释】

①绣羽：五彩斑斓的飞鸟。

②苍烟：山寺外的烟云。

【译文】

在山寺前的青松上，清风徐来，白鹤起舞。白日高升，竹窗内僧人们尚未起身。不知哪里飞来了羽毛如锦绣般的鸟儿，在这一片静寂中，缭散了山寺外的烟云。

【简析】

闲适宁静的景象之中，平添几分生机，足见得诗人对锡山寺的景致喜爱非常。

武昌县留别[①]诸生

照眼珠玑[②]次第来，从[③]知楚国[④]旧多才。
要[⑤]看秋实累累结，已见春花灼灼开。

但[6]使勤窥孙案雪[7]，不无快跃禹门[8]雷[9]。
丁宁[10]年少青衿[11]子，狂简[12]从今好自裁[13]。

【注释】

①留别：指以诗文作纪念赠给分别的人。

②珠玑（jī）：此处为作者赞誉诸生。

③从：向来。

④楚国：楚地，湖北境内。

⑤要：将要，将来。

⑥但：只要。

⑦孙案雪：孙康映雪读书时的几案，后泛指书桌。《艺文类聚》卷二："孙康家贫，常映雪读书。"

⑧禹门：即龙门，在今山西河津县西北。相传为夏禹所凿。后多比喻科举试场，有"鲤鱼跳龙门"之意。

⑨雷：飞瀑声鸣如雷。

⑩丁宁：通"叮咛"，嘱托，关照。

⑪青衿（jīn）：旧时读书人穿的一种衣服，借指读书人。

⑫狂简：志向高远而处事疏阔，在此为贬义，指狂傲自大。

⑬裁：节制，克制。

【译文】

遍眼而来的武昌年轻读书人都是彦俊之士，不亚于楚地旧时的英才。诸生已经是风华正茂的青年，将成长为累累硕果一般的大儒。只要如同孙康映雪一样勤于读书，终将能实现龙门一跃。嘱咐年轻的读书人，狂放自傲的性格，可要好自克制啊！

【简析】

全诗饱含作者对武昌年轻士子的勉励，真情流露，用典言简意赅。

用韵[1]忆弟

天上星回析木辰[2]，玉衡[3]催放岁华新。
风云共壮青阳[4]色，花鸟浑羞[5]白发人。
小雨江天今日思，短墙梅萼[6]故园春。
惟应梦里池塘草，知我萧疏[7]意是真。

【注释】

①用韵：和（hè）韵诗的一种。即以原诗韵脚为韵脚，而不按其次序。

②析木辰：对应时辰为寅时（凌晨3点—5点）。析木，星次名。辰，时辰。

③玉衡：北斗七星之一，为七星最亮。

④青阳：春天。

⑤羞：使动用法，使羞惭。

⑥萼（è）：萼片，花的最外环。

⑦萧疏：萧条悲凉。

【译文】

天边的星星暗淡，已是寅牌时分，只有玉衡星还在闪烁，催动新年的到来。云气清风平添初春的景致，繁花好鸟的生机却让我这位白发人羞惭。江边的小雨让我思念起故乡的舍弟，还有那矮墙边的数枝梅花。这些美景无法知晓我心中的思念愁闷，唯独梦里的池塘春草，才能理会我对故园舍弟的凄凉忆念是真。

【简析】

全诗以乐景反衬哀情，表达了作者对舍弟与故乡的思念。纵然他乡有梁园美景，也非久恋之地啊。

游北京西山宿功德寺[①]

久慕名山景，兹[②]来慰此生。
境幽僧貌古，天迥[③]梵音[④]清。
石溜[⑤]常悬梦，山蔬不辨名。
禅宫淡人虑，一憩转婴情。

【注释】

①功德寺：在今颐和园西侧。

②兹（zī）：现在，现今。

③迥（jiǒng）：远。

④梵（fàn）音：佛音，此为诵经声。

⑤石溜（liù）：光滑平整的石头。

【译文】

向来仰慕名山胜迹，今日有幸来到功德寺，得偿平生夙愿。山寺曲径通幽，山僧容貌清奇，寺中的诵经声回响在天际。卧在光滑平整的石头上，一定能常伴美梦。山间的野菜更是种类繁多，不辨名目。这样的禅院真令人远离烦恼忧虑，一觉醒来转为婴儿般心情。

【简析】

全诗描绘了山寺的静谧安详，表达了作者对功德寺景色的喜爱，对恬淡生活的向往。

春晓[①]

檐树影憧憧[②]，风吹天欲晓。
幽人有所思，欹[③]枕听春鸟。

【注释】

①晓：天刚亮的时候。

②憧（chōng）憧：摇曳不定。

③欹（yī）：通“倚”，斜靠。

【译文】

屋檐旁树影摇曳，清风吹拂，天快亮了。我此时斜靠在枕上，听着春天鸟雀的鸣叫声若有所思。

【简析】

本诗约作于诗人15岁时，全诗呈现出一幅惠风和畅的春景图。也令读者对诗人少年之时的读书时光，以及初露头角的才气可窥一斑。

中秋雨

独坐挑灯蕊[1]，寂寥堪断魂。
如何[2]明月夜，风雨掩重门。

【注释】

①灯蕊：灯芯。

②如何：为何。

【译文】

我独自坐着，将昏暗的油灯重新挑亮。已是十分孤寂凄清，为何本该是明月之夜，只能关闭屋门听着门外的风雨声。

【简析】

佳节思亲向来是古诗词常见主题，而诗人于五言绝句寥寥二十字中，接连写了独自枯坐、油灯不明、不见圆月、唯见风雨这四个意象，层层递进，孤独寂寞之感油然而生。

渔人

渔人一叶扁舟，妻孥[①]相对悠悠。
嗟[②]尔生涯如此，人生何必多求。

【注释】

①妻孥（nú）：妻子和儿女。

②嗟（jiē）：感叹。

【译文】

一叶扁舟之上，就是渔人和妻儿的栖身面对悠然自得之所。感慨他们生存、生活状况，像这样自给自足，人生又何必过多追求呢？

【简析】

全诗平白如话，犹如挥毫写意，数笔之间将渔人一家悠然自得的形象刻画出来、表达了诗人对他们淳朴生活的礼赞。

题兔

圣代化行咸若[①]，武夫俱任干城[②]。
小兽[③]浑忘三窟[④]，悠然饱食无惊。

【注释】

①圣代化行咸若：圣代，古人对所处时代的美称。化行，宣化播行。咸若，称颂帝王之教化。谓万物皆能顺其性，应其时，得其宜。“禹曰：‘吁！咸若时，惟帝其难之。’”（《尚书·皋陶谟》）

②干城：比喻保卫国土的将士。干，盾牌。城，城墙。两者

均起防卫作用。《诗经·周南·兔罝（jū）》：“赳赳武夫，公侯干城。”

③小兽：此处即所题之兔。

④三窟：比喻避祸藏身的地方多。“狡兔有三窟，仅得免其死耳；今君有一窟，未得高枕而卧也；请为君复凿二窟。”（《战国策·齐策四》）窟，洞穴。

【译文】

时逢盛世，君王教化令百姓各安其业。武夫们都能够从军入伍，而不会到处打猎谋生。野兔因此全然忘记了狡兔三窟，避祸藏身的道理，而是悠然自得吃饱喝足。

【简析】

诗人以寓言的笔法，寓庄于谐。讴歌了盛世之下，连小兔子都能泽沐恩德，安居无忧。

泊湖口[①]大雪

湖口停舟雪乱飞，层峦[②]高阁白参差[③]。
寒风吹起粘天浪，万里空江欲暮时。

【注释】

①湖口：即湖口县，隶属江西省九江市。

②层峦：重重叠叠的山岭。

③参差：高低不齐。

【译文】

大雪封江，停舟在湖口境内。眺望重重叠叠的山岭，远方的亭台楼阁，都染上了一层白色。朔风吹起雪花，粘天飞舞如浪，令这寒江更在晚风中空寂萧瑟。

【简析】

全诗以大写意的笔法，由远及近，呈现出一幅寒江冬雪图景。

维扬怀古

广陵[①]城西百尺台，台下游人数往来。
炀帝[②]行宫[③]遗事在，至今流水不胜哀。

【注释】

①广陵：前 319 年，楚怀王在邗城（今扬州）基础上筑广陵城，广陵之名始于此。

②炀帝：隋炀帝杨广（569—618），曾下令扩修京杭大运河。

③行（xíng）宫：古代帝王出行时居住的临时宫室。

【译文】

扬州城西的百尺高台之上，望着台下来来往往的游客。想起隋朝时候炀帝杨广为了出游扬州，观赏琼花而开凿运河、扩建行宫的历史遗事，而如今却只有相对这滚滚流水哀叹一声。

【简析】

昔日的劳工之苦，与今日的游人之闲形成鲜明对比。诗人哀叹历史变迁，也哀叹开凿运河的劳动人民，尽在这怀古遐思之中。

元日[①]岳州[②]试笔

舟在西南泊，风从东北来。
衣冠[③]荆楚会，云彩洞庭开[④]。

暖气回川岳，光辉动草莱[5]。
年华新可喜，开手柏椒杯[6]。

【注释】

①元日：农历正月初一，即春节。

②岳州：大致即今岳阳市辖内。

③衣冠：缙绅、名门世族子弟。

④开：天气放晴。

⑤草莱：乡野民间。

⑥柏椒杯：椒酒和柏酒。古代农历正月初一用以祭祖或献之于家长以示祝寿拜贺之意。

【译文】

停舟在岳阳西南角，东北风呼啸而来。荆楚之地的缙绅同僚相互拜会，观览洞庭湖天气放晴，彩云缭绕。温暖的气息已回荡在山川，晴光布泽乡野。多么值得高兴啊！我与同仁们举杯畅饮椒柏酒，共祝新年。

【简析】

全诗不但描摹了荆楚大地的第一抹春色，更难得的是再现了古代的民俗人情，留下历史印记。

村居

尘嚣不可住，此地且为家。
漠漠[1]春烟合，依依汀[2]树斜。
片帆来极浦[3]，一鹰下平沙。
野情随杖履，小立欲[4]栖鸦。

【注释】

①漠漠：云烟密布的样子。

②汀（tīng）：水边平地。

③极浦：遥远的水滨。

④欲：将要。

【译文】

尘世喧嚣，久住无益，而这里的村落权且适合闲居。远方云烟密布，水边的树木在春风中摇曳。偶尔有一两艘帆船从遥遥水路行驶来，水面上空，一只孤鹰滑翔而下，降落平沙。借这闲情拄杖信步而行，伫立片时却已将要黄昏，老鸦纷纷栖落枝头。

【简析】

颔联的春烟、汀树静景，与颈联的孤帆、苍鹰动景有机结合，将村野的远离尘嚣，遗世独立之美渲染得淋漓尽致，表达了诗人对田园乡野生活的热爱。

秋雨

秋雨中宵[①]滴，寒蛩[②]四壁吟。
灯前搔短发，谁会[③]此时心。

【注释】

①中宵：夜晚。

②寒蛩（qióng）：深秋的蟋蟀。

③会：会意，知晓。

【译文】

一场秋雨直下到深夜，深秋的蟋蟀在墙壁间不断鸣叫。在灯前抚摸自己因衰老而日益减少的头发，此时的悲凉之情又有谁能体会呢。

【简析】

本诗约作于嘉靖十六年（1537 年），诗人已年过五十。昏暗的灯光，斑白的短发，与潇潇秋雨、泣泣寒蛩构成视听觉交融，令人深感作者悲叹年华易逝的伤感之情。

江水

扰扰①自代谢②，滔滔空逝波。
把杯问江水，终古③竟如何。

【注释】

①扰扰：纷乱。

②代谢：交替，更迭。

③终古：时间久远。

【译文】

世间一代代人纷乱更迭，而滔滔江水却是亘古流长。举起酒杯问这江水，你从久远的何时开始奔流？又将再流几千万年呢？

【简析】

诗人以离合纷扰的尘世，与永恒的江水对比。临江而饮，不觉产生哲思，发出哲学之问。

闺情

玉阶草色上罗衣①，枝上梨花落渐稀。
芳菲时节门常掩，燕子成巢人未归。

【注释】

①罗衣：丝质的衣服。

【译文】

台阶上的青青草色映衬着丝质衣衫的鲜丽，枝头的梨花纷纷零落日渐稀疏。在这百花芳菲的时候，门却常关闭。那堂前燕子都已经成双成对，结伴筑巢，而思念的人儿还没有回来。

【简析】

全诗情景交融，以堂前燕与堂上人对比，刻画了一位伤春怀人、独守空闺的寂寞女子形象。

许氏菊花

颇闻茅屋多幽趣，落日西风又过桥。
满径黄花古城下，荻芦[①]杨柳共潇潇。

【注释】

①荻（dí）芦：荻花与芦苇。荻，多年生草本植物。生在水边，叶子长形，似芦苇，秋天开紫花。

【译文】

久闻许生的茅屋边多幽雅趣味，我在黄昏落日的时候走过小桥前来欣赏。西风下古城沐浴余晖，满路黄花分外鲜艳，与芦荻杨柳共同在潇潇晚风中摇曳生姿。

【简析】

作者写秋景，虽有肃杀悲凉，却在其中又有一种凄美，厚重而深沉。表现了作者对菊花的喜爱礼赞。

◎王应元简介

王应元，明代高邮州人，生卒年不详。字一元。始祖为濠梁人，从征高邮有功，授总旗，遂占卫籍。年十五补弟子员。隆庆六年（1572 年）纂成《高邮州志》。万历三十年（1602 年）为岁贡。

湖中望先陇①

依稀茅屋武安村②，路转山溪古寺门。
四野秋风天地迥③，一湖晴日云水吞。
瞻依远见松楸④影，生死难酬⑤覆育⑥恩。
独倚蓬窗⑦双泪落，应随流水绕孤坟。

【注释】

①先陇：亦作“先垄（lǒng）”，祖先的坟墓。

②武安村：据明清《高邮州志》，高邮湖滨地区为武安乡，洲渚上有武安墩。

③迥（jiǒng）：远。

④松楸（qiū）：松树与楸树。墓地多植，因以代称坟墓。特指父母坟茔。

⑤酬：报答。

⑥覆育：抚养，养育。

⑦蓬窗：简陋的窗户。

【译文】

武安乡中隐约可见的茅屋旁，转过小路是淙淙溪水与古刹寺门。乡野的秋风从遥远天边吹来，天边云朵与日头倒映在这湖水中。远远看见的那坟头葬着父母，感慨难以报答他们的养育之恩。

独自倚着茅屋的窗檐，暗自落泪。而这泪水也好似随着这淙淙溪水，萦绕这座孤坟。

【简析】

全诗情感真挚恳切，表达了作者对故去的父母的思念与感恩。

◎孙兆祥简介

孙兆祥，高邮州人。约生于万历十五年（1587 年），约卒于崇祯十年（1637 年）。字省卿，号泰阶。天启间魏忠贤秉政，遂不复应乡试，潜心研究学问。清朝赠奉政大夫，吏部文选司员外郎。

水灾后馘[①]盗境中

赤子[②]弄潢池[③]，兵戈非所好。
饥寒一切身，良民转为盗。
将军献俘归，野鬼空原啸。
嗟此刀头鬼，谁与诉廊庙[④]。

【注释】

①馘（guó）：古代战争中割掉敌人的左耳计数献功。

②赤子：比喻善良的百姓。

③弄潢池：即“潢池弄兵”，为造反的讳称。

④廊庙：代指朝廷。

【译文】

平民百姓们虽然揭竿起义，但实在不是他们本心所愿。水灾过后，饥寒交迫一旦切身面临，安分守己的良民也会变成盗贼。

剿匪得胜的将军，带着盗匪的首级班师回朝，邀功请赏，而那些草寇的亡魂却在原野之上哀啸。我悲叹这些刀下亡魂，却无法为他们向朝廷申诉。

【简析】

在封建时代那个特殊的环境下，诗人却为因水灾饥寒而被逼为盗的百姓申诉，不可不谓之悲悯情怀。全诗虽寥寥数语，却再现了当时杀戮的残酷，人民的疾苦。

◎张廷枢简介

张廷枢，高邮州人。生卒年不详。字天木。有《寄庵诗集》。

寄同里①詹山元时任处州②参戎③

忆昔衔恩④日，俄惊⑤物候移。
梅花千里梦，柳色一年思。
甓社春归早，洄⑥津⑦雁⑧到迟。
棠阴⑨留异绩，麟阁⑩羡名垂。

【注释】

①同里：同乡。

②处州：在今浙江省丽水市。

③参戎：明清武官参将。

④衔恩：受恩。

⑤俄惊：时间不久。

⑥洄（huí）：水回旋而流。

⑦津：渡口。

⑧雁：此代书信。

⑨棠阴：甘棠树荫，《诗经·召南·甘棠》以棠梨怀念召伯。后成为赞誉官员政绩之典。

⑩麟阁：为“麒麟阁”简称，汉代于其上绘名臣画像以表彰功绩。

【译文】

忆念昔日受恩于同乡詹山元，不知不觉寒来暑往，同乡已将赴处州担任参将。千里迢迢，经年的思念唯独梅花可梦中寄托，柳色可辨别去期。虽然家乡的甓社湖春色早早来临，而渡口边的书信却迟迟才寄来。我祝愿这位同乡像召伯那样留下令人称道的政绩，麒麟阁名垂青史。

【简析】

驿馆梅花，折柳赠别，雁信鱼书，古人朴素而真切的惜别意象，在诗人的笔下显得尤其感人。诗人没有祝同乡富贵荣华，而是愿他报效朝廷，留下佳话美谈，这份感情可谓君子之交。

◎翟枨简介

翟枨，江南高邮人。生卒年不详。与湖西明人翟元耀同宗。

陈石庵太史[①]与诸乡老九日宴集文游台

雨洗重阳秋色新，文台烟幕净无尘。
谢公[②]不惜登山屐，陶令[③]判淋漉酒巾[④]。
坐上互看须发白，尊前各率性情真。
老成宴会关风雅，太史应书关后人。

【注释】

①太史：明清修史之事归于翰林院，所以对翰林亦有“太史”之称。

②谢公：即南朝宋谢灵运（385—433），相传他发明了登山木屐（jī），鞋底安有两个木齿，上山去其前齿，下山去其后齿，便于走山路。

③陶令：指东晋陶潜（渊明）。

④漉酒巾：滤酒的布巾。

【译文】

重阳秋色在雨后洗濯之下，更显得分外清新。文游台在幕布般的烟雨笼罩中，清净而纤尘不染。陈太史与各位乡老，仿效南朝谢灵运一样登高远眺，效法东晋陶渊明那样滤酒畅饮。嘉宾们在座席上，相互笑看彼此须发皆白，举起酒尊各自抒怀着真性情。老朋友的宴会乃是风雅之事，陈太史你可要修史立传，流传给后人知晓啊！

【简析】

诗人生动再现了当年文游台的雅会盛况，以明快的笔法，描绘了一群老文友们酌酒言欢、其乐融融的景象。最终，诗人分享于后人的这份率意也如愿以偿。

◎魏源简介

魏源（1794—1857），名远达，字默深，号良图，湖南邵阳人。清代启蒙思想家、政治家、文学家。道光二十五年（1845 年）进士，后官高邮知州。近代中国“睁眼看世界”首批知识分子代表，提出“师夷长技以制夷”，著有《海国图志》。

登高邮文游台（三首选一）

四面开窗眼界全，面临一旦见青天。
数村明灭沧波外，万屋纵横积气边。
江北无山云作岫[①]，城南积水柳生烟。
登临不独贪春色，要看千家雨后田。

【注释】

①岫（xiù）：山峰。

【译文】

登上四面开窗的文游台，一下子令人眼界开阔，所见即是广阔的天空。楼台远方，几处村落在河水外若隐若现，无数房屋仿佛散落在天空的云气边。高邮地属江北，虽然此地没有山峰，但千变万化的云彩生成山峰的形状；城南的雨后，柳树在积雨中笼罩一层轻烟。登临文游台可不只是贪恋观赏春日美景，更是意在关注千万人家雨后的农田。

【简析】

全诗语言自然朴实，描绘了文游台高高矗立，登临远眺的美景。作者非止关心眼前美景，而是更关心春雨过后的民生民情，爱民之意油然而生。

高邮州署秋日偶题（五首选一）

天无风雨不成秋，只当清明上巳游[①]。
楚树吴云[②]二千里，满天黄叶独登楼。

【注释】

①上巳（sì）游：农历三月初三，这一天人们结伴郊外游春。

②楚树吴云：语出宋·连文凤《寄李阖舍》："楚树吴云隔云尘，相思两地各伤神。"

【译文】

如果没有风雨就构成不了秋天，只当秋风是春风，等同清明上巳时节尽情优游。楚地吴地风尘相隔两千里之遥，而我在这满天黄叶的异乡独自登楼。

【简析】

诗人本不悲秋，亦有如同"我言秋日胜春朝"的诗情意气。唯独能勾起些许惆怅的，则是在深秋叶黄之时的思乡之情，想到家乡此时也正值秋景。全诗情感变化细腻，伤而不哀。

潘步云注译

◎韦伯森简介

韦伯森，字茗庄，时人多以韦大师称之。生于清道光朝后期（1840年后），卒于光绪朝末年（约1910年）左右。高邮临泽镇人，世代为读书家庭。少时潜心举业，后来呕心教育，钻研国学、声律、诗词造诣精深。

秦邮竹枝词（百首选八）

一

此地冲繁①秦代邮②，百千舟过泛中流。
双尖耸耸东西塔③，前边奎楼④后鼓楼⑤。

【注释】

①冲繁：清代州县行政区划分类之称。

②秦代邮：秦始皇东巡驻跸于此，初筑邮亭。

③东西塔：明建净土寺东塔，唐建镇国寺西塔。

④奎楼：即魁星楼，尚完整保存。

⑤鼓楼：城东角城墙上旧有鼓楼，后随城墙拆除。

【译文】

清代向例有繁简两调，全国州县分为冲、繁、疲、难四类，说明高邮州在冲、繁之属。古运河百舸千舟中流竞渡，双塔高耸东西，奎楼与鼓楼两楼坐落前后。

【简析】

高邮千年古城，文物名郡，秦设邮亭至清仍为名州。

二

区区斗大一州城[①]，忙煞前朝府县更[②]。
细数六厢[③]十八铺[④]，膏腴在野五乡[⑤]名。

【注释】

①州城：明清两代高邮均为州级行政建制。

②府县更：府州县建置的更换。

③六厢：清末民初高邮城区之区划为厢。

④十八铺：城外之区划为铺。

⑤五乡：清末民初，高邮境域农村行政区划，先划五乡五市，后划为七乡五市。

【译文】

高邮虽然是一座区区不算大的州城，然而两千年间的前朝建置数经更迭，立县立府立军。细细数来，城内有六厢，郭外有十八铺，在野五乡仍膏腴肥沃之地，故而名扬在外。

【简析】

以斗喻城，借物比拟，此又为缩小夸张，近乎歌谣，形流于俗而趣蕴于谐，体现了“竹枝词”歌体特色。县更为府，膏腴之地，是实写高邮，作者爱乡之情尽在其中。

三

文游台上四贤祠[①]，笔走龙蛇留古碑[②]。
恰是登临诗酒地[③]，闲情唯有白云知。

【注释】

①四贤祠：宋代诗人苏轼、秦观、孙觉、王巩聚会文游台，后人建祠以纪念。

②古碑：刻有苏、秦等四贤诗文书法的石碑。

③诗酒地：携酒登临，诗歌唱和之地。

【译文】

文游台上的苏轼、秦观、孙觉、王巩四贤祠，古石碑镌刻着笔走龙蛇气势雄健的书法。此地正是登临望远诗酒唱和之处，其闲情别趣常人难解，唯有天上悠闲飘忽的白云能知。

【简析】

东坡离邮，少游送行，淮上饯别，留句以勉，东坡制《虞美人》词以赠，末尾二句云："谁教风鉴在尘埃，造一场烦恼送人来。"欢会之后的一点愉悦之情，又被知心朋友的离别之伤而扫拂净尽，而不尽的烦恼总是挥之不去。修为如苏轼、秦观至大闲大雅之境地的人，也不免烦恼缠人，况乎常人哉？诗人所谓的闲情，也只是浮生中的暂时忘忧，片晌且乐而已。或者说，是在情绪上能懂得自我矜持，自我调节的人，一种自处能力和手段罢了。

四

船接船艄谈且笑，家常共话船娘少。
风起雪浪[①]卷西湖[②]，御码头[③]堪人晚眺。

【注释】

①雪浪：白浪风卷如雪。“西湖雪浪”为高邮古八景之一。

②西湖：即高邮湖，因在城之西，邑人多以“西湖”称之。

③御码头：清帝康熙、乾隆数巡江南，皆驻龙舟于此，故将是埠标榜为御码头，旧址尚存。

【译文】

运河客运货运帮船常有数艘或数十艘结帮而行，船头接船艄，且行且谈，共话家常者多为船夫而船娘少。船过高邮，西湖景尽收眼底。傍晚风起，浪卷如雪。夕照渐下，船急急朝港口驰来停靠。御码头是最堪人们晚眺观景的地方。

【简析】

作者居高邮教学时，傍晚散学，闲步觅景，聊以消遣，湖上晚景正好落入诗人的笔下。

五

州主衙门[①]靠大街，老爷夸好士民皆。

廉泉[②]恰喜多廉吏，总送长生禄位牌[③]。

【注释】

①州主衙门：州之长官所在的州之治所。

②廉泉：泉名，在江西赣州市内。典出南朝，宋元嘉中，一夕暴雷雨，忽涌地成泉，时郡守有贤名，乃谓泉为廉泉。后世以此代称廉署。

③长生禄位牌：禄，俸给，位，爵次。《礼》曰：“位定，然后禄之。”此处是说民众为州主立生祀牌位。

【译文】

州署衙门临府前街，郡守是一位为民做主，为民做事的好老爷，市民和读书人皆争相夸颂。更喜的是衙吏也廉洁，自发地为他送写着名爵的长生牌。

【简析】

人常抱怨说“无官不贪”，未免言过，古今清廉之官吏皆有之。作者所颂的高邮某任知州，廉声遐播，因此赢得州人敬仰，且送牌以生祀之。

六

旗丁[①]漕运向清淮[②]，顺带邻封[③]宝应差[④]。
不是粮船黑屁股[⑤]，那来儿辈语恢谐。

【注释】

①旗丁：漕运粮船的押运导航兵丁。

②清淮：清江浦与淮河，此处为里运河与淮河交汇处，漕粮船到此出漕入淮河继续北行。

③邻封：即邻县，邻地。原义为邻近王封之地。

④宝应差：“顺带宝应差”是高邮人口头语，意顺便代把别人事办一下。这里指的是漕运官差。

⑤粮船黑屁股：高邮运粮糟船的船尾涂有黑色，可优先收验皇粮卸货，故有“黑屁股”名号。

【译文】

绿营旗人兵丁押解漕运粮船直向清江淮安府，顺便将邻县宝应的差事也办了。如果不是粮船涂上黑色船艄，又那来小儿之辈戏谑“高邮人黑屁股”诙谐之语。

【简析】

以讹传讹，说成高邮人“黑屁股”，非唯儿辈，大人间也常有此戏谑之语，纯笑话也。

七

甓社湖中现湖市[①]，繁华下望人间似。
有声有色真个奇，传说承州[②]城陷此。

【注释】

①湖市：特殊天气，湖上雾霾或烟雨中呈现出来的村镇人物城郭街市之景象，实际上是海、沙漠或大湖泊边由于大气的密度和光线作用折射出来的幻景，犹如海市蜃楼。

②承州：宋建炎四年（1130 年）高邮路升为承州，辖高邮、兴化二县。绍兴五年（1135 年）废州置军。

【译文】

高邮湖中出现“街市”，清晰时车马人行皆能见，望之其景象犹似人间。声色俱有真的很奇怪，传说中承州府的城池即陷落在此处。

【简析】

作者对湖市这一自然景观虽不能作出现在科学性的解释，但他是读书人，自然省得“海市蜃楼”这句成语的真实词义。

八

问谁[①]淮海[②]擅风流，绝世才情秦少游。
三十六湖[③]有名士，不教明月独千秋。

【注释】

①问谁：问我，我问也。

②淮海：此指淮海之地。

③三十六湖：古高邮湖有“三十六湖”“七十二泺”之说，宋后淮水改道归槽入江，水位高涨遂连成一湖。

【译文】

我自问淮海之地为什么擅出风流才士，出一个绝世才情的秦观先生。自古来高邮湖的灵气孕育有名士，不让天界明月独照千秋。

【简析】

甓社湖是吾域水文之灵池；文游台是吾邑人文之胜迹；秦淮海是吾辈诗文之楷模。清代名士王士祯诗云：“风流不见秦淮海，寂寞人间五百年。”

菱川竹枝词（百首选十四）

一、临泽县[①]

于今临泽属高邮，回首南朝[②]县枕流[③]。
剩水回还浑似带[④]，繁华街市[⑤]共门楼[⑥]。

【注释】

①临泽县：南朝宋明帝泰豫元年（472 年），高邮析出临泽县（治所在今临泽镇），《高邮县志》（1985 年版），“南北朝泰豫元年，高邮及周围一带划设临泽县”。至陈（589 年），前后 109 年。

②南朝：即南北朝时期五个王朝的统称，分别为宋 402 年至

479 年，齐 479 年至 502 年，梁 502 年至 558 年，后梁 555 年至 587 年，陈 557 年至 589 年。

③县枕流：县指临泽县，枕流喻地域濒水，凡濒居水畔者皆可谓枕水枕流。

④剩水回还浑似带：剩水，此词与残山一词并为成语“残山剩水”。《杜工部》诗云，“剩水沧江破，残山碣石开”。残山，石垒之假山；剩水，开凿之引水。此处所谓的剩水，乃子婴沟临泽段人工开凿的河流水道。水回还，前后相连，左右相通之水道皆可形成下流，倒流之流向。这里所指为临泽四面环水，有万小沟、孙河、太山河等互通河。浑似带，喻镇四边河道，曲折盘绕，柔长似带，是襟带河山，如襟似带等词引用。浑，真似，恰似等义。

⑤繁华街市：临泽镇自南宋后逐渐形成多行业全功能集镇规模，经明清两朝扩建发展，至民国时已是商贸兴旺，市景繁华的大街镇。

⑥门楼：城门高层建筑为城楼，墙门上建筑为门楼。明代邑中富户，汤庄人汤皓（号汤百万），拓建临泽后街（汤巷），两端建有阙门，即门楼。

【译文】

而今临泽隶属高邮，回首往昔的南朝是濒居水畔的临泽县。子婴河水回环往复曲折盘绕浑如锦带，街市繁华商贸兴旺，门楼高耸。

【简析】

观今宜鉴古，作者在追溯南朝临泽设县这一千多年的历史大事件时，以简约的文字、平叙的手法陈述了临泽区域隶属之变更，镇县设置之沿革，及街市建造之演化。以一首短词，容汇千年史事，非作文高手，赋词大家，难能成就。

二、子婴沟[1]

子婴沟水自西来[2]，锦绣文章地运开[3]。
分泄珠湖[4]灵秀气[5]，三街六巷九坡台[6]。

【注释】

①子婴沟：始凿于宋神宗熙宁年间（1068—1077 年）。由界首古子婴坝至临泽镇西秦始皇之孙子婴祠庙而过，水因庙名，曰子婴沟。民国后改名为子婴河。

②自西来：子婴沟水源自漕湖。运河东堤设有界首子婴闸，闸启水由堤下涵洞而出，向东偏北水流至临泽，绕镇而过，入兴化境终归东海。

③锦绣文章地运开：锦绣文章，锦与绣皆以采线织、刺成文，是故每以文章文采者喻为锦绣，唐刘禹锡诗有，“珍重和诗呈锦绣”句。地运开，古以东西为广，南北为运。《国语》，“勾践之地，广运百里”。此处所指“地运”，即临泽区域土地纵横开阔之义。

④珠湖：即高邮湖，在高邮城西。

⑤灵秀气：黄庭坚诗云“甓社湖中有明月，淮南草木借生辉。”又《禹贡》书有，“淮夷蚌珠”语，皆谓珠湖有神蚌放光，有灵气。

⑥三街六巷九坡台：三街，即临泽镇旧“安乐寺大街”“西大街”及“东大街”。六巷，“花圃巷”“锤坝巷”“杨家巷”“王家巷”“高家巷”“何家巷”。九坡台，安乐寺、三元宫、关帝庙、泰山庙各两个坡台、万寿庵一个坡台，共九个九阶层大门阶坡。

【译文】

子婴沟的水来自西边的高邮湖，孕育出临泽的锦绣文章，使其地运大开。分泄了珠湖的灵秀之气，临泽有三条街，六条巷九个坡台，繁华无限！

【简析】

作者以饱满的热情赞美了自己的家乡，既感恩珠湖的秀气，也感恩子婴河的惠水。词的结句引用一句世俗常语，“三街六巷九坡台”，更显得文章丰富多彩，文法别致多变。不能不佩服词人才思敏捷，文章老道。

三、文昌宫[①]

桂花新后杏花新[②]，江笔花生总有因。
底事利名心两用，文昌宫里供财神[③]。

【注释】

①文昌宫：亦称文昌庙，供奉的是文昌大帝。是读书人举行讲经、演礼、祀典活动的聚集场所。临泽古文昌庙是本镇十大寺庙之一的大庙。

②桂花新后杏花新：桂花杏花，传说孔子曾聚徒讲学于杏坛。又唐时称科考为桂科，喻及第为折桂，故后世每以杏桂代求学求仕之说。新后，新，作者借秋桂老，春杏新比喻读书人代出无穷。

③财神：即指生意人所供奉的赵公明元帅。

【译文】

三秋桂老，二月杏新，有如文宫里的学子，先生老去，后学赓来。读书人的种子，在这块文滋教润的乡土上发芽生根，永承其脉。江淹文章，追求胜境，梦笔花生，其因是精思所致，梦想事成，奋学使然。学人之事心不可二用，求功名者不可求利，在文昌宫里，怎么可以供奉财神。

【简析】

作者是位旧时代的知识分子，自然地推崇孔教儒学。其潜意识中，唯有读书位崇品高的思想根深蒂固。所以在有损读书人尊严和声誉的事上，自会站出来坚决地维护读书人的名节，并借这件事，呼吁学子要重名节、轻财利。

四、乔公祠①

乡贤②宋代有乔公③，不愧人师④品诣隆⑤。
每岁上丁⑥祠祭祀，衣冠⑦拜跪重儒风⑧。

【注释】

①乔公祠：宋臣乔执中之祀祠，其始建年代已难考证，祠已不存。

②乡贤：此词早见于东汉，谓品学为乡党推崇者。此处谓乔公为高邮临泽乡贤。

③乔公：名竦，字执中，号希贤，高邮人。少年、中年曾在临泽读过书。擢进士，入太学，调须城主簿，中书舍人，给事中，累官至刑部郎中。

④人师：谓学识人品堪为众表率楷模者。

⑤品诣隆：品德造诣崇高盛隆。

⑥上丁：农历每月上旬丁日。每岁之仲春二月，仲秋八月上丁日为祭孔日，此指乔公祠之祀。

⑦衣冠：本指士大夫衣冠之式，引申为士子官绅之代称。读书人称儒冠。

⑧儒风：诗云“惟先自邹鲁，家世重儒风”。于家族昌诗书谓儒风，于文人隆风范谓儒雅。

【译文】

乔执中公是临泽宋代乡贤，其品德造诣崇高盛隆，不愧为人师。每年的仲春二月上旬的丁日，乔公祠举行祭祀，读书人前来跪拜行礼，儒风很重。

【简析】

乔公乃古之大儒，吾邑大贤，品学兼修，当时堪称士林楷模，甚得王安石欣赏。作者生活年代，乔公祠尚存，曾亲历过“上丁”乔祠祭祀盛况，其景仰先贤，崇拜儒教之心，于词中可窥见。

五、常住院①

木鱼募化佛欢欣，旋毁旋新②聚散云。

爱煞如椽陈造③笔，古常住院上梁文④。

【注释】

①常住院：又名常住庵，原规模宽宏，前后为五进，为临泽十大古寺之一者。

②旋毁旋新：历史上常住院因雷火，战火几经毁废，又几度重建，如今部分建筑依然坚固完整。

③陈造：陈造宋永嘉人，字季常，善诗文书法。因其妻柳氏悍妒，苏轼曾寄诗以“河东狮吼”戏之。陈造曾寄住常住院读书，留墨宝颇多，后来都遗失。

④上梁文：古常住院重建，陈造所撰“上梁文”即常住院再建记文，传曾有碑文。今佚失。

【译文】

僧侣手敲木鱼，四方募化，但得钱物，集修寺院，装新佛像，佛自欢欣。此院曾几度废毁翻新，像云烟聚散。古贤陈夫子陈造，曾居此读书写作，其笔如椽使人爱煞，曾给古常住院写过上梁文。

【简析】

先贤遗踪，后世凭吊，感慨之情，顿由心生。见物伤情，非唯读书人有，即便常人，又何尝不是如此。悠古之情，慕贤之心，皆人之常情。

六、圆通庵[①]

圆通寺创几多春，明季干戈[②]遁迹真[③]。
十二老人[④]莲社古，须眉一幅画图新[⑤]。

【注释】

①圆通庵：亦名圆通寺，位安乐寺西北侧，庵址今已湮没。

②明季干戈：元末泰州盐工张士诚起兵反元，常年有部队驻临泽各大寺院中。朱元璋破士诚军，故云明季干戈。

③遁迹真：元末大起义，圆通寺及临泽许多名胜真迹毁于战火中。

④十二老人：明中叶有镇中十二位年长文人结诗社于圆通寺中，曰“莲社”，后世人沿称此寺为“十二老人祠”，“文革”前尚有旧迹存。

⑤画图新：后世为纪念“莲社”前辈，曾绘十二老人肖像于其内，供后人瞻仰凭吊，故称“老人祠”。

【译文】

圆通寺创建多少个春秋了已经无考，在明代因战火使其真迹毁没。曾经有十二位老人在“莲社”唱和亦已成故往，其中一位须眉老者的一幅肖像图仍如新画似的。

【简析】

作者当时在凭吊圆通寺时，情感是复杂的，既惋惜一座雄伟的古寺院被毁不复，又迂愤胜迹被义兵战火焚烧一尽。同时又联想起当年十二老人结社于其间，诗吟词咏，是何等的快意人生。又平添了几分对先贤的羡慕之情和崇敬之心，尤其作者八世祖的堂堂须眉肖像，更增添了对先祖和其他先贤的景仰。

七、安乐寺[①]

南征北战苦经营，经史空留纸上名。
今日沙门安乐寺，六朝帅府杜僧明[②]。

【注释】

①安乐寺：始建宋真宗朝。原初为尼庵，几经扩建，几经修改，成观音堂，而后定名为安乐教寺，今人仍习惯称“大士庙”，现今寺名为安乐寺。

②杜僧明：南朝时陈之大将。临泽杜家巷集（今属宝应县夏集）人。曾于临泽镇高阜处建帅府，即安乐寺基址。

【译文】

经过南征北伐激战，苦苦经营，也只是经史书中空留纸上姓名。今日的沙门安乐寺所在地，就是六朝时期杜僧明的帅府。

【简析】

南北朝是中国历史上大分裂的时代，年年战争不息。是时临泽属陈朝。杜僧明是临泽县西北乡杜家巷人，少岁即入行伍，南北转战一生，赢得战功，陈朝廷拜封为帅。回乡后，在临泽镇建杜府，时人称帅府。杜僧明如其他史上名将一样，舍身沙场百战，赢得经史一名，故谓“经史空留纸上名”。宋真宗时，宋辽“澶渊之盟”赢得百年和平，临泽民生安乐，佛教乘起。曾经的帅府早已成了他人家的菜园。再初为尼僧小庵，逐渐改建为规模宏大的安乐教寺。作者游于此，想到了“六朝帅府杜僧明”，乃作此词，也只是游人凭吊，感慨之唱罢了。

八、古孝子巷[①]

两脚拼将万里行，朱卿[②]寻母弃簪缨[③]。
同州天俾[④]重相见，巷以人传孝子名。

【注释】

①古孝子巷：临泽老西大街之西端、旧司廉署之东侧，民国时仍称孝子巷，后世行政区划新命名，孝子巷名不存。据说新中国成立初尚有古石刻孝子坊并巨石碑文竖耸于巷口，今物、名俱不复存。

②朱卿：指古孝子朱寿昌，宋代人，曾寄居临泽古巷内（故后人称此巷为孝子巷）。

③簪缨：古代官吏之冠饰与腰饰，因以喻显贵。赋云，“龙门退水，望冠冕以何年；鹢路颓风，想簪缨于何载。”此处谓朱寿昌弃冠冕寻母。

④同州天俾：同州，今陕西省大荔县，天俾，天使得。是说天使得与其母子在同州相见。

【译文】

孝子朱寿昌弃官寻母，抛舍一切两脚行走万里之程。苍天恩惠，使得在陕西大荔县母子重逢相见，孝子巷这个名字即是以这个人的孝名传留下来的。

【简析】

朱卿因思母弃官，苦行万里，天不负苦人心，尤不负孝人心，于陕省寻得母亲与后父所生两弟妹，带回家乡。母逝，孤身守墓三年，并舍业资助两弟妹成家立业，孝悌之声遍播三淮。后得宋廷旌表，赐建孝子牌坊。后世演绎成古《二十四孝》故事之一。然《二十四孝》多为荒诞不经故事，其中能以孝悌感天动人者，唯朱卿一人耳。

九、王家巷

为报春来燕子归，直将王巷算乌衣[①]。
情殷旧主梁间恋，犹望堂前对对飞。

【注释】

①王巷算乌衣：王巷，王家巷。算，当作。乌衣，指乌衣巷，在今南京市东南。《丹阳记》“乌衣之起，吴地乌衣营处所也。江左初立，主郡诸王所居。”东晋时，王谢诸望族居此。诗云，“旧时王谢堂前燕，飞入寻常百姓家。”此处借喻王家巷当年之兴盛。

【译文】

燕子回归是为报春天来了，直接把王家巷当作乌衣巷。情意殷切非为恋此梁间而是为恋旧主，仍然望见画堂前双双对对的紫燕飞舞。

【简析】

雁秋去，燕春来，乃节时更迭，天道循环之自然；候鸟迁徙，物适生存所使然。可是古时诗人，每每多情好事，常借物抒怀，逢时动感，吟出多少伤春悲秋，离愁别恨来。“旧时王谢堂前燕，飞入寻常百姓家”，多精妙的诗句，却被弄成那种胜败兴衰，人生莫定之伤神；陵谷沧桑，世事无常之感慨的况味来。而本篇作者同是吟燕，并无伤感，通篇洋溢着对自然、生命的热爱；对生活、对未来的向往。殊不知人们欣赏的正是这种鼓舞人情怀的积极性和正能量。

十、天主堂[①]

西人礼拜[②]重耶稣[③]，天主堂新宅一区[④]。
除却中庸[⑤]谁圣教，臣忠子孝戒吾儒[⑥]。

【注释】

①天主堂：全称天主教堂，即基督教徒礼拜、收徒、讲经等活动场所。

②礼拜：奉教者对其教主举行定期定时的参拜活动。礼者，参拜之典仪也。

③耶稣：全世界基督教徒的崇拜者，即基督耶稣。教徒将“上帝”（天主）人格化后，尊为“圣父”，尊耶稣为上帝之“圣子”。是教传入我国是在1807年后，随英国人来华做鸦片贸易的一批基督新教教徒，进入中国南方口岸城市传教，国人称新教为耶稣教。

④新宅一区：天主教传入临泽地区，始初设堂活动于乡村，后向城镇发展，于本镇前河（孙河）建造新教堂，高耸宏阔，曾为镇中最高建筑。

⑤中庸：自来被儒家目为修为的最高道德标准。《论语》，“中庸之为德业，甚至矣乎”。基本义为，“不偏为中，不变为庸”。

⑥吾儒：指孔门信徒，意即我孔教辈者。

【译文】

西方人做礼拜注重尊奉基督耶稣，天主教新建的教堂竟占了一个区域。除了中国儒家的中庸之道，有谁能称得上圣教？做臣子的忠于国家，做儿子的孝敬父母，以此来戒律我们这些儒士。

【简析】

在旧时代知识分子心目中，我中华大国是礼仪之邦，崇尚礼仪，遵循教化。读书人所奉之教是儒教，尊崇的是至圣孔子，亚圣孟子。而西方人也重教，信奉的是基督教，礼拜的是上帝，即天主圣父和圣子耶稣。天主教传入我国后，国人蔑称为洋教，读书人更鄙视其教义，目为异端之说，抱有对抗和抑制的态度。

十九世纪初，天主教就传入我国，后发展到淮扬地区，并在临泽农村也立住了脚。二十多年后渗入城镇，先后在高邮城、临泽镇分别建起了三座教堂。因此临泽有了“天主堂新宅一区”。但是，包括本词作者在内的士子们，始终坚定地站在维护国教国粹的儒家思想立场上，对“两人”（上帝·耶稣）之洋教不予认可。在文化认知上认为，除我儒教以及其中心教义的“中庸之道”外，还能有那个教派和教义称得上是“圣教”。并笃信，为国能尽忠的忠臣良将，为亲能尽孝的孝子贤孙，无不是奉中庸之道修为而成的。为此作者呼吁儒宗同道们须引以为鉴，惕之为戒。

十一、东山①

东山地势拟青龙②，庙外园多③左右逢。
偕隐王郎兄及弟④，阿谁薇蕨⑤暂潜踪。

【注释】

①东山：往时临泽镇东有土冈称东山。

②拟青龙：拟，比拟，青龙，冈势横亘，草木常青，远眺可以臆为青龙蟠卧。

③庙外园多：冈上庙之四周蔬圃果园遍布。

④偕隐王郎兄及弟：王氏兄永吉、弟永祚曾相伴隐居于此。

⑤薇蕨：薇，巢菜；蕨，蕨草。喻杂草丛生的蒿荒处。

【译文】

古镇之东，地表隆凸如山丘，若比青龙蟠卧之势。前朝曾建庙于其上，供奉东岳大帝，谓泰山庙。步诸畛径间，只见前林园，后菜圃，左麻畹，右禾畦，青翠一片。王氏伯仲偕隐歇足其间，是他们在这草丛蒿荒暂潜藏其踪迹。

【简析】

王永吉，字修之，号铁山，高邮城蝶园之主人。少时聪明好学，明天启甲子试中举，次年京考中进士。仕途顺利，由知县做到蓟辽总督。明亡清立，但娴熟弓马的清朝贵族，主政中原三百州，窘惶失措。于是大量起用前朝旧臣。原明臣归清后为顺天巡抚的宋权，因知永吉之干才而极力推荐之。世祖福临遣使以招王永吉。永吉闻讯，与友陆永蔽身界首东岳观，再偕弟永祚远避临泽，潜踪泰山庙中。

十二、京江会馆[①]

金山[②]铁瓮[③]世无双，云水为何爱此邦[④]。
能避红巾[⑤]真福地，区区会馆筑京江。

【注释】

①京江会馆：临泽人习惯称镇江会馆，位镇中杨家巷内，旧舍尚存。

②金山：位镇江市之西北，古时孤立江中，后沙积成陆，与南岸连，为江南著名佛教圣地。

③铁瓮：即镇江旧铁瓮城，为子城。其状深窄若瓮，故有此称。唐刘禹锡诗云："土山京口峻，铁瓮郡城牢。"

④爱此邦：镇江为江山胜处，而镇江人却独爱地处偏僻的云水小镇。此邦，临泽之代称。

⑤红巾：太平天国将士皆以红巾裹首，时人皆以"红巾"作义军之代称。

【译文】

金山寺和铁瓮城是镇江市第一形胜之地。其盛名遐迩闻知，世无二处。江南胜景，京口为江山第一胜览处，镇江人缘何爱此水乡？此邦可避“红巾”之乱，堪称福地。因此镇江人多居于此，避兵祸，做买卖，筑建京江会馆十数间于斯镇。

【简析】

词人曾在《菱川竹枝词》卷弁作序，赞誉菱川风情风物之盛旺，乡土乡民之安康，借以表述创作百首“竹词”缘由之一者。曰：“曩者捻匪猖狂，粤匪肆虐，此间宅尔宅，畋尔田，保全无恙。南北避兵者来居，咸曰乐土。迄今花柳成蹊，桑麻遍野，良有以也。”作者在这里给自己的反诘句“云水为何爱此乡”作了诠叙。精明的镇江商人，在临泽经营得利，有些人在此经营终生，乃至代续。为此，在里下河云水古镇颇创下规模，有十数间会馆，义田、义坟，至今老辈人还谈起“镇江坟”“镇江醋”之类的往事。

十三、万安桥[①]

万安二字后河桥，奉宪[②]旗高卷复飘。
南去北来忙买卖，去来忙比广陵潮[③]。

【注释】

①万安桥：子婴沟临泽镇后河桥初建时，临河多为万姓家族，故以“万安”二字命之。今咸称后河大桥。

②奉宪：奉，作遵守遵循解。宪，宪政宪法，此处作法规解，是对巡检衙门的尊称。

③广陵潮：广陵，扬州，广陵潮曾为天下廿四奇观之一者。此处喻街市买卖人熙熙攘攘如潮水涌。

【译文】

后河桥初名之“万安”二字，每日早晨，巡检衙门将旗高高挂起，以示开市。各种买卖渐渐活跃起来，人潮如广陵的潮水一样回旋着，涌动着。

【简析】

后河大桥架在古老的子婴沟上已历千年，见证了古水之利害惠患，也见证了古镇之兴衰福祸。

十四、河南关①

竹筒菸吸②白云飞，淡墨涂鸦③摺叠挥④。
随柳傍花闲散步，河南关紫角菱肥⑤。

【注释】

①河南关：镇之前河南，新中国成立前还是一片约3顷多的农田和荒蒿地。民国时，这里设有水陆关卡，稽查来往行人和过往船只，故后世人习惯以“河南关”称此处。

②竹筒菸吸：菸，即烟草制成的“旱烟”，用竹根节剜成臼状装烟丝吸。

③淡墨涂鸦：淡墨写画的纸扇面，涂鸦是诗人的自谦辞。

④摺叠挥：摺即折，是或折或叠的纸扇。

⑤紫角菱肥：此处沟槽池塘遍布，肥藕嫩菱伸手可摘。

【译文】

闲暇信步镇南关郊外，吸着竹筒旱烟，口吐烟气若白云飞散，挥动着自己淡墨书画的折叠纸扇，甚是闲适怡情。在花埂柳堤间散步，见紫菱遍铺水面，顺手摘取一两个，鲜嫩肥大，别有一番情趣。

【简析】

诗人吸着烟叶刨晒而成的“旱烟锅子”吐出一缕缕白烟，似白云飘飞。怡情诗情交融，这种情致也只有身在其境者感觉得到。

◎孙筱湘简介

孙筱湘，字浼青，女，高邮人，生卒年不详。据考应与韦伯森同代或稍晚的女诗人。

题韦伯森《菱川竹枝词》（二首）

一

奔流滚滚出珠湖，百样风光百颗珠。
著个[①]词人堤上住，菱川诗话辋川图[②]。

【注释】

①著个：著，卓著，标举。著个，标著个也。

②辋川图：辋川又名辋谷水，在陕西蓝田县南。辋川图系王维画作。

【译文】

珠湖之水从大坝涵洞宣泄而出，飞珠溅玉般地直泻子婴古沟，滚滚而下，奔流过菱川古镇，飞珠溅玉百样风光。菱川堤上住着一位诗品标著的词人。咏他百篇竹枝词，犹如在读一卷古菱川史话，其卷中幽雅风光如鉴赏一轴《辋川图》。

【简析】

唐代王维晚年得宋之问的蓝田别墅，其居处辋口，水幽山秀，王维常同友泛舟其间。尝集其所作之诗号《辋川集》。又自图其山水号《辋川图》。尚为闺秀的女作者博悉历史、人文典故，不仅在其诗作中洋溢着对居住在菱川的乡师崇敬之情，还向往菱川之秀美如憧憬辋川图之幽美。

二

闺兴①传抄忆旧年，诗筒②新递竹枝全。

开缄③盥诵④西窗下，好句如花一味鲜。

【注释】

①闺兴：作者自注云："先生（指韦氏）有《四时闺兴诗》"。

②诗筒：旧以竹筒盛诗，便于传递，称诗筒。白居易诗："为向两川邮吏道，莫辞来去递诗筒。"

③开缄：开拆函件，此指打开诗筒。

④盥诵：盥，洗手；诵，拜读，意表示珍惜，敬重。

【译文】

旧年儿时和一帮闺蜜们，得有韦氏先生的"四时闺兴诗"，爱不释手，传递抄录。今天竟得到新递来的全卷"竹枝词"之诗筒，珍护异常，净水洗手，启缄取出，展读于西厢窗下，卷中锦章绣句，品之如饴，嗅之如英，像窗前的鲜花一样，鲜气芬芳。

【简析】

是词作者，是时尚守闺未聘，在闺中传抄旧章，递诵新篇，从一个侧面可以窥见这个时代的女性思想意识，已开始悄然转化。作者生活的年代正是辛亥革命浪潮将起或正起的激荡时期。因此不专女针工，传阅新鲜的诗、文，正呼应封建时代渐趋没落。

跋

《高邮古诗三百首注译》一书，自北宋而至民国共收高邮本郡诗家作品及外域名人咏高邮诗作计300多首古诗，经四易其稿历时二年终于完成即将付梓，是悲是乐是甘是苦，凡参与者寸心知之。千年来高邮诗才济济，留有无数佳篇杰作，然经时间洗刷被淡化被遗忘，而今知者不多，读懂者更少。邑人皆云高邮乃文化乡邦，宋有孙莘老、秦少游、陈唐卿等，明有汪广洋、王西楼、张世文等，清有王念孙、王引之、夏之芳等。然而，高邮历史文化名宿，无不为诗者。诗是高邮文化的璀璨明珠，诗是高邮文化的辉煌历史，故说高邮是诗城绝非虚罔。

高邮市政协副主席兼诗词学会会长张拥军，为传承弘扬高邮古诗，倡议由诗词学会写一部《高邮古诗三百首注译》，此倡议一出，应者甚众，集十二位诗友缘手著述。因众诗友平时虽善诗词创作，而有人对古诗注译未曾有过涉笔，首次学而试之。古诗年代久远，其语境语序与今不同，特别是对古诗中的典故解读困厄，注释时，况各人理解有参差，认知有差别，又以己见为确，故在统稿时难以一致，争之论之，反复修改，反复更正，求其合一。古诗今译有两法，一是直译，二是意译，最佳之法是贴住诗作直译和意译相结合，直译可见作者用字用句，意译可见作者用意用情，二者结合不失原诗韵味。译古诗万不可抛离原诗而译者另生情愫去评去析，弄得与原诗不相合。对此情况，编者与译者几番交流，几番筹商，得其统一。现书稿已成，可喜可贺！

《高邮古诗三百首注译》一书，是高邮诗词学会诗友的初次尝试，留有许多不足处，如选名人名篇环节，虽大多已入选，但有遗缺，而有少数质量不高之闲篇误被录入，其传播价值较微。又因受见识和水平限制，其注释翻译不当之处尚多，贻笑大方，望博学多才者理解，亦盼方家指谬误。

编者

2023 年 10 月 10 日